dtv

Wer war Jean-Jacques Rousseau? Einer der größten Philosophen der Aufklärung? Oder ein Mann, dessen Verfolgungswahn nichts als Größenwahn ist? In seiner Romanbiografie zeichnet Ott das Porträt eines Getriebenen: einen vom Verlust seiner Mutter traumatisierten Jüngling, der von Weltverbesserung und einem revolutionären Musiknotensystem träumt und bei seiner »Mama« genannten Geliebten, der dreizehn Jahre älteren Madame de Warens, unterschlüpft – bis der Rivale Wintzenried auftaucht und ihn aus seinem Refugium vertreibt. Ohne Wintzenried wäre er glücklich geworden, glaubt er, und hätte nicht in die Welt hinausziehen und zum Wegbereiter der Französischen Revolution werden müssen. Mit leisem Witz zeichnet Ott das Porträt dieses großen Philosophen – ein Leben, das für seinen Protagonisten überhaupt nicht zum Lachen ist.

Karl-Heinz Ott, 1957 in Ehingen bei Ulm geboren, studierte Philosophie, Germanistik und Musikwissenschaft. Anschließend arbeitete er als Dramaturg in Freiburg, Basel und Zürich. 1998 erschien sein Debütroman ›Ins Offene‹, für den er den Förderpreis des Hölderlin-Preises und den Thaddäus-Troll-Preis erhielt. Auch die nachfolgenden Romane ›Endlich Stille‹ und ›Ob wir wollen oder nicht‹ wurden mehrfach mit Literaturpreisen ausgezeichnet, unter anderem mit dem Candide-Preis, dem Alemannischen Literaturpreis und dem Preis der LiteraTour Nord. Karl-Heinz Ott lebt in Freiburg.

Karl-Heinz Ott

Wintzenried

Roman

Deutscher Taschenbuch Verlag

Von Karl-Heinz Ott
sind im Deutschen Taschenbuch Verlag erschienen:
Endlich Stille (13551)
Ins Offene (13868)
Ob wir wollen oder nicht (13971)

**Ausführliche Informationen über
unsere Autoren und Bücher
finden Sie auf unserer Website
www.dtv.de**

MIX
Papier aus verantwortungsvollen Quellen
FSC® C019821

2013 Deutscher Taschenbuch Verlag GmbH & Co. KG,
München

Umschlagkonzept: Balk & Brumshagen
Umschlaggestaltung unter Verwendung
von Motiven von gettyimages und bridgemanart.com
Druck und Bindung: Druckerei C. H. Beck, Nördlingen
Gedruckt auf säurefreiem, chlorfrei gebleichtem Papier
Printed in Germany · ISBN 978-3-423-14247-2

Meine Geburt war mein erstes Unglück.
Jean-Jacques Rousseau: *Bekenntnisse*

I

Er liegt im Bett, onaniert und stellt sich Mama dabei vor. Immer hat er Angst davor, es tatsächlich mit ihr tun zu müssen. Wenn man es sich bloß vorstellt, ist es viel erregender als in der Wirklichkeit. Mit sich allein ist alles viel einfacher. Nur dass er sich allmählich ruiniert, wenn er es ständig allein macht. Wofür es Beweise gibt. Und trotzdem kann er es nicht lassen.

Seit seiner Rückkehr aus Turin sagt er Mama zu ihr. Und sie nennt ihn Kleiner. Mama ist dreizehn Jahre älter. Es kommt ihm wie Inzest vor. Doch was hätte er machen sollen? Er will ja bei ihr bleiben.

Und all das nur, weil er glaubte, Mama erzählen zu müssen, wie seine Schülerinnen im Schlafhemd auf ihn warten und ihre Mütter ihn ständig auf den Mund küssen, vor den Augen ihrer eigenen Männer.

Mama gab ihm drei Tage Bedenkzeit. Entweder sie oder die anderen.

Was hätte er machen sollen?

Ein Pfarrer hatte ihn zu ihr geschickt, zwei Tage nach seiner Flucht. Dort sei er fürs Erste versorgt, dann sehe man weiter. Er ließ sich Zeit, war nochmals drei Tage unterwegs, ohne jede Eile, schließlich hatte er nichts anderes als eine Betschwester erwartet. Ein Hutzelweib, das ihm etwas zu essen hinstellt, vorausgesetzt, dass er zum Katholizismus übertritt.

Und dann stand er vor ihrer Tür, mit dem Empfehlungsschreiben dieses Pfarrers in der Tasche. Nur dass niemand aufmachte. Sie sei auf dem Weg zur Kirche, sagten die Leute auf der Straße. Wohin denn sonst am Palmsonntagmorgen, wenn die Glocken läuten!?

Warum er auf einmal zu rennen anfing, wusste er selbst nicht. Und dann sah er sie von weitem. Wusste sofort, dass sie es ist, obwohl es alles andere als eine Betschwester war, ganz im Gegenteil. Als sie sich zu ihm umschaute, wurde ihm schwarz vor Augen.

Fünfzig Jahre später wird er schreiben: Die Stelle, an der sie mich zum ersten Mal angeschaut hat, müsste ein Wallfahrtsort werden, dem die Leute sich nur auf Knien nähern dürfen. Nie habe ich ein schöneres Gesicht, nie herrlichere Brüste gesehen.

Von einer solchen Missionarin will man gern bekehrt werden, zu welchem Glauben auch immer. An Gott denkt kein Mensch, der vor ihr steht.

Wer bist du?, fragte sie ihn, und er sagte: Jean-Jacques.

Wenn du dich in Turin taufen lässt, darfst du zu mir zurückkommen, sagte sie zu ihm am nächsten Morgen.

Eine Woche später saß er mit einem alten Ehepaar, das während der Fahrt für seine Verkostung aufkam, in der Kutsche. In Turin lieferte es ihn im Hospiz zum Heiligen Geist ab. Was das alles bedeuten sollte, wusste er nicht. Er musste jetzt einfach katholisch werden und ein neues Leben anfangen. Also lernte er in neun Tagen den Katechismus auswendig. Im Hospiz zum Heiligen Geist wollte er schon deshalb keinen Tag länger als nötig bleiben, weil ihn gleich in der ersten Nacht ein Afrikaner in den Speisesaal lockte, die Tür verriegelte, sich vor ihm auszog, zu stöhnen anfing und dabei fürchterliche Grimassen schnitt.

Nicht nur in dieser Nacht sehnte er sich nach Genf zurück, zu seiner früheren Pflegemama. Wäre es nach ihm gegangen, hätte sie ihn noch viel öfter schlagen sollen. Je fester, desto besser. Immer hätte er dabei jauchzen können. Hätte sie gewusst, wie ihn diese Hiebe entzückten, hätte sie ihn wahrscheinlich nie wieder geschlagen. Oder sie hätte nur umso wilder zugeschlagen, so lange, bis wirklich nur noch der Schmerz übrig geblieben wäre.

Manchmal denkt er: Ich möchte nur noch geschlagen werden, mein ganzes Leben lang.

Zurück aus Turin, hört er durch die Wand, dass Mama nachts nicht immer allein ist. Von Frömmigkeit kann in ihrem Haus sowieso keine Rede sein. Abends ist die Stube alle paar Tage voll, fast nur mit Männern. Beinahe könnte man meinen, Mama sei vor allem deshalb aus Vevey geflohen, weil sie bei den Calvinisten nicht nächtelang tanzen und singen durfte.

Dass nie genug Geld im Haus ist, wundert Jean-Jacques nicht. Wenn die alten Weiber von der Vesper heimschlurfen, bleiben sie auf der Straße stehen, glotzen durch die Fenster und schütteln den Kopf. Auch dem Gärtner scheint das alles nicht sonderlich zu gefallen. Seit Mama auch ihren Kleinen zu sich ins Bett holt, zieht er sich immer mehr in eine Art Stummheit zurück. Nur beim Morgenessen sagt er fast jeden Tag: Der arbeitet nichts. Manchmal streichelt Mama dann Jean-Jacques übers Haar und sagt: Er ist ja noch klein.

Dabei gibt es kaum etwas zu tun. Der Salat und die gelben Rüben wachsen im Garten von allein, die Äpfel auch, und die Rosenhecken kann ohnedies nur der Gärtner richtig stutzen.

Überhaupt findet er, dass Jean-Jacques alles falsch macht, was er in die Hand nimmt. Sitzt er im Gartenstuhl, schüttelt der Gärtner über seine Faulenzerei den Kopf, versucht Jean-Jacques mitzuhelfen, ist es auch nicht recht.

Mama scheint es heimlich zu genießen, wie die beiden umeinander herumschleichen, als wollten sie sich immer ein wenig auf die Nerven gehen, ohne je miteinander zu streiten. Hat Mama bereits nachmittags ein paar Schlückchen von ihren selbstgemachten Likören getrunken, schaut sie ihnen manchmal vom oberen Fenster herab zu, mit einer Spur von Lächeln und offensichtlich zufrieden damit, dass die beiden ständig ein Auge aufeinander haben, aber gleichzeitig so tun, als wäre der andere gar nicht da.

Manchmal kommen Leute vorbei, die, wie einst Jean-Jacques auch, von einem Pfarrer an Mama verwiesen wurden. Mama schickt sie sofort weiter nach Turin, ins Hospiz zum Heiligen Geist. Jean-Jacques muss ihnen jedes Mal erzählen, wie schön es dort ist, und ihnen von den prächtigen Prozessionen und herrlichen Messen vorschwärmen. Er selbst ist der Einzige, den sie sich je aus Turin zurückgewünscht hat. Anders als der Gärtner, der hier für alles zu sorgen hat, darf Jean-Jacques einfach nur da sein. Weder ist er Gärtner noch Koch, noch Laufbursche, sondern einzig und allein Mamas Kleiner. Morgens geht er mit Mama manchmal auf den Markt und hilft ihr in der Küche, nach dem Mittagessen zieht es ihn bei schönem Wetter in die Berge hinaus, abends geht er in der Molkerei Milch holen, und später sitzt man zu dritt oder in größerer Gesellschaft zusammen, immer bei einem Schluck Wein, der ihn sofort erhitzt und müde macht zugleich.

So gehen die Tage dahin und die Wochen. Und weil der Gärtner nach einem Jahr immer noch sagt: Er arbeitet nichts!, glaubt Mama, aus ihrem Kleinen einen Pfarrer machen zu müssen. Fürs Praktische, denkt sie, taugt er nichts, und weil er gern Bücher liest, bleibt gar nicht viel anderes übrig.

Manchmal reißt er Mama einen Bissen Brot, kaum dass sie ihn zwischen den Lippen hat, aus dem Mund und schluckt ihn hastig selbst hinunter. Mehr Vereinigung, hat er das Gefühl, kann nicht sein. Alles andere würde er lieber mit sich allein machen.

Dass er sich in den Turiner Alleen hinter Bäumen versteckt, Frauen aufgelauert, seinen Mantel zurückgeschlagen und sie erschreckt hat, erzählt er Mama nicht. Jeden Abend hat er das getan, bis er eines Tages erwischt wurde. Dabei hätte er diesen Frauen überhaupt nichts getan. Nicht einmal anfassen hätte er sie wollen, ganz im Gegenteil. Er wollte sie nur schreien hören oder wegrennen sehen. So oft wie möglich.

Es nie so weit kommen zu lassen, von Frauen angefasst zu werden, denkt Jean-Jacques immer mehr, ist das Höchste. Am liebsten würde er ihnen jeden Gefallen tun, nur nicht den letzten.

Das Herumsitzen und Herumlungern muss jetzt aufhören, sagt Mama immer öfter. Vielleicht sagt sie es vor allem dem Gärtner zuliebe.

In Turin habe man ihm eine Laufbahn als Diplomat vorausgesagt, behauptet Jean-Jacques.

Mama ist es egal, ob er Pfarrer oder Diplomat werden will. Ohne Latein geht beides nicht. Und beim Organisten soll er den Blasebalg treten. So lernt er auch etwas von Musik verstehen. Wenn man eine so schöne Stimme hat, schadet das nichts.

Jean-Jacques könnte sich auch vorstellen, Komponist zu werden. Diplomat, Pfarrer und Komponist zugleich.

Der Domorganist sitzt sowieso alle paar Tage bei Mama in der Küche, zusammen mit dem Franziskanerprior. Auch deshalb schütteln die alten Weiber den Kopf.

Jean-Jacques' Tag fängt jetzt immer mit einer Messe an, danach zwei, drei Stunden Latein, nach dem Mittagessen geht er mit dem Gärtner Kräuter sammeln, und wenn abends Gesellschaft im Haus ist, sitzt er immer öfter an Mamas Spinett und gibt manchmal sogar schon ein selbstgeschriebenes Couplet zum Besten.

Der Franziskanerprior will aus ihm einen Pfarrer, der Organist einen Organisten machen. Jean-Jacques denkt immer noch an eine Diplomatenlaufbahn. Genau genommen will er aber nur in Mamas Garten sitzen und nachts durch die Wand mitbekommen, wie der Gärtner und Mama zusammen stöhnen. Mama ist immer die Lautere, vom Gärtner hört man fast nichts. Jean-Jacques macht dabei immer solche einsamen Verrichtungen, wie der Pfarrer diese Dinge im Beichtstuhl nennt. Jedes Mal fragt er danach, wenn Jean-Jacques nicht von selbst damit anfängt. Jean-Jacques weiß das. Trotzdem schiebt er es immer bis zum Ende auf und hofft, dass der Pfarrer es vergisst.

Für Jean-Jacques könnte dieses Leben noch lange so weitergehen: morgens in der Messe, danach Latein, den Rest des Tages für sich und abends Musik.

Dass der Organist Streit mit dem Dompfarrer bekommt, dass er von heute auf morgen abreisen und dass er Jean-Jacques mit nach Lyon nehmen will, passt ihm nicht. Doch Mama besteht darauf, dass er diese Gelegenheit nutzt und in Lyon etwas aus sich macht. Tatsächlich könnte er dort ein berühmter Musiker werden. In Lyon soll sogar gelegentlich Monsieur Rameau, der größte Komponist Frankreichs, ein Konzert geben. Jean-Jacques trägt seit Wochen dessen Harmonielehre mit sich in der Tasche herum.

Mama drückt ihn beim Abschied an sich. Als die Kutsche losfährt, kommen ihrem Kleinen die Tränen. Zum ersten Mal im Leben hat er eine Mutter gehabt. Seine wirkliche ist im Kindbett gestorben.

Bis heute kann er das leise Gefühl nicht loswerden, Papa könnte ihm an ihrem Tod ein wenig Schuld geben. Obwohl Papa nie eine entsprechende Andeutung gemacht hat. Auch sein Bruder nicht, der inzwischen verschollen ist. Ein Herumtreiber und Säufer. Dass Papa fliehen musste, weil er sich mit einem französischen Offizier geprügelt hatte, war das nächste Unglück. Sein Onkel, zu dem er ihn steckte, schob ihn sofort zu Madame Lambercier ab. Noch heute möchte er von ihr geschlagen werden. Nur wollte Madame Lambercier ihn nach zwei Jahren auch nicht mehr haben. Der Graveur, bei dem er dann unterkam, schrie ihn den ganzen Tag an. Und dann war an einem Sonntag das Stadttor schon zum zweiten Mal zu, als er von einem Ausflug zurückkam. Drei Tage Arrest wollte er nicht noch ein zweites Mal erleben müssen. Er ist dann einfach durch die Nacht gewandert, Richtung Savoyen, und hat am nächsten Morgen in einem Pfarrhaus angeklopft, wo man ihm die Adresse einer frommen Frau in Annecy gab. Ein paar Tage später musste er nichts weiter tun, als zum Katholizismus überzutreten, um zum ersten Mal eine richtige Mama zu bekommen. Eine mit Brüsten, die er nie vergessen wird.

Kaum in Lyon angekommen, fängt der Organist auf der Straße auf einmal an zu grimassieren, bekommt plötzlich Schaum um den Mund und bricht zuckend zusammen. Jean-Jacques rennt weg, zurück zur Poststation, und besteigt die nächste Kutsche in Richtung Savoyen.

Drei Tage später ist er wieder bei Mama daheim. Nur ist sie nicht da. Die Tür verschlossen. Auch kein Gärtner weit und breit. Es ist, als wohnte hier seit langem keiner mehr.

Ein Nachbar will gesehen haben, wie sie bei Nacht mit einer Maske fluchtartig die Stadt in einer Kutsche verlassen hat, begleitet von ihrem Gärtner und einem Unbekannten. Die Kirche habe sie nicht mehr halten können, wegen ihres Lebenswandels. Auch der Prior sei nicht mehr da. Ins Schweigekloster versetzt, vielleicht sogar im Gefängnis, Genaues wisse man nicht. Dass es mit den Festen und Feiern nicht so habe weitergehen können, hätten hier alle gewusst, offenbar nur der Prior nicht.

Jean-Jacques sitzt die ganze Nacht im Garten. Manchmal weint er ein bisschen. Er ist jetzt so allein wie damals, als die Stadttore in Genf verschlossen waren. Er kann nur wieder heimgehen, wo keiner auf ihn wartet. Ein verlorener Sohn, der sich den Katholischen in den Schoß geworfen hat.

Und er braucht Geld. Mama hatte ihm immer schon gesagt: Hol dir endlich dein Erbe ab, bevor dein Vater alles für seine neue Frau hinausgeworfen hat.

Wie er von weitem den Genfer See sieht, bricht er in Tränen aus. Wie fremd es in der Fremde war, merkt er erst jetzt. Anders als in Annecy, wo man von den Alpen umringt ist, öffnet sich hier das Land, ein blühender Garten mit einem Himmel, der milder als überall anderswo leuchtet. So mächtig die Berge bei Mama auch emporragen mögen, so sehr hat er jetzt das

Gefühl, als gelangte man aus der Enge endlich wieder ins Offene. Freundlicher scheint hier alles, die Luft ist lauer, verspielter das Licht und sogar munterer das Vogelgezwitscher. Sanft schwingen sich vom Ufer Weinberge in die Höhe, wohin immer man blickt, ein fruchtbares Land voll sommerlicher Heiterkeit, eine Welt, in der nur ein glückliches Volk leben kann.

Doch je näher er Genf kommt, umso mehr will sein inneres Jauchzen in Beklemmung umschlagen. Jean-Jacques bittet den Kutscher, langsamer zu fahren, was der aber nicht hören will. Als Jean-Jacques ihn ein zweites Mal darum bittet, schreit er von seinem Bock herab, er sei hier nicht der einzige Gast. Dabei fahren außer ihm nur Pakete und Briefe mit, sonst nichts. Weshalb er sich wünscht, dass ein Rad bricht, und zwar auf der Stelle. Seine Kehle wird immer trockener, er bräuchte einen Schluck Wasser. Das Herz fängt an zu rasen, Schweiß bricht ihm aus, er fürchtet, dass es ihm gleich wie dem Organisten in Lyon ergeht und er mit Schaum vor dem Mund im Wageninneren zusammenbricht, was der Kutscher erst merken würde, wenn er in Genf die Tür öffnet und Jean-Jacques tot aus dem Wagen kippt.

Lassen Sie mich an der nächsten Station heraus, ruft er zu ihm hinauf, ich steige aus.

Der Kutscher hört nichts oder will nichts hören. Immer schneller geht es bergab, der Kutscher peitscht auf die Pferde ein und brüllt dabei. Jean-Jacques wird um sein Leben bang, er hält sich mit beiden Händen am Griff über dem Fenster fest und denkt: Ich will nicht heim, ich will nicht heim.

Er atmet auf, als der Wagen an einem Gasthof bremst und der Kutscher schreit: Bitte schön!

Ihm ist schwindlig, er weiß nicht, wo er ist. Einen Postknecht, der sofort zur Stelle ist, fragt er, ob es eine Kutsche nach Nyon gibt, die in Genf nicht hält.

Um Genf, mein Herr, kommt keiner herum, schüttelt der Postknecht den Kopf.

Eine halbe Tagesreise hinter Genf sieht Jean-Jacques in Nyon nach sechs Jahren zum ersten Mal seinen Vater wieder. Er will ihn nicht gleich als Erstes auf sein Erbe ansprechen. Es könnte sich wie ein Vorwurf anhören. Von einer Tante in Genf hatte er gehört, dass von Mutters Geld fast nichts mehr da ist. Jean-Jacques fühlt sich ganz schwach, so wie er jetzt vor seinem Vater steht. Die beiden spielen Fröhlichkeit, und nebenan steht eine Frau, die dabei ein bisschen mitspielen will.

Du bist und bleibst mein Kind, sagt der Vater, auch wenn ich so etwas nicht verstehen kann. Jean-Jacques weiß, was damit gemeint ist. Dass ausgerechnet sein eigen Fleisch und Blut das calvinistische Licht der Vernunft dem katholischen Wahnsinn opfern musste, will dem Vater nicht in den Kopf. Um Religion geht es ihm dabei nicht.

Vaters neue Frau findet, dass es selten einen so schönen Sommer gab. Und dass Nyon auf keinen Fall schlechter als Genf ist. Kleiner sei es, aber nicht schlechter. Kleiner und schöner. In Genf, sagt sie, möchte ich nicht leben. Größe an sich sei ja noch nichts Gutes. Was Jean-Jacques auch findet.

Am liebsten würde er Papa fragen: Warum hast du mir nie geschrieben? Oder mich nie besucht?

Als die Neue wissen will, ob er noch zum Abendessen bleibt, schüttelt er den Kopf. Er müsse leider noch weiter. Und zwar sofort. Es tue ihm leid. Ein andermal vielleicht.

Er setzt seinen Hut auf, fällt dem Vater noch einmal um den Hals, gibt der Frau die Hand, verneigt sich und sitzt am Abend in einem Wirtshaus am See. Er hatte geglaubt, dass man im Haus des Vaters so lange bleiben kann, wie es einem gefällt, und nicht dankbar dafür sein muss, noch zum Vesper bleiben zu dürfen.

Die ganze Nacht zieht er am Ufer entlang Richtung Vevey, wo Mama herkommt.

Vor ein paar Jahren hatte sie abends zu ihrem Mann gesagt: Ich muss dringend ein paar Tage in Kur. Auf dem Weg zum Hafen wunderte sich ihr Kutscher noch, warum die Koffer so schwer waren, nur wegen eines kleinen Ausflugs nach Evian hinüber. Zwei Stunden später nahm sie sich im Hotel Royal ein Zimmer und schaute von der anderen Uferseite nach Vevey hinüber. Dann ging sie ins Hochamt, warf sich dem Bischof vor die Füße und rief: In deine Hände, o Herr, befehle ich meinen Geist.

Zuerst dachte der Bischof, diese Frau ist verrückt, doch als er erfuhr, dass sie aus einem der ersten Häuser in Vevey stammt und sich zum wahren Glauben bekehren lassen will, war sie für ihn ein Geschenk des Himmels und ein Beweis dafür, dass es mit dem calvinistischen Spuk bald ein Ende hat.

Noch am selben Tag saß sie beim Nachtmahl zwischen dem Bischof und dem sardischen König, dem auch das schöne Nizza, das Piemont und Savoyen gehören. Zwischen Forellen und Wachteln beschlossen die beiden, ihr eine monatliche Rente zukommen zu lassen, vorausgesetzt, sie ist bereit, noch viele verloren geglaubte Seelen aus ihrer Heimat in den Schoß der wahren Kirche zurückzuführen.

Einen Tag später stand ihr Gatte in der Hotelhalle. Die einen blickten ihn mitleidig an, andere fingen an zu tuscheln, manche kicherten. Ein Lakai soll sich sogar die Frechheit herausgenommen haben, ihm zu raten, besser auf seine Frau aufzupassen. Als sie abends endlich zurück ins Hotel kam, bettelte er sie an, wieder nach Hause zu kommen. Mit dem letzten Schiff fuhr er unverrichteter Dinge nach Vevey zurück. Im Grunde konnte er sich nur noch umbringen. Doch dann beschloss er, nach England auszuwandern, in ein Land, das man vom Schweizer Ufer aus nicht sehen kann.

Wenn der Gärtner solche Geschichten erzählte, obwohl ihm kaum je einmal ein Wort über die Lippen kam, hatte das etwas ganz Bestimmtes zu bedeuten. Davon ist Jean-Jacques überzeugt.

Beim Blick zum gestirnten Himmel hinauf rätselt er, ob sich dahinter nur ein endloser Schlund öffnet oder sich jenseits dieser Weiten ein gütiger Vater verbirgt. Daneben bastelt Jean-Jacques in dieser Nacht auch an seinem zukünftigen Namen herum und beschließt, aus Rousseau einen Vaussore zu machen.

Im Morgenlicht erreicht er Lausanne, erkundigt sich nach einer Herberge, mietet sich ohne einen Sou in der Tasche unter seinem neuen Namen Vaussore de Villeneuve ein, stellt sich dem Wirt als Komponist vor und erkundigt sich nach dem städtischen Musikleben. Der Wirt denkt eine Weile nach. Schließlich fällt ihm ein, dass es hier einen Professor der Rechte gibt, der ihm weiterhelfen kann.

Noch bevor es Abend ist, darf Jean-Jacques bei ihm vorsprechen. Viel Zeit hat der Professor nicht, doch was Vaussore de Villeneuve ihm von seinen vielen Aktivitäten zwischen Annecy und Lyon erzählt, genügt, um dem jungen Mann einen kleinen Kompositionsauftrag für das nächste Konzert zu erteilen. Zwei Wochen hat er Zeit, dann ist es so weit. Nichts Großes, nur ein Menuett, aber immerhin. Dann sieht man weiter. Von Bezahlung ist keine Rede, doch das wird sich, so hofft Jean-Jacques, spätestens nach der Aufführung ändern.

Immerhin hat er für den Hausgebrauch bei Mama daheim

schon das eine oder andere Couplet erfunden. Nur hat er es nie auf Papier festgehalten. Zwar kann er, wenn es nicht zu viele auf einmal sind, inzwischen durchaus Noten lesen, doch geschrieben hat er noch nie welche. Was sich aber leicht ändern lässt. Man braucht nur einen Anlass, sagt sich Jean-Jacques. Rameaus Harmonielehre kennt er in- und auswendig, zumindest theoretisch. Beim Melodienerfinden hat er sich immer auf seine Fantasie verlassen. An ein Stück ohne Gesang hat er allerdings noch nie gedacht. Vor allem nicht an eines mit so vielen Instrumenten. Bei Mama in der Küche daheim gibt es nur ein Spinett, manchmal hat auch einer eine Sackpfeife, eine Geige oder Gambe mitgebracht. Noten hatte nie einer dabei.

Genau genommen hat er immer noch ein bisschen Mühe mit dem Notenlesen, ganz zu schweigen davon, dass er sich nicht im Geringsten vorstellen kann, etwas für vier oder fünf oder sogar zwanzig Instrumente gleichzeitig zu schreiben. Für Violinen, Bratschen, Bässe, Flöten, Oboen, Fagotte, Hörner und Trompeten, nicht zu vergessen das Cembalo. Eine einfache Melodie fällt ihm jederzeit ein, doch wie man ein solches Durcheinander so hinkriegt, dass es auch noch harmonisch klingt, weiß er beim besten Willen nicht. Quarten und Quinten, Dur und Moll, Harmonie und Melodie, das alles ist ihm, rein rechnerisch, irgendwie klar, aber praktisch sieht es ganz anders aus.

Was nützt einem, fragt er sich auf dem Weg in seine Herberge zurück, dieses ganze Wissen um Akkorde und Intervalle, wenn man bloß vierzehn Tage Zeit hat? Andererseits soll es sich nur um ein Menuett handeln. Ein Menuett braucht keine tausend Stimmen. Im Grunde können dabei fast alle das Gleiche spielen. Eine Melodie und ein Bass, der alles unterlegt, das genügt. Die Geigen kriegen die Melodie, und zwar alle zusammen, egal wie groß oder klein sie sind. Ausgenommen der Kontrabass, der das Fundament liefern muss. Ein Fundament, das so schlicht wie solide ist. Und dann noch ein paar Stimmen dazwischen.

Zwei Wochen sind eine knappe Zeit für einen, der kaum Noten lesen kann und den Umfang der Instrumente nicht kennt, nicht ihre tiefsten Tiefen, nicht ihre höchsten Höhen und auch nicht die seltsamen Schlüssel, die für ein paar von ihnen gelten. Noten, denkt er, sind im Grunde viel zu kompliziert für so etwas Schönes wie Musik. Man müsste das Ganze viel einfacher machen. Was ihm in diesem Augenblick allerdings rein gar nichts nützt, da in zwei Wochen das Menuett fertig sein muss und er bis dahin kein neues Notensystem mehr erfinden kann.

In seiner Herberge lässt er alle Mahlzeiten anschreiben, was der Wirt auch anstandslos macht. Von Lausanne sieht er so gut wie nichts. Tag und Nacht arbeitet er an seinem Werk, bringt es mit Mühe auf sechzehn Takte, dazu ein Zwischenspiel mit weiteren zwölf, an dessen Ende die ersten sechzehn wiederholt werden. Wiederholungen gehören beim Menuett dazu, das weiß er. Wiederholungen sind sein Glück. Mit Wiederholungen ist er gerettet.

Zwei Stunden vor dem Konzert liefert er das Stück ab. Eine Probe brauche man für so etwas nicht, doch er müsse das Stück selbst dirigieren, heißt es. Wovon der Professor ihm vor zwei Wochen überhaupt nichts gesagt hat, es jedoch offenbar so üblich ist, was die Sache allerdings keineswegs einfacher macht. Das Menuett an sich hat ihn bereits an die Grenzen der Erschöpfung gebracht, und jetzt soll er es auch noch selbst dirigieren. Sein Lebtag hat er noch nie jemandem den Takt vorgegeben, schon gar nicht einem ganzen Orchester, allenfalls daheim bei Mama in der Küche, wo er beim

Singen manchmal ein bisschen herumgefuchtelt und sich damit selbst angetrieben hat. Andererseits, sagt er sich, kriegt einen Dreivierteltakt jeder hin, ein Menuett läuft wie von selbst, man winkt ihm hinterher. Kaum hat es angefangen, ist es schon wieder vorbei. Nur müsste man, sagt er sich, es wenigstens ein einziges Mal probiert haben, auch wenn es bloß ein Dreivierteltakt ist.

Er versteckt sich hinter der Bühne, fängt heimlich an zu üben, gestikuliert in die leere Luft hinein, gibt Einsätze und Zeichen, singt mit stummem Mund übertrieben die Melodie mit, blickt mal streng, mal anerkennend, so wie es der Organist auf der Empore auch immer macht, wenn sich der Kirchenchor beim Hochamt um feierliche Töne bemüht. Viel wäre schon gewonnen, wenn bei der Aufführung keiner sieht, wie er zittert und der Schweiß an ihm hinabläuft. Schlimmstenfalls wird ihm schwarz vor Augen. Herzrasen hat er jetzt schon. Auf keinen Fall darf es ihm wie dem Organisten in Lyon ergehen. Irgendwann fangen epileptische Anfälle immer zum ersten Mal an. Man hat sie nie gehabt, und plötzlich sind sie da, schlimmstenfalls vor einem ganzen Saal, mit Augenrollen, Zuckungen und Schaum vor dem Mund. Er kann nur hoffen, dass keiner sieht, wie er hinter dem Vorhang probiert. Aber er muss weiterprobieren, glaubt, dass man bei der Eins oben anfängt, dann die Hand nach unten haut und die Drei irgendwie wegwischt, nicht mehr und nicht weniger, was man dann einfach durchhalten muss, sechzehn Takte lang, mit einem Zwischenspiel und einer Wiederholung am Ende, nur dass man nicht schneller werden, aber auch nicht zu langsam anfangen darf, vor allem nicht bei einem Menuett. Nicht zu schnell, nicht zu langsam, sondern exakt dazwischen, sodass es weder schleppt noch verhetzt wirkt. Am besten, man denkt nicht viel dabei, und zwar schon deshalb nicht, weil im Grunde ja gar nichts schiefgehen kann. Ein Menuett ist keine Tragödie. Heiter, beschwingt, eine fröhliche Sache. Kaum hat es angefangen, ist es vorbei. Die Leute werden klatschen und lachen und mehr davon wollen. Er wird sich verbeugen, einmal, zweimal, dreimal, dann wird er abtreten, und alle werden ihm nachschauen. Das Wichtigste, man sieht entschieden aus und wirkt gelassen zugleich. Vor allem dann, wenn man vors Orchester tritt. Ein Orchester braucht Strenge, selbst bei einem Menuett. Nur weiß er beim besten Willen nicht, was man mit der Linken anfangen soll, solange die Rechte eins, zwei, drei schlägt. Schlaff hängen lassen geht nicht, weshalb man sie am besten einfach mitrudern lässt. Oder er setzt sie nur für die Betonung der Eins ein, schließlich darf man die Linke auch nicht zu wichtig nehmen. Und zwischendurch kann sie einfach irgendetwas abbremsen, als hätte auf der linken Seite einer zu laut gespielt. So etwas sieht immer gut aus. Da denken die Leute im Saal sofort, dieser Mann hat ein ungemein genaues Gehör. Allerdings bräuchte man dafür noch Zeit zum Üben. Und diese Zeit hat er nicht. Am Ende hilft nur Lächeln. Nicken und Lächeln.

Er darf in der ersten Reihe sitzen und wird, wenn es so weit ist, auf die Bühne gewinkt. Der Herr Professor hält eine Ansprache. Schließlich nennt er auch seinen Namen. Vaussore de Villeneuve, sagt er, ist heute unter uns, ein vielversprechender junger Komponist. Dann fängt es an. Jean-Jacques vernimmt nur ein einziges lärmendes, bedrohliches Geräusch, als würde das ganze Orchester sich gegen ihn verschwören und schon jetzt prüfen, ob er überhaupt einzelne Stimmen heraushören kann. Aber er weiß nur, dass es Geigen, Trompeten und Flöten sind. Und dass alles durcheinandergeht. Als dann Applaus aufbrandet, kann er ihn anfangs von der Musik kaum unterscheiden. Er wirkt auf ihn wie ein Angriff von hinten. Und als das Orchester von neuem einsetzt, fällt ihm ein, dass er zu klatschen vergessen hat, was man ihm, wie er fürchtet, als Anmaßung auslegen könnte. Als wartete er nur darauf, dass endlich sein eigenes Stück an der Reihe ist. Doch es dauert und dauert. Das Lärmen von vorn und von hinten will überhaupt nicht enden, Applaus und Getön, Getön und Applaus, sodass er zwischen dem, was in seinem Kopf vor sich geht, und dem, was hier tatsächlich stattfindet, überhaupt nicht mehr unterscheiden kann. Nie ist ihm etwas so endlos vorgekommen. Er will es so schnell wie möglich hinter sich gebracht haben. Andererseits könnte es seinetwegen mit den Stücken, die noch vor dem seinen kommen, endlos weitergehen, so lange, bis die Leute erschöpft nach Hause wollen. Er betet, es möge nie so weit kommen, dass er aufstehen und diese drei Stufen zum Podest hinaufschreiten muss, ohne noch zu wissen, welchen Fuß man dabei vor den anderen setzt, auf dem Weg zu seiner Selbstvernichtung, die auch seine Krönung sein könnte, denn ein Menuett, so sagt er sich immer wieder, hat noch jeder hinter sich gebracht, dafür muss man weder Rameau studiert haben noch eine einzige Note lesen können, es läuft wie von selbst, ganz von allein, eine Musik, die sich selbst spielt, nur dass er dafür verantwortlich ist, dass überhaupt einmal damit angefangen wird.

Tatsächlich winkt man ihn irgendwann heran, er hätte es fast nicht bemerkt, hat an etwas ganz anderes gedacht, tritt dann aber vor, verbeugt sich, alles klatscht. Und dann wird es still. So still, wie er Stille noch nie erlebt hat. Im Grunde ist es viel zu viel Stille für so ein kleines Menuett. Andererseits geht nichts schief, solange alles noch still ist. Wobei er sich fragt, wer jetzt eigentlich worauf wartet. Die Musikanten sind bereit, er ist es auch. Allerdings hat ihm keiner gesagt, ob man einen stummen Takt vorgibt oder sofort mit dem Einsatz beginnt. Er hätte, wirft er sich vor, dem Organisten, der jetzt vielleicht schon tot ist, genauer zuschauen müssen. Oder wenigstens den Dirigenten, die gerade vor ihm dran waren. Zeit dazu hätte er genug gehabt, doch weil er so viel denken musste, hat er überhaupt nicht daran gedacht, dass man ihnen zuschauen müsste, und sei es nur, um zu erfahren, ob man einen stummen Takt vorgibt oder nicht. Fragen kann er jetzt nicht mehr. Es wäre lächerlich. Er kann nicht zum Ersten Geiger ans Pult treten und ihm ins Ohr flüstern: Wie halten Sie es? Wollen Sie einen stummen Takt voraus oder nicht? Andererseits, wer hätte je gedacht, dass er in Lausanne einmal vor vollem Saal ein eigenes Stück dirigieren wird? Nur muss er jetzt endlich mit Denken aufhören und anfangen. Weiß aber immer noch nicht, wie. Weshalb er zuerst einmal nickt. Worauf der Konzertmeister zurücknickt, dieses Nicken jedoch beinahe wie ein Befehl wirkt. Ein heiteres Nicken jedenfalls ist es nicht. Witz scheint dieser Mann nicht zu besitzen. Weshalb Jean-Jacques, der heute als Vaussore de Villeneuve vor diesen Musikern steht, nochmals nickt, und zwar zur anderen Seite hinüber. Nicken, denkt er, ist immer gut. Mit Nicken stimmt man die Leute günstig. Mit Nicken ist noch nie etwas schiefgegangen. In der ganzen Welt nicht. Nur dass sein Nicken diese stierenden Musiker nicht freundlicher stimmen will. Sie scheinen zu allem bereit und warten nur darauf. Mit Freude, so hat Jean-Jacques den Eindruck, hat ihre Arbeit nichts zu tun. Sie wollen spielen. Was auch sein Wille ist. Also hebt er die Arme in die Höhe, fängt an, mit ihnen zu rudern, schüttelt sie immer heftiger, bloß dass kein Einziger von denen, die da vor ihm sitzen, zu spielen anfängt.

Er lässt die Arme wieder sinken, nickt noch einmal, lächelt ein bisschen. Es muss exakter sein, sagt er sich, so exakt, dass kein einziges Missverständnis mehr aufkommen kann. Was heißt, dass man ein letztes Mal durchatmen und für eine Konzentration sorgen muss, die sich wie magisch auf alle überträgt. Ein richtiger Ruck muss durch sie hindurchgehen, ein Ruck, der sie auf einen Schlag mitreißt, so sehr, dass der Rest ganz von allein läuft und man am Ende nur staunen kann, wie leicht das alles ging. Es muss ein Menuett-Rausch sein, der nur einen winzigen Anstoß braucht und bei dem es vollkommen egal ist, ob es einen Dirigenten gibt oder nicht. Doch ein Anfang muss gemacht sein. Der Rest läuft dann ganz von allein. Würde sein Vater jetzt in der ersten Reihe sitzen, könnte er miterleben, wie für seinen Sohn hier und heute in Lausanne der Weg als berühmtester Komponist, den die Stadt Genf je hervorgebracht hat, beginnt. Was ihm im Augenblick aber alles nichts nützt, nachdem die Stille vor diesem Menuett bereits so unheimliche Ausmaße angenommen hat, wie man sie nicht einmal während der Passion Christi zwischen den letzten sieben Worten am Kreuz und dem Zerreißen des Vorhangs im Tempel erleben kann.

Er reißt die Arme hoch, schreit eins, zwei, drei dazu, worauf tatsächlich ein Teil der Musikanten anfängt und ein anderer ihm nachfolgt, ja schließlich das ganze Orchester einstimmt, Jean-Jacques sich jedoch nicht entscheiden kann, ob er es mit triumphalem Gefuchtel anfeuern oder mit entsetzter Miene abbremsen und in ordentlichere Bahnen lenken soll, während der ganze Saal in immer lauteres Gelächter ausbricht und auch die Musiker vor Lachen kaum noch spielen können, allerdings zehn, zwölf Takte tapfer durchhalten, nur dass dabei schwer zu sagen ist, wer von ihnen an welcher Stelle ist.

Noch in der gleichen Nacht flieht Jean-Jacques nach Vevey. Ab morgen will er wieder auf Mamas Spuren wandeln und dafür beten, ihr wenigstens noch ein einziges Mal im Leben zu begegnen.

Ich bin zum Lieben geboren, murmelt er auf dem Pilgerweg zu ihrem Geburtsort vor sich hin. Ich bin zum Lieben geboren. Er weiß, dass sie nicht damit leben kann, ihn alleingelassen zu haben.

Im ersten Frühlicht, als das Städtchen noch schläft, wandelt er über Pflastersteine, auf denen er ihre Schritte spürt. Aus Fenstern sieht er ihre Augen schauen. Den ganzen Tag lang zieht er durch die Straßen und Gassen, hin und her und her und hin, die immer gleichen Wege, wagt aber nicht, jemanden nach ihr zu fragen, und sei es, um ihren Namen reinzuhalten und ihn nicht mit bösen Blicken und wüsten Worten beschmutzen zu lassen. Wie noch nirgends bisher hat er hier in Vevey zum ersten Mal das Gefühl, dass Sprache alles kaputt machen könnte. Ein falsches Wort über Mama, und sie wäre vernichtet. Nie mehr könnte er sie dann so sehen, wie er sie bisher gesehen hat. Die Erinnerung daran, dass in Vevey jemand etwas Böses über sie gesagt hat, würde ihn nie mehr loslassen. Man muss mit seinen Gefühlen allein bleiben, sagt er sich, die Welt macht einem sonst alles kaputt.

Als ihm einer der gestrigen Geiger auf der Straße entgegenkommt, verlässt Jean-Jacques auf der Stelle die Stadt. Was soll ich in Vevey, sagt er sich, wo es nicht einmal Mama ausgehalten hat? Lausanne muss er von nun an meiden. Sein Gepäck steht dort noch in der Herberge. Ab jetzt nennt er sich wieder Rousseau.

Abends sitzt ihm in einem Wirtshaus eine mächtige Gestalt gegenüber, mit biblischem Bart und weißem Talar. Ein heiliger Mann, der durch die Welt pilgert und Spenden sammelt für die Wiederherstellung des Heiligen Grabes in Jerusalem.

Noch nie hat Jean-Jacques einen Mann erlebt, der den ganzen Abend lang ununterbrochen essen kann, so viel, als löste sich alles, was er hinunterschluckt, sofort wieder in nichts auf. Und noch nie hat er einen Mann gesehen, der drei Krüge Wein trinkt und immer noch nüchtern ist. Was vielleicht sogar einen Teil seiner Heiligkeit ausmacht, denkt Jean-Jacques. Vermutlich ficht einen solchen Mann nichts Irdisches mehr an.

Weil er nur Griechisch spricht und bloß wenige Worte Italienisch kann, fragt ihn der Mann, ob er ihm auf seinen Reisen als Dolmetscher helfen will. Es gibt zwei warme Mahlzeiten am Tag, an Wein soll es nicht fehlen. Ziel ist das Heilige Land, die Himmlische Stadt.

Während der Kutschfahrten döst der dicke Mann meist vor sich hin, und wenn er wach ist, redet er nicht viel. Herrlicher getafelt hat Jean-Jacques in seinem Leben noch nie, und noch nie sind ihm die Leute mit so viel Respekt begegnet. Gespendet wird überall reichlich, in manchen Gemeinden sogar der Rat einberufen, um sofortige Sonderausgaben zu beschließen. Jean-Jacques sieht sich bereits als Schatzmeister des Heiligen Grabes, umgeben von orientalischen Huris, in einem Palast aus Gold, der nach Myrrhe und Weihrauch duftet.

In Bern nimmt die Reise ein jähes Ende. Der französische Botschafter lässt die Polizei rufen und die beiden auf der Stelle festnehmen. Weil Jean-Jacques bestreitet, ein Schweizer zu sein, sich als Franzose ausgibt und behauptet, diesen Scharlatan erst seit ein paar Stunden zu kennen, wird er wieder freigelassen.

Auf einmal ist Mama wieder da. Als er ihr um den Hals fallen will, fragt sie nur, warum er nicht in Lyon sei.

Er steht da, weiß nicht, was er sagen soll, wirft sich auf die Liege, klammert sich am Kissen fest und fängt an zu schluchzen. Schluchzen hat bisher immer geholfen, so sehr sogar, dass er sich fragt, ob zuerst das Schluchzen kommt und dann erst das Gefühl. Was keineswegs heißen muss, dass ein Gefühl weniger Gefühl ist, wenn es nur durch Schluchzen zustande kommt. Schließlich gibt es zum Schluchzen allen Grund.

Als das Schluchzen allmählich keinen rechten Aufschwung mehr nehmen will und wie nicht mehr ganz natürlich klingt, fragt er Mama mit halb erstickter, halb herrischer Stimme, wo sie war. Mama redet etwas von geheimer Mission, der Name des Bischofs fällt, und auch der des Königs. Mehr dürfe sie nicht sagen.

Am Abend sitzen alle wieder um den Tisch, Mama, der Gärtner und er. Man werde umziehen müssen, gibt Mama bekannt. Der Thronfolger in Turin habe ihren Aufgabenbereich erweitert. Gleichzeitig müsse der Haushalt verkleinert werden. Mehr, sagt sie nochmals, dürfe sie nicht sagen.

Jean-Jacques kennt das. Mama belässt es gern beim Ungefähren. Sie ist wie gemacht für solche geheimnisvollen Geschichten. Fürs Undurchdringliche, bei dem keiner weiß, welche Rolle sie eigentlich spielt. Kein Wunder, denkt er, dass sie sich zu den Katholischen hingezogen fühlt. Dass der Franziskanerprior zu den Trappisten verschleppt worden und der Organist mit Schaum vor dem Mund auf der Straße zusammengebrochen ist, passt auch dazu.

Eine knappe Tagesreise südlich von Annecy hat Mama ein Haus zugewiesen bekommen, kaum halb so groß wie das bisherige. Im hintersten Winkel einer Seitengasse. Dunkel und mit einem Modergeruch, bei dem man um die Gesundheit fürchten muss. Die Ausweitung von Mamas Aufgabenbereich geht ganz offensichtlich mit einer Verschlechterung ihrer Verhältnisse einher. Der Gärtner legt als Erstes einen Kräutergarten an. Jean-Jacques hat einen Koffer voller Bücher mitgebracht.

Bald finden hin und wieder auch kleine Hauskonzerte statt. Alle paar Wochen klopfen abends drei, vier Musikanten an die Tür, und wenn sie lange genug sitzen, ist es wieder ein bisschen wie in Annecy. Allerdings muss Jean-Jacques jetzt jeden Morgen früh aufstehen. Mama will, dass er auf dem Katasteramt Geld verdient. Dort streicht er in speckigen Registrierbänden Zahlen und Ziffern aus und ersetzt sie durch andere. Zehn Stunden am Tag, die ganze Woche lang.

Nach zwei Monaten wird er krank. So krank, dass er sterben zu müssen glaubt. Wochenlang kann er das Bett nicht mehr verlassen, obwohl der Doktor keine Krankheit feststellen kann. Doch jedes Mal, wenn er aufzustehen versucht, wird ihm schwindlig. Das Einzige, was Jean-Jacques hat, ist noch ein wenig Kraft, um Voltaire zu lesen.

Wieder halbwegs genesen, schreitet er mit seinem Stock so aufrecht, wie es nur geht, durch die Gassen zum Katasteramt, wo er seinen Vorgesetzten zu sprechen wünscht und ihm kurzerhand erklärt: Ich komme nicht mehr!

Danach schlägt er den Weg zur Musikschule ein, wo man ihn von den Hauskonzerten bei Mama längst kennt. Dass er in Lausanne schon ein Konzert mit eigenen Werken dirigiert hat, wissen hier alle. Und dass er in Annecy ein gefragter Musiklehrer war, auch. Also drückt man ihm ein paar Adressen junger Mädchen in die Hand, die singen lernen wollen. Ab sofort muss er jeden Morgen bei einer anderen zu Hause erscheinen.

Die eine begrüßt ihn jedes Mal im Nachthemd, bei einer anderen kommt immer die Mutter auf ihn zugerannt und küsst ihn vor ihrem eigenen Mann so schamlos auf den Mund, dass er gar nicht mehr weiß, wo er hinschauen, geschweige denn, was er sagen soll. Die Dritte starrt ihn während der ganzen Gesangsstunden nur an, so inständig, dass Jean-Jacques den Unterricht mit ihr bloß im Dasitzen und Schweigen verbringt.

Als er Mama erzählt, was sich in diesen Häusern abspielt, verstummt sie. So stumm wie an diesem Tag hat er sie noch nie erlebt. Sie sitzen im Garten, der Brunnen plätschert, der Gärtner kommt mit einem Korb voller Pilze aus dem Wald zurück. Schöner könnte das Leben nicht sein, in solchem Frieden, solcher Stille. Nur dass Mama auf einmal sagt: Entweder sie oder ich. Überleg es dir, acht Tage hast du Zeit!

Wie oft hätte er alles darum gegeben, nicht bloß ihr Kleiner, sondern noch viel mehr zu sein. Doch jetzt, wo es so weit ist, sträubt sich in ihm alles dagegen. Zwar hatte er sich nachts, mit dem Ohr an der Wand, immer ausgemalt, wie es sein würde, wenn er an der Stelle des Gärtners wäre. Jetzt aber, wo er gar keine andere Wahl mehr hat, würde er alles dafür geben, dass es bloß bei solchen Vorstellungen bleibt. Am schönsten ist es, wenn er sie nur hört und sich dabei selbst befleckt.

Andererseits macht einen diese ständige Selbstbefleckung krank. So krank, dass man irgendwann daran stirbt. Was wiederum dafür spricht, dass er es ab jetzt mit Mama macht.

Dann ist es zum ersten Mal so weit. Damit es geht, stellt er sich dabei andere Frauen vor, seine bisherigen Schülerinnen und solche aus Turin, vor denen er einst niedergekniet ist. Danach sinkt er tagelang in eine Traurigkeit ab, wie er sie noch nie erlebt hat.

II

Er ist überzeugt, bald sterben zu müssen. Immer wieder. Mama hat nichts dagegen, dass er ab und zu krank ist, aber zu oft erträgt sie es auch nicht, zumal der Doktor behauptet, dass sich nicht das Geringste feststellen lässt. Kein Fieber, keine Ausschläge, rein gar nichts. Geld verdient ist mit Herumliegen sowieso keines, und die Zuwendungen des Königs und der Kirche werden immer spärlicher, als hätte man vergessen, was die Konvertierte aus Vevey alles für sie getan hat. Doch die Tage in Evian sind lange her.

Auch der Gärtner lebt nicht mehr. Wegen einer Lungenentzündung, die er sich im tiefsten Schnee und im bloßen Hemd auf den Bergen geholt hat, auf der Suche nach Beifuß, den es dort oben Anfang März überhaupt nicht gibt. Keuchend kam er zurück, hochrot im Gesicht, fünf Tage später war er tot. Dass Jean-Jacques laut zu denken gewagt hat, es sehe nach Selbstmord aus, fand Mama ungeheuerlich. Beifuß im März, das ist wie Erdbeeren an Heiligabend, hatte er gespottet, anstatt einfach den Mund zu halten. Dabei war es ein Jahr zuvor schon einmal fast so weit gewesen. Ganz gelb im Gesicht, starrte der Gärtner mit glühenden Augen so entsetzlich ins Leere, dass Mama ihn eine halbe Stunde lang schüttelte, nur noch heulte und zitterte, aber auch nicht den Doktor zu holen wagte. Hilf mir, hilf mir, schrie sie Jean-Jacques immer wieder an, doch er wusste auch nicht, was man tun sollte. Schließlich konnte er selbst am allerwenigsten dafür, dass die beiden sich in ihrer Hexenküche ständig stinkende Tinkturen zusammenbrauten und mit ihrem Leben spielten.

Bei der Beerdigung trug er den schwarzen Anzug des Toten, was Mama unerhört fand. Doch dann überließ sie ihm auch seine Uhr und alle anderen Überbleibsel. Und jetzt ist sie schon seit Monaten mit ihrem Kleinen allein. Seit er keine Gesangsstunden mehr gibt, sitzt Jean-Jacques bloß noch zu Hause herum. Was Mama auch nicht gefällt. Und dass er so viel im Bett liegt, gefällt ihr noch weniger. Nur kann er ja nichts dafür, dass er krank ist und der Doktor nichts bei ihm finden kann. Das Drücken in der Brust, die Atemnot, die Beklemmungen, die viele Übelkeit erfindet er schließlich nicht. Es könnte Schwindsucht sein oder noch Schlimmeres. Jean-Jacques muss sich die Diagnosen selbst stellen, wenn der Doktor versagt und dann jedes Mal zu ihm sagt, er habe wieder viel dazugelernt, so viel wüssten nicht einmal seine klugen Bücher. Jean-Jacques weiß es trotzdem besser. Nur würde er nie verraten, woran es wirklich liegt. Und trotzdem kann er das Onanieren nicht lassen.

Immer wenn es ihm wieder besser geht, zieht es ihn in die Welt hinaus. Manchmal wochenlang. So lange, bis er sich nach Mama zurücksehnt und wieder weiß, dass er ohne sie nicht leben kann. Das eine Mal muss er nach Nyon, um nochmals seinen Vater zu besuchen, das andere Mal nach Lyon, um sich ein Stück von Voltaire anzusehen, dann wieder nach Genf, um letzte Erbschaftsfragen zu regeln. Anlässe gibt es genug, doch so gut wie nie kommt er dort an, wo er eigentlich hinwollte. Manchmal gibt er sich auf seinen Reisen als Diplomat, manchmal als Engländer, manchmal als Komponist aus. Nie kommt jemand auf die Idee, dass es nicht stimmen könnte, vor allem die Damen nicht. Eine von ihnen wollte ihn sogar auf ihren Landsitz nach Montélimar einladen. Eine ganze Woche lang hatte er die Nächte mit ihr verbracht. In Montélimar lebe sie mit ihrer Tochter zusammen, einem Kind in seinem Alter, erzählte sie. Seither vergeht kein Tag, an dem Jean-Jacques sich nicht ausmalt, wie es mit dieser Tochter oder mit beiden zusammen wäre. Ohne auch nur das geringste Bild von ihr zu besitzen, verspürt er manchmal eine solche Gier nach ihr, dass er am liebsten auf der Stelle alles stehen und liegen lassen und nach Montélimar eilen würde. Für die Mutter, stellt er sich vor, bräche vielleicht die Welt zusammen, würde sie ihn mit ihrer Tochter erwischen. Oder sie wollte sofort mitmachen, und sie drei würden ihre Tage mit fast nichts anderem mehr verbringen.

Mama kann er nicht erzählen, was er unterwegs alles erlebt. Aus Angst, sie könnte seine Tagebücher lesen, denkt er sich manchmal Geheimschriften aus, die dann aber immer zu kompliziert sind, wenn man in aller Schnelle etwas aufschreiben will. Deshalb entscheidet er sich für unsichtbare Tinte. In Genf hatte ihm einmal jemand erzählt, man müsse dafür nur Kalk mit Wasser und Arsen in eine Flasche füllen, sie gut verschließen und kräftig schütteln. Doch gleich bei seinem ersten Versuch fängt das Gebräu derart heftig an zu schäumen, dass die Flasche fast explodiert und ihm nichts anderes übrigbleibt, als sie augenblicklich wieder aufzumachen, wobei ihm das ganze Gemisch ins Gesicht spritzt und er sechs Wochen lang blind ist, zumindest seinem Gefühl nach. Vom ständigen Herzrasen gar nicht zu reden.

Halbwegs genesen, aber nach wie vor sehr schwach, fleht er Mama an, mit ihm aufs Land zu ziehen. Dort würden sie frische, fette Milch trinken können und wären immer gesund. Warum sollten sie noch in diesem finsteren Loch bleiben und sich nichts Schöneres suchen, nachdem er keinen Gesangsunterricht mehr gibt und auch kein Franziskanerprior und Domorganist mehr in ihrem Haus verkehren? Da Mama aber fürchtet, dann vollends ihre Rente zu verlieren, beschließen sie, das finstere Loch beizubehalten und sich dazu noch ein Gartenhäuschen im Freien zu mieten. In einem kleinen Tal finden sie auch bald eines, versteckt hinter Bäumen, auf halber Höhe eines Hügels, von dem aus man über Wiesen, Obstgärten und Weinstöcke blickt.

Hier möchte ich sterben, flüstert er Mama ins Ohr, als sie dort ihre erste Nacht verbringen.

Doch so gut die Luft auch ist und so herrlich die Natur blüht, so wenig verträgt Jean-Jacques die frische, fette Milch. Trinkt er nur einen Schluck von ihr, wird ihm sofort schlecht, manchmal so sehr, dass er wieder zu sterben meint. Er versucht es mit klarem Bergwasser, womit er sich aber nach zwei Wochen vollkommen den Magen ruiniert hat, weil das Wasser, wie er inzwischen weiß, viel zu hart ist. Er kann nichts mehr verdauen und sieht sich inmitten dieser ländlichen Fülle und Pracht schon aufs jämmerlichste verenden. In seinen Adern pocht es so laut, dass er glaubt, es müssten sogar andere hören. Es klirrt und surrt in seinem Kopf, als könnte er jeden Augenblick zerspringen. Auch sein sonst so feines Gehör sieht er bereits im Schwinden begriffen und ist sich sicher, bald ganz taub zu sein, was für einen angehenden Komponisten eine Katastrophe wäre. Sein Ohrensausen ist kaum noch auszuhalten, und ein regelrechter Sturm im Blut lässt ihn keinerlei Ruhe mehr finden, am wenigsten nachts, wenn die sonst so paradiesische Stille zur Hölle wird.

Man ruft den Doktor, dem Jean-Jacques, noch bevor er seine Geräte ausgepackt hat, die komplette Diagnose liefert, dabei jedoch wie immer die eigentlichen Ursachen verschweigt. Der Doktor hört es sich an, sagt dann etwas Lateinisches vor sich hin und verschreibt eine Medizin. Doch es will sich nichts ändern, wochenlang nicht. Bis der Patient eines Morgens einfach aufsteht und die Tage wie früher verbringt, obwohl das Tosen in den Ohren immer noch da ist, das Blut in den Adern immer noch pocht und es im Kopf nach wie vor surrt und klirrt. Weil ihm auf dem Land nicht zu helfen ist, bleibt den beiden nichts anderes übrig, als wieder in die Stadt zurückzuziehen, wo es weder fette Milch noch viel zu hartes Bergwasser gibt.

Kaum im finsteren Loch zurück, stürzt Jean-Jacques die Treppe hinab und ist überzeugt davon, dass sein Schädel gebrochen ist. Der Doktor verabreicht ihm eine Augenbinde, um nicht so vielen Reizen ausgesetzt zu sein. In den zahllosen stillen Stunden, die er erneut blind im Bett verbringt, lässt ihn allmählich der Gedanke nicht mehr los, dies alles könnte die Strafe dafür sein, dass seine Mutter bei seiner Geburt gestorben ist, wofür er jetzt büßen muss.

Er lässt den Notar kommen, dem er mit verbundenen Augen sein Testament diktiert. Im Namen der Allerheiligsten Jungfrau, seiner Namenspatrone Johannes und Jakobus und im Namen der heiligen Apostolischen Römischen Kirche vermacht er den drei ortsansässigen Klöstern, den Kapuzinern, Augustinern und den Nonnen von der heiligen Clara, zu gleichen Teilen seine vierundzwanzig Bücher, damit sie für ihn dann Totenmessen lesen. Der ehemalige Anzug des Gärtners und dessen Uhr gehen an Françoise-Louise de la Tour, Comtesse de Warens, seine Mama, zurück.

Obwohl Jean-Jacques mit dem Leben schon so gut wie abgeschlossen hat, versucht Mama, ihn immer wieder aufzumuntern und ihm ein bisschen Lust auf Lust zu machen. Bei allem Mitgefühl will sie nicht nur ständig mit einem Nervenbündel zusammen sein und die Krankenschwester spielen müssen. Weil wenigstens einer von ihnen an die Zukunft denken muss, schickt sie einen Brief nach Nyon.

Jean-Jacques erfährt davon erst, als sein Vater ihm schreibt. Mamas Brief muss schlimm gewesen sein. Dass jemand, der sich so gut wie nie um ihn gekümmert hat, sich jetzt einen solchen Ton erlaubt, empört Jean-Jacques. Es ist ein Brief, der nur aus Vorwürfen und Klagen besteht, verfasst von einem Mann, der bislang durch alles andere als Beständigkeit aufgefallen ist. Jean-Jacques hat das Gefühl, alles Recht der Welt zu haben, außer sich zu sein. So außer sich, dass er sogar Mama anschreit. Was Mama sich verbitten lässt. Worauf Jean-Jacques erst recht schreit. Und worauf sie seelenruhig sagt: Verschwinde!

Jean-Jacques weiß nicht, was jetzt besser wäre: weiterschreien, den Koffer packen oder einen Zusammenbruch bekommen. Ohne viel dazu tun zu müssen, kommen ihm die Tränen. Und dann kommen die Entschuldigungen. Und dann die Umarmungen. Sodass am Ende beide heulen.

Zwei Wochen später schreibt Jean-Jacques an seinen Vater:

In Ihrem letzten Brief, den Sie die Güte gehabt haben, mir zu schreiben, ermahnen Sie mich, Ihnen, was eine Anstellung angeht, meine Ansicht mitzuteilen. Ich bitte Sie, mich zu entschuldigen, dass ich mit meiner Antwort habe auf mich warten lassen; die Angelegenheit ist wichtig, ich habe einige Tage gebraucht, um mir Gedanken zu machen und um Sie daran in aller Klarheit teilhaben zu lassen. Ich stimme mit Ihnen, mein sehr lieber Vater, ganz und gar überein, was die Notwendigkeit angeht, zur rechten Zeit eine Tätigkeit zu wählen und sich mit ihr zu beschäftigen, um ihr dann tatsächlich nachzugehen; das habe ich wohl verstanden. Gingen wir einmal davon aus, dass meine Begabung zu einem theologischen oder juristischen Studium tendierte, so steht fest, dass ich dafür finanzielle Unterstützung bräuchte, um mich ernähren, kleiden und für sonstige Unkosten aufkommen zu können. Gesetzt den Fall, der Handel wäre mein Ziel, so müssten Sie mir, ganz unabhängig vom Unterhalt, eine Ausbildung bezahlen und danach auch noch für einen angemessenen Betrag aufkommen, damit ich ein ordentliches Geschäft aufbauen kann; die Kosten wären nicht viel geringer bei der Wahl eines Berufes; zwar verstehe ich einiges vom Gravieren und Radieren, nur war das nie nach meinem Geschmack. Doch das alles ist Vergangenheit. In dem Alter, in dem ich jetzt bin, ist es zu spät, über all das nachzudenken, denn es gehört zu meinem erbärmlichen Zustand, dass, würde ich eine solide Wahl getroffen haben, mir die nötige Unterstützung gefehlt hätte. Was sich in der gegenwärtigen Lage, in der ich mich befinde, machen lässt, so muss ich sagen: Zum einen kann ich ganz passabel musizieren, zum anderen besitze ich einiges Talent zum Schreiben (und ich rede hier von Stil), was heißt, dass ich eine Beschäftigung als Sekretär bei einem Grand Seigneur bekommen könnte, womit ich schließlich in einigen Jahren und mit einiger Erfahrung als Erzieher auserwählter junger Leute tätig werden könnte. Mit der Musik ist es, ganz praktisch gesehen, weniger schwierig, denn man kann sie überall und in jedem Land ausüben; die Menschen sind so gemacht, dass sie das Angenehme dem Nützlichen vorziehen; man muss sie bei ihren Schwächen packen und Vorteil daraus ziehen. Was nun die Stelle eines Erziehers anbelangt, gestehe ich Ihnen gern, dass ich dafür eine gewisse Vorliebe hege, was Sie erst einmal überraschen mag, doch halten Sie noch kurz mit einem Urteil inne. Sie müssen nicht denken, mein lieber Vater, dass ich mich so vollkommen der Musik anheimgegeben habe, dass ich alle anderen Arten von Arbeit vernachlässigt hätte; die Güte, mir eine Zuflucht zu bieten, welche Madame de Warens hatte, verschaffte mir den Vorteil, meine Zeit mit Nützlichem verbringen zu können, was ich mit reichlicher Umsicht bis heute getan habe. Madame de Warens war so gütig, mich mit Büchern zu versorgen, und ich war damit beschäftigt, dabei die größtmöglichen Fortschritte zu machen und meine Zeit so einzuteilen, dass dabei nichts für Unnützes blieb. Zu dem Vorwurf, den man mir wegen der Unregelmäßigkeiten meines früheren Verhaltens macht, habe ich nichts zu sagen; so unverzeihlich sie sind, so wenig will ich sie entschuldigen. Ich werde mich vollkommen bessern und hoffe, es möge mir gelingen. Vergessen Sie nicht, mein lieber Vater, wie unendlich ich Madame de Warens verpflichtet bin; durch ihre Barmherzigkeit wurde ich des Öfteren dem Elend entzogen, und sie kümmert sich seit acht Jahren unablässig um all meine Bedürfnisse, auch um solche, die über das Notwendige weit hinausgehen. Deshalb habe ich vor, Madame de Warens anzuflehen, damit einverstanden zu sein, dass ich den Rest meiner Tage bei ihr sein darf, wofür ich ihr bis zum Ende meines Lebens in allem zu Diensten sein werde, was in meiner Macht steht. Ich hoffe, mein lieber Vater, dass Sie meine Entscheidung anerkennen und sie mit ganzer Kraft unterstützen. Damit sind alle Schwierigkeiten beseitigt. Im Übrigen habe ich nicht vor, mir dadurch einen ehrenwerten Vorwand zu verschaffen, um der Faulheit und dem Müßiggang frönen zu können; es stimmt, dass die Leere meiner täglichen Beschäftigungen groß ist. Doch ich habe sie immer voll und ganz den Studien gewidmet.

Ergebenst, Ihr Jean-Jacques

Die Tage gehen wieder dahin wie immer. Manchmal hat er Drücken in der Brust, manchmal Herzrasen, manchmal Ohrensausen, manchmal alles zusammen. Meist sitzt er im Garten, manchmal geht er Kräuter sammeln oder blättert in Rameaus Harmonielehre. Als er Voltaires *Philosophische Briefe* liest, sagt er zu Mama: Ich will wie Voltaire werden. Und als er bei ihm liest, dass Frankreich das einzige Land auf der Welt ist, in dem die Schönen Künste mehr als alles andere geachtet werden, weiß er, dass er nach Paris muss. Noch am gleichen Tag schreibt er Voltaire einen Brief, in dem es heißt: Ich verehre Sie über alles und möchte wie Sie schreiben können.

Doch es kommt schon wieder eine Krankheit dazwischen. Sie beginnt mit so heftigen Schwindelgefühlen, dass ihm beim Bücken sofort schwarz vor Augen wird, wenn er im Garten zu helfen versucht. Hinzu kommen Herzstechen, Atemnot und Verstopfung. Manchmal deuten sich sogar Ausschläge an, die aber so plötzlich, wie sie kommen, wieder verschwinden, als wollten sie ihn zum Narren halten. Pusteln und Pünktchen, eine einzige Fata Morgana. Immer wenn der Doktor da ist, sind sie sofort wieder weg.

Mama muss ihm nun alle Medizinbücher besorgen, die es in der Stadt gibt. Von anatomischen Werken bis zu solchen, die sich mit den Affektionen des Gehirns, der Erhitzung des Blutes, mit inneren Geschwüren und Wucherungen, Verdickungen und Verknotungen beschäftigen. Tagein, tagaus blättert Jean-Jacques in den ehrwürdigen Folianten, deren Zeichnungen Entsetzliches erahnen lassen. In allem entdeckt er sich selbst, sein ganzes ungeheuerliches, grenzenloses Leiden. Im Grunde könnte er dem Doktor verkünden: Ich habe alles! Doch er will sich bei seiner nächsten Visite aufs Wesentliche beschränken und ihn lediglich davon überzeugen, dass sich in sein Herz ein Polyp hineingefressen hat.

Was diesmal zu seinem Erstaunen sogar den Doktor beeindruckt. Und zwar so sehr, dass er sich mit Mama beraten muss. Jean-Jacques kann nicht richtig hören, was die beiden in der Küche miteinander reden, obwohl er die Tür eigens einen Spalt weit aufgelassen hat. Manchmal hört man ein Kichern. Es ist, als würden sie flüstern und sich sogar amüsieren. Dann wieder scheint es dort unten vollkommen still zu sein. Bis schließlich wieder die tiefe Stimme des Doktors zu hören ist und Mama ihm gicksend zuzustimmen scheint. Das Gicksen könnte aber auch ein Seufzen sein. So lange saß Mama mit dem Doktor noch nie zusammen.

Als die beiden wieder vor sein Bett treten und sehr ernst dreinblicken, würde Jean-Jacques sie am liebsten um Gnade anflehen. Die Sache sei ernst, aber heilbar, beruhigt ihn der Doktor. Und Mama sagt: Du musst dich einer Kur unterziehen. Einer Kur in Montpellier, wo es Spezialisten für so etwas gibt.

Nur müsse man, erklärt sie, als der Doktor wieder draußen ist, vorher das Geld aus Genf abwarten, den letzten Rest des vom Vater noch nicht verschleuderten Erbes. Und sie schlägt ihrem Kleinen vor, dass er seinen Bruder für tot erklären lässt. Dann kriegst du das Doppelte, sagt sie.

Obwohl er sich kaum in der Lage fühlt, auch nur zwei Schritte zu tun, ist eine Reise nach Genf unvermeidbar, bevor es nach Montpellier geht. Zwar meint Jean-Jacques, für die Erbschaftsgeschichten sei auch danach noch Zeit, doch Mama weigert sich, ihm eine Kutsche zur Verfügung zu stellen, wenn vorher das Geld nicht da ist.

Als er die Rhône entlang nach Genf hineinwandert, sind Getrommel, Geschrei und sogar Schüsse zu hören. Je näher er dem Hafen kommt, desto lauter grölen Horden von Betrunkenen durch die Gassen, schwenken zerfetzte Fahnen, reißen Steine aus dem Pflaster und tanzen auf Fässern, die sie zu Barrikaden gestapelt haben. Das sonst so stille und saubere Genf ist kaum wiederzuerkennen. Jean-Jacques kommt es so vor, als schlügen hier die Kinder auf einmal auf ihre Väter und die Väter auf ihre Kinder ein. Die einen rufen etwas von Freiheit, die anderen nach der Polizei. Jean-Jacques fühlt sich seines Lebens nicht mehr sicher und schwört sich an diesem Tag, niemals im Leben die Stimme gegen Gott und das Gesetz zu erheben.

Zu seinem Erstaunen wohnen im Haus seines Onkels inzwischen fremde Leute. Sie behaupten, der vorherige Besitzer sei nach South Carolina ausgewandert. Zum Beweis zeigen sie ihm einen Brief, in dem der Onkel schreibt, es gebe in Amerika erstaunlich viele Hugenotten und Pelikane. Zum Glück kann Jean-Jacques gleich nebenan unterkommen, wo ein Franzose wohnt. Dieser Herr bewirtet ihn königlich, mit allem, was es an Weinen und Würsten aus dem Burgund gibt. Und es stellt sich heraus, dass er seine Mutter besser kennt als jeder andere. Im Lauf des Abends gewinnt Jean-Jacques immer mehr den Eindruck, dass er sie sogar besser kennt als sein eigener Vater. Wenn er von ihr erzählt, fangen seine Augen an zu leuchten, und manchmal muss er sich dann auch eine Träne abwischen. Während all der sieben Jahre zwischen der Geburt seines älteren Bruders und Jean-Jacques' eigener hatte dieser Mann sich mit der Mutter getroffen. Sein Vater war damals in Konstantinopel. Was bedeuten könnte, dass dieser Franzose sogar sein eigentlicher Vater ist. Wenn er von Mutters Reizen spricht, weiß Jean-Jacques nicht, ob er ihn lieber anspucken oder ihm um den Hals fallen würde.

Anders als dieser Mann hatte sein Vater nie Tränen in den Augen, wenn von Mama die Rede war. Allenfalls hatte er nur deshalb zu weinen angefangen, weil er für die Kinder nach ihrem Tod selbst sorgen musste und nicht mehr in der Welt herumfahren konnte. Bei dem einen hört sich die Klage nach Trauer an, beim anderen nur nach Gejammer.

Als Jean-Jacques am nächsten Morgen beim Testamentsverweser mit seinem Vater zusammentrifft, wird ihm schwindlig. Er muss sich setzen, man bringt ihm Wasser, fragt ihn, ob man einen Arzt rufen und die Erbangelegenheiten erst später, wenn es ihm wieder gutgeht, regeln soll. Jean-Jacques will die Sache sofort hinter sich bringen, hat aber keine Kraft mehr, seinen Anspruch auf das Erbe seines verschollenen Bruders anzumelden, und überlässt es dem Vater, der verspricht, nichts davon anzurühren.

Beim Verlassen der Stadt rotten sich gerade wieder Randalierende zusammen, die Fässer vor sich herrollen, auf denen sie mit Schaufeln den Rhythmus zu ihren zornigen Liedern schlagen. Durch ein paar Gassen zieht er mit ihnen, fängt wie sie an zu grölen und wirft einen Pflasterstein durch ein Fenster. Von der Schweiz will er nie wieder etwas wissen.

Der Polyp scheint sich während seiner Genfer Reise allerdings wieder verflüchtigt zu haben, doch sicherheitshalber will er die Kur in Montpellier trotzdem antreten. Weil er sich zum Reiten zu schwach fühlt, besorgt Mama ihm nun doch eine Kutsche. Sie muss dafür allerdings sein Erbe anbrechen, das sie so lange verwalten will, bis Jean-Jacques endlich mit Geld umgehen kann. Er müsse ja nicht unbedingt in den ersten Häusern absteigen, ermahnt sie ihn, als er sie ein letztes Mal küsst und der Kutscher zum Aufbruch drängt. Und dann sagt sie noch: Ich will dich auf keinen Fall wiedersehen, bevor du nicht richtig gesund bist.

Abends sitzt Jean-Jacques in Grenoble im Theater. Man

gibt ein Stück von Voltaire, in dem edle Inkaprinzen schöne Inkaprinzessinnen lieben, die von hässlichen Christen zur Liebe gezwungen werden, worauf die Inkaprinzen die Christen erschlagen, danach jedoch ihre Taten bereuen und selbst zu Christen werden. Jean-Jacques ist begeistert und möchte auch ein solches Stück schreiben. Er muss nach Paris, so schnell wie möglich. Die Kur will er eilends hinter sich bringen.

Für Montpellier hat er mehrere Adressen bei sich, auch die eines irischen Doktors, der für seinen Mittagstisch berühmt ist. Dort gibt es nichts, was es nicht gibt: Fische aller Art, Gemüse in allen Farben, Lammtöpfe, Wildschweinpasteten und dutzenderlei Gebäck, wie er es noch nie gesehen hat. Abends speist man im Gasthaus, jeden Tag in einem anderen. Morgens besichtigt man römische Ruinen oder spielt unter Platanen mit Holzkugeln, die man nach anderen Holzkugeln wirft. Weil Jean-Jacques jedoch die Spielregeln nie ganz versteht, schaut er nach ein paar Tagen bloß noch zu, wettet aber immer mit und ruft Hurra, wenn seine Mannschaft gewinnt.

Krank wirkt keiner von den Kurgästen, die beim irischen Doktor tafeln und sich abends in jenen Tavernen treffen, wo die schönsten Wirtsmädchen bedienen. Der Doktor gibt Jean-Jacques zu verstehen, dass er sich auf einen längeren Aufenthalt einstellen müsse. Zwar sei seine Krankheit nicht tragisch, doch um einen solchen Polypen wieder zum Verschwinden zu bringen, dürfe er sich in den nächsten Monaten keinerlei Aufregungen aussetzen. Er gibt ihm den Rat, möglichst viel Wasser zu trinken, vor allem nach Abenden, an denen viel Wein im Spiel war.

Im Botanischen Garten hört er sich medizinische Vorträge an, die das eine Mal vom Zusammenhang zwischen Rückenmarksbeschwerden und Störungen im Bereich der Liebeskräfte, ein andermal von der Wechselwirkung zwischen Brennnesseln, Juckreiz und Blindheit, ein drittes Mal von solchen kaum zu kurierenden Nervenleiden wie Hysterie, Gliederstarre und Rastlosigkeit handeln. Ruhe vor solchen furchterregenden Gedanken findet Jean-Jacques auf seinen Spaziergängen zum Meer hinüber, wo er sich beim Anblick vorbeiziehender Schiffe nach anderen als nur geistigen Weiten sehnt. Bei so viel dringender Erholung vergisst er ganz, dass er eigentlich nach Paris wollte, um dort ein zweiter Voltaire zu werden. Auf seinen abendlichen Gängen durch die labyrinthischen Gässchen der Stadt malt er sich an märchenhaften Toreingängen, die in Innenhöfe voller Blumen führen, aus, wie er hier schon bald mit einer jener dunklen Schönheiten zusammenleben könnte, die es in Montpellier zuhauf gibt. In Montpellier, denkt er, könnte man glücklich werden.

Als es nach einem Vierteljahr aber auch im Süden kühler zu werden beginnt, wird Jean-Jacques immer weniger das Gefühl los, hier nur ausgenommen zu werden. Er packt seine Sachen, steigt in eine Kutsche, fährt Richtung Mama zurück, schreibt ihr dann aber, bevor es bei Lyon in die Savoyer Berge abgeht, einen Brief, in dem er ihr auseinandersetzt, dass es besser für seine Verfassung wäre, noch einen weiteren Doktor aufzusuchen, bevor er endgültig zu ihr zurückkehre. Montpellier habe er fluchtartig verlassen, weil es dort Tag und Nacht an allen Ecken und Enden nach Fisch stinke und es nirgends auf der Welt schamlosere Frauen gebe. Was er allerdings bräuchte, heißt es im Postskriptum, sei nochmals eine angemessene Summe, um für die Medikamente, den neuen Doktor und eine bescheidene Unterkunft aufkommen zu können.

Mama schickt ihm Geld, doch ohne eine einzige hinzugefügte Zeile. Ihm ist zum Heulen, aber nicht einmal das kann er mehr. Und auch nicht schreien. Und auch nichts mehr essen. Aber er reißt sich zusammen und schreibt an Mama: Hättest Du nicht gesagt, ich dürfe nur vollkommen gesund zu Dir zurückkehren, würde ich mich sogleich zu Dir auf den Weg machen.

Weil wieder keine Antwort von Mama bei ihm eintrifft, klagt er ihr in einem weiteren Brief: Niemand ist so allein auf der Welt wie ich, ein zum Tode Verurteilter, vergessen, verstoßen selbst von seiner Mutter. Doch bald werde ich wieder bei Dir sein, werde Unkraut jäten, die Hecken stutzen und Dir Tag und Nacht dienen.

Diesmal schreibt Mama zurück. Nur einen einzigen Satz: Du brauchst Dich nicht zu beeilen.

Jean-Jacques schwört sich, ein guter Mensch zu werden. Der beste von allen. Ein Vorbild, zu dem man aufschaut. Er will der Reinste von allen sein. Er wird arbeiten und gehorchen, nicht nur zur Freude von Mama, sondern der ganzen Welt.

Mit solchen Gedanken begibt er sich zur nächsten Kur.

Aber auch ein anderer Gedanke will ihn nicht loslassen. Es wäre so einfach gewesen, in Montélimar bei dieser Frau mit ihrer Tochter vorbeizuschauen. Schließlich war er den beiden schon ganz nah. Er versteht nicht, warum er sie nicht längst besucht hat. Längst könnte er bei ihnen wohnen. Mit ihnen zusammenleben. Oder wäre mit der Tochter über alle Berge. Mit einem Mädchen, das er nicht kennt, doch wie keine andere begehrt. Manchmal ist er sich fast sicher, dass sie auf ihn wartet. Selbst wenn sie es nicht weiß. Auf ihn und keinen anderen. Als gäbe es ein höheres Schicksal. Für sie alle drei. Als müsste etwas geschehen, wovon nur der Himmel weiß, wie es endet. Immer wenn er an sie denkt, drängt es ihn sofort zu seinen einsamen Verrichtungen. Selbst in der Kutsche oder wenn er im Café sitzt. Es kann dann gar nicht schnell genug gehen. Als wüsste er andernfalls nicht mehr, wohin mit sich. Vor dem Einschlafen fantasiert er sie sowieso ständig herbei und auch sofort wieder nach dem Aufwachen. Manchmal denkt er, diese Tochter müsste sich genauso erregt und getrieben fühlen wie er. Zuweilen fürchtet er ganze Tage lang, nie mehr Ruhe finden zu können, wenn es nicht bald so weit ist und sie beide sich umschlingen.

Auf dem Weg nach Montélimar sucht er einen Doktor auf, den er bittet, ihm alle Beruhigungsmittel der Welt zu verordnen und ihm zu verbieten, den Ort zu verlassen. Drei Monate lang muss Jean-Jacques jetzt Eselsmilch trinken. Danach geht es ihm besser.

Endlich kann er zu Mama zurück.

Sie wird ihn an sich drücken, beide werden sie vor Freude weinen. Er wird ihr sein Erbe schenken und für immer bei ihr bleiben. Vorbei das Verlorensein, vorbei das Streunen, vorbei die Krankheiten.

Zwei Wochen lang sitzt er in der ruckelnden Kutsche und fährt durch den Winter.

Auf der letzten Strecke leuchtet über den Alpen das erste Frühlingslicht. Er könnte jauchzen. Wie noch nie im Leben fühlt er sich gesund.

Mama empfängt ihn kühl. Und sie ist nicht allein. Ein junger Mann, groß und schlank, blondes Haar, ist bei ihr. Auch er kommt vom Genfer See. Sein Name: Wintzenried.

Mama sieht nicht so aus, als wäre sie über seine Rückkehr erfreut. Ihm kommt das Gelächter in den Sinn, als sie mit dem Doktor vor einem halben Jahr in der Küche saß und die beiden beschlossen, ihn wegzuschicken. Als hätte man ihn loswerden wollen.

Wintzenried scheint einer von denen zu sein, die ständig gute Laune verbreiten müssen. Einer von denen, die nicht wissen, was Tiefe ist. Ständig spielt er den Munteren und summt vor sich hin. Oder er pfeift. Trägt unablässig etwas hin und her, Teller, Töpfe, Kerzenständer. Dann wieder rumpelt es in der Küche, und er schreit durchs Haus: Wo sind die Tischtücher? Zwei Augenblicke später steht er mit der Axt im Garten, fängt an, Holz zu hacken, und singt dazu die ganze Zeit. Eine Fröhlichkeit, die das Grauen ist. Hinter der nur Dummheit steckt. Ein Mensch, der nicht weiß, was innere Schönheit ausmacht. Einer, mit dem man keinen einzigen vernünftigen Satz reden kann. Ein Streuner, der nie etwas gelernt hat. Ein Vagabund, der in Mama eine Dumme gefunden hat, die ihn durchfüttert und am Ende sogar noch zu sich ins Bett lässt. Ein Nichtsnutz, der sich wichtigmacht. Man sieht es auf den ersten Blick. Und versteht nicht, dass Mama auf so einen hereinfallen kann.

Warum hast du mir nicht geschrieben?, will Jean-Jacques von ihr wissen. Sie verbittet sich einen solchen Ton. Jean-Jacques hat überhaupt nicht das Gefühl, frech gewesen zu sein.

Abends geht es in der Küche wieder so hoch her wie einst in Annecy. Es wird gesungen, es wird getanzt. Geld scheint auch wieder da zu sein, so maßlos, wie hier aufgetischt und getrunken wird. Mama bekommt ein furchtbares Strahlen in den Augen, wenn Wintzenried in ihrer Nähe ist. Von einem Bergwerk ist die Rede, das die beiden bald betreiben wollen.

Ständig hat Wintzenried ein Lied auf den Lippen, und über den Gartenzaun hinweg plappert er mit jedem, der vorbeikommt, als wollte er Jean-Jacques zeigen, wie beliebt er bei allen ist. Ein Schwätzer, ein Schmeichler, ohne jedes Rückgrat, auf nichts als den eigenen Vorteil bedacht. Mit einem Wort: ein falscher Hund.

Mama sagt zu Jean-Jacques jetzt nicht mehr: mein Kleiner. Aus Zärtlichkeit ist Hohn geworden. An Schlaf ist nachts nicht mehr zu denken. Sie schämt sich nicht einmal, so laut zu stöhnen, dass man es drei Häuser weiter hört. Als wollte sie ihm vorführen, wie es auch sein kann. Mit einem Eindringling, der fast zwanzig Jahre jünger ist als sie. Was heißt, dass Mama sich inzwischen an Kindern vergeht. Perückenmacherei soll er gelernt haben. Ein Frisör. Ohne Adel, ohne Herkunft, ohne alles. Sein Vater nichts als ein Hausmeister. Vom hintersten Ende des Genfer Sees.

Woran Jean-Jacques Mama täglich erinnern muss. Denn wenn sie selbst schon nicht sehen will, mit wem sie es hier zu tun hat, muss man ihr wenigstens die Augen öffnen. Muss ihr sagen, dass dieser Dahergelaufene nichts als ein affektierter Perückenmacher ist. Windig, charakterlos, eine weibische Kreatur. Was man allein daran sieht, wie er sich ständig seine Strähnen aus der Stirn pustet oder sie mit großer Geste selbstverliebt zurückstreicht. Ein Angeber, der seine Angeberei hinter einer penetranten Liebedienerei versteckt. Einer, der gnadenlos Mamas Schwächen ausnutzt. Jean-Jacques sagt ihr das immer wieder klipp und klar ins Gesicht. Nur will sie es nie hören.

Wintzenried, bellt sie ihn dann an, bringt an einem halben Tag mehr zuwege als du in deinen ganzen letzten elf Jahren!

So emsig der Neue auch im Garten werkelt, so wenig kennt er die Namen der Kräuter und Blumen. Das Wichtigste, man gibt sich betriebsam. Von Wissen und Weitblick keine Spur. Jean-Jacques kann darüber nur den Kopf schütteln. Er versteht beim besten Willen nicht, dass jemand so wenig darüber nachdenkt, was er eigentlich macht. Und wozu sein Leben gut ist. Eigentlich, denkt Jean-Jacques, kann er einem leidtun. Schlimm genug, dass er seine Fadheit Tag und Nacht mit Geschäftigkeit überspielen muss.

Ich könnte ihm so viel beibringen, erklärt Jean-Jacques Mama eines Tages. Und fügt ganz leise hinzu: Für eine Baronesse gehört sich so etwas eigentlich nicht.

Zum ersten Mal bekommt er von ihr eine Ohrfeige.

Er schlägt ihr vor, an Wintzenrieds Erziehung zu arbeiten. Ihm so viel wie möglich beizubringen. Alles Wissen, was er hat.

Welches Wissen?, fragt Mama ihn.

Eines Morgens richtet Jean-Jacques sich vor Wintzenried auf, schaut ihn fest an und haut ihm eine runter.

Er muss sich bei Mama entschuldigen.

Danach schreibt er an seinen Vater, seine Gesundheit sei ruiniert, nichts habe etwas genützt, keine Kur, keine Diät, rein gar nichts. Er brauche wieder Geld.

Mama muss den Doktor rufen. Er hat wieder Herzrasen, Atemnot und Schwindelanfälle. Er wird sterben, während der andere draußen die Axt schwingt und singt.

III

Mit einem neuen Notensystem im Gepäck trifft Jean-Jacques nach einem missvergnüglichen Frühling in Paris ein. Schlichte Zahlen sollen von nun an die Noten ersetzen. Jean-Jacques wundert sich, dass noch nie ein Mensch auf diese Idee gekommen ist. Sie wird die Musikgeschichte umwälzen. Wird ihn nicht nur berühmt, sondern vor allem reich machen. Im Grunde hatte das Konzert in Lausanne auch sein Gutes. Bald wird kein Mensch mehr verstehen können, warum man Töne mit solchen grotesken Zinken und Zeichen wie Fähnchen, Haken, Kringeln und seltsamen Schlüsseln fixieren soll. Alles wird bald so einfach sein, dass jedes Kind ein Menuett vom Blatt spielen kann. So wie es ein Vor und Nach Christus gibt, so wird es in Zukunft auch eine Zeit vor und nach Rousseau geben, zumindest was die Musik angeht.

Mama wird es bitter bereuen, wie sie ihn behandelt hat. Ist der Ruf seines Ruhms erst einmal zu ihr gedrungen, wird sie reumütig nach Paris eilen und ihn anbetteln, bei ihm bleiben zu dürfen. Er wird sich eine Bedenkzeit geben, sie warten lassen, ihre Bußfertigkeit genießen und Bedingungen stellen. Sie wird sich entschuldigen müssen, und dann kann man weitersehen.

Mit Rameaus Harmonielehre auf dem Schreibtisch hatte er sich in den letzten Monaten bei ihr in seinem Zimmer vergraben und nur noch bei den Mahlzeiten blicken lassen.

Wenn er sich dann hin und wieder erlaubte, Wintzenried ungeschminkt zu sagen, was man von ihm zu halten hat, musste er den Tisch verlassen.

Keiner hat bei seiner Abreise geweint. Mach mir keine Schande, war das Letzte, was Mama zu ihm sagte.

Vier Wochen später wurde er von jener Familie in Lyon, der er von Mama als Erzieher empfohlen worden war, entlassen. Zum einen wollten die Kinder nie folgen. Er musste sie anschreien und schlagen. Vor allem, wenn er sie beim Onanieren erwischte. Zum anderen war er ein paar Mal vor der Hausherrin niedergekniet, so wie damals in Turin. Als sie ihm prophezeite, er werde bei den Damen einmal Erfolg haben, ließ sie ihn sogar ihre Brüste anfassen und fing an, die Augen zu verdrehen. Am selben Tag musste er die Koffer packen.

Glücklicherweise ging bei diesen Leuten auch der berühmte Abbé Condillac aus und ein, ein Mann, der Voltaire höchstpersönlich kennt und viel vom Licht der Vernunft redet. Sofort hat er Jean-Jacques' Talente erkannt und ihm ein paar Pariser Adressen zugesteckt. Zum Dank dafür verfasste Jean-Jacques für ihn ein Abschiedsgedicht:

Ein Kind der Kunst, ein Kind der Natur,
Widersteh ich erfolglos dem steten Sterben;
Je wahrer ich bin, desto mehr spiel ich nur,
Und jünger werd ich durchs Älterwerden.

Hören Sie nicht so viel auf die Grillen des Gefühls, gab Condillac ihm zuletzt noch den Rat.

Und jetzt ist er in Paris und wundert sich, dass diese Stadt bei aller Pracht viel hässlicher ist, als man ihm immer erzählt hat. Zumindest in der Ecke, wo das von Condillac empfohlene

Hotel liegt, von dem er behauptet hat, dort seien schon zahllose berühmte Männer abgestiegen. Ein hässliches Hotel mit einem hässlichen Zimmer und einem hässlichen Gasthaus in einer hässlichen Straße. Eine Geliebte kann ich hier niemals empfangen, war Jean-Jacques' erster Gedanke. Wenn er berühmt ist, werden ihm die Frauen zu Füßen liegen. Mama wird sich noch wundern. Doch hierher, in dieses Hotel, kann er allenfalls Näherinnen oder Wäscherinnen mitschleppen, nur Frauen, mit denen er nichts anfangen kann.

Im Café gegenüber dem Hotel sitzen von morgens bis abends Musikanten, angehende Schriftsteller und Leute, die sich Philosophen nennen. Auch den Komponisten und Schachweltmeister Philidor, einen schlaksigen Kerl Anfang zwanzig, trifft man dort täglich an. Condillac hatte mit seiner Behauptung, dass sich in diesem Viertel die ganze Welt über den Weg läuft, offenbar recht.

Um mit diesen Leuten etwas zu reden zu haben, geht Jean-Jacques jetzt jeden Abend ins Theater. Das wenige, was er von Voltaire und Molière in Lyon und Grenoble gesehen hat, reicht nicht aus, um mithalten zu können. Außerdem redet man hier viel schneller als in Genf und in Savoyen. So schnell, dass sofort auffällt, wer sich erst überlegen muss, was er sagt, und die doppelte Zeit für einen Satz braucht. Jean-Jacques versucht jetzt, genauso schnell zu sprechen. Wüssten diese Leute, was er in der Tasche hat, sie würden ihn ganz anders behandeln. Nur hat er noch keine Idee, an wen er sich damit wenden kann. Doch es eilt. Sein Geld geht zu Ende. Der Schachweltmeister soll Verbindungen bis nach ganz oben besitzen. Jean-Jacques übt jetzt auf seinem Zimmer jede Nacht bis in den Morgen Schach mit sich selbst.

Einem Pater, den er gelegentlich aufsucht, wenn ihm nur noch zum Heulen ist, klagt er nach einem halben Jahr, in Paris sei kein Platz für ihn und zum Leben habe er auch nichts mehr.

Dann wechseln Sie die Seite, rät ihm der Pater.

Jean-Jacques versteht nicht.

Versuchen Sie es bei den Frauen!

Von einem Pater hätte Jean-Jacques etwas anderes erwartet.

Vielleicht haben Sie dort mehr Glück! In Paris erreicht man nur etwas über die Frauen, behauptet er und nennt sogar Namen. So viele, dass Jean-Jacques sie sich gar nicht merken kann. Lauter Damen, die einen Salon führen.

Alles andere, sagt der Pater, kann man vergessen. Nur über die Salons kann man es noch zu etwas bringen. Früher waren es die Universitäten, jetzt sind es die Salons.

Einen Namen nennt der Pater besonders oft: Madame Dupin.

Solange er aber noch zu keinem Salon Zutritt hat, bleibt Jean-Jacques nichts anderes übrig, als weiterhin sein letztes Geld ins Café zu tragen. Inzwischen begrüßt man ihn dort wie einen alten Bekannten, nur dass Philidor nach wie vor bloß mit solchen Gegnern Schach spielen will, gegen die er nicht bereits nach zwei Minuten gewinnt. Jean-Jacques muss andere Wege finden.

Er sitzt jetzt fast jeden Tag mit einem Gleichaltrigen zusammen, der eine Narbe auf der Stirn hat und ständig Molière zitiert. Die Narbe stammt von einer Schlägerei aus seiner Zöglingszeit bei den Jesuiten, die er hasst. Später hat er eine Weile studiert, ein bisschen dies, ein bisschen das. Eigentlich hätte er Pfarrer werden sollen. Eine Tonsur hatte er bereits, eine Glatze mitten im prächtigsten Haar. Inzwischen hat er Schulden. Sein Vater will ihm kein Geld mehr schicken.

Doch er hat eine Idee. Ihm schwebt ein kolossales Werk vor. Etwas so Großes, wie es die Menschheit noch nicht kennt, bedeutender als die Pyramiden von Gizeh und alle Weltwunder zusammen. Ein Werk, in dem das ganze Wissen der Welt versammelt ist. Die Jesuiten haben bereits etwas Ähnliches versucht. Aber man muss es besser machen. Besser und größer. Und vor allem ohne Gott.

Jean-Jacques erzählt seinem neuen Freund, der Diderot heißt, von seinem Notensystem, das ohne Noten auskommt und tausendmal einfacher als das alte ist. Und er erzählt ihm auch, dass er bald eine Oper schreibt und bereits ein paar fast fertige Theaterstücke in der Schublade liegen hat. In Lausanne sei sogar schon ein musikalisches Werk von ihm aufgeführt worden, in Savoyen sei er Gesangslehrer gewesen, und die Harmonielehre von Rameau kenne er in- und auswendig.

Für sein Riesenunternehmen, alles Wissen der Welt aufzuhäufen, braucht Diderot natürlich auch einen Experten für Musik. Einen, der sich auskennt. Einen Mann vom Fach. Dass er in Jean-Jacques auf ihn trifft, ist eine Fügung des Himmels. So kommt das eine zum anderen, schneller, als man denkt. Diderot weiß ein bisschen über alles Bescheid. Und hat auch zu allem eine Idee. Er hätte auch Advokat oder Doktor werden können. Vielleicht aber auch Mathematiker. Schriftstellerei könnte er sich auch vorstellen. Nur keine Gedichte. Dafür allgemeine Gedanken zu diesem und jenem, sei es über einen alten Morgenrock oder über den Kosmos als solchen. Diderot, so hat Jean-Jacques das Gefühl, fällt zu allem etwas ein. Man muss ihm nur ein Stichwort liefern. Obwohl er Gott für ein reines Hirngespinst hält, hat er sein Geld auch schon mit dem Abfassen von Predigten verdient, die ihm Pfarrer und Missionare abgekauft haben.

Woher allerdings die Unsummen für sein gigantisches

Werk kommen sollen, ist ihm selbst noch nicht klar. Hat man erst einmal die Spezialisten zusammen, ergibt sich, so behauptet Diderot, der Rest wie von selbst. Vor allem dann, wenn es sich um Leute handelt, die sich in ihrem Fach schon einen Namen gemacht haben. Zum Beispiel mit einem neuen Notensystem.

Madame Dupin, in deren Salon selbst Voltaire schon verkehrt haben soll, empfängt Jean-Jacques im Morgenkleid, mit nackten Armen und offenem Haar. Es kann kein Zufall sein, dass sie mich so empfängt, denkt Jean-Jacques.

Madame will von ihm eine Kostprobe, egal wovon. Reden kann jeder, sagt sie, aber mit einer Probe werde man sehen, ob er als Sekretär zu gebrauchen sei.

Von einem Sekretär war bei dem Pater mit keinem Wort die Rede. Jean-Jacques ist Komponist, hat ein neues Notensystem erfunden, und in Turin wurde ihm eine Laufbahn als Diplomat vorausgesagt.

Er müsse es sich noch überlegen, antwortet er Madame.

Wenn er erst überlegen müsse, danke sie für den Besuch.

Es ist ein Hinauswurf.

Jean-Jacques entschuldigt sich, versucht sich wieder zu fangen, entschuldigt sich nochmals und sagt sich: Ist man erst einmal Sekretär, wird man auch in den Salon gebeten.

Bei seinem zweiten Besuch lädt Madame Dupin ihn zur Tafel. Er darf ganz allein mit ihr speisen, was nur beweist, dass es bald so weit ist. Madame will wissen, was er bislang gemacht hat. Jean-Jacques zählt alles auf: Lausanne, das neue Notensystem, den Gesangsunterricht, seine vielen Theaterstücke, die in der Schublade liegen, die fast fertige Oper. Auch deutet er etwas von einem kolossalen Unternehmen an, bei dem er für die gesamte Musik zuständig ist.

Hinter ihrem kleinen Hochmut, so hat er den Eindruck, verbirgt Madame mehr schlecht als recht, dass sie in ihn verliebt ist. Mit ihrem gespielten Dünkel muss sie sich vor ihren eigenen Gefühlen schützen. Was er nur umso erregender findet. Von einer Kostprobe erwähnt sie inzwischen nichts mehr. Obwohl er ihr jenes Gedicht mitgebracht hat, in dem von Kunst und Natur, Wahrheit und Spiel, vom Jünger- und Älterwerden die Rede ist, das er Condillac geschenkt hat. Aber sie will es gar nicht hören. Vermutlich ist es ihr, sagt Jean-Jacques sich, inzwischen peinlich, ihn beim ersten Mal beinahe hinausgeworfen zu haben. Und jetzt speist er schon Schnecken und trinkt Champagner mit ihr. Was alles kein Zufall sein kann. Je länger sie miteinander plaudern, desto sicherer ist er sich.

Beim dritten Mal überreicht er ihr einen Brief, in dem viel vom Herzen die Rede ist. Beim vierten Mal gibt Madame ihm den Brief mit der Bemerkung zurück, er solle sich gefälligst zusammenreißen.

Danach ist er krank. Eine ganze Woche lang. Das Übliche. Herzrasen, Schwindelgefühle, schrilles Getön in den Ohren.

Kaum gesund, mit Ringen unter den Augen und verstörtem Blick, begibt er sich erneut zu Madame Dupin. Sie empfängt ihn weder frostig noch freundlich, sondern so, als wäre man sich noch nie begegnet. Von nun an sitzt er jeden Morgen bei ihr. Den Federkiel fest zwischen den Fingern, schreibt er stundenlang mit, was sie ihm ohne Punkt und Komma diktiert. Es soll ein auf zehn Bände angelegter Roman werden. Jean-Jacques weiß, dass ihn nie jemand lesen wird.

Ihren Salon hat er auch nach Wochen noch nicht betreten. Allerdings kennt Madame das hochberühmte Akademiemitglied Réaumur, dem die Welt ein Thermometer zu verdanken hat, mit dem sich sogar Fieber messen lässt. Und sie sorgt dafür, dass Monsieur Réaumur ihm die Möglichkeit gibt, bei der nächsten Akademiesitzung sein neues Notensystem vorzustellen.

Besser hätte es nicht kommen können. Mehr kann man für jemanden nicht tun. Madame Dupin leiht Jean-Jacques sogar von ihrem Gatten einen Rock, einen Stock und eine gepuderte Perücke aus.

Tatsächlich sind die illustren Herren an seiner Erfindung zutiefst interessiert, haken nach, fangen mit ihm zu diskutieren und zu disputieren an, betonen, wie schön sie es finden, dass er sich um den Fortschritt der Künste verdient machen will, wollen aber auch immer von neuem wissen, was an dieser Methode eigentlich einfacher sein soll. Jean-Jacques versucht ständig, es von vorn zu erklären, doch es will ihnen beim besten Willen nicht einleuchten. Einige der Herren verweisen auf einen Mönch, der das alles schon vor hundert Jahren vorgeschlagen hat. Solche Vorschläge, behaupten sie, gebe es immer wieder, als praktikabel habe sich noch kein einziger erwiesen.

Sie wollen einfach nicht begreifen, denkt Jean-Jacques, dass es in seinem neuen System keine komplizierten Notenschlüssel mehr gibt und man deshalb auch nichts mehr transponieren muss.

Was denn am bisherigen System so kompliziert sei, will Réaumur wissen.

Alles, antwortet Jean-Jacques.

Ich verstehe das nicht, schüttelt Réaumur den Kopf.

Ich auch nicht, sagt Jean-Jacques.

Er verstehe nicht, was daran nicht zu verstehen sei, präzisiert Réaumur.

Alles, sagt Jean-Jacques noch einmal und geht zum Angriff über: Ich habe, sehr verehrte Herren, den Eindruck, dass

Sie sich allein deshalb am Alten festkrallen, weil Sie das Alte kennen.

Die Herren wünschen ihm auf seinen weiteren Wegen Gottes Hilfe, bedanken sich für seine Mühe und verabschieden ihn mit der allergrößten Höflichkeit.

Vollidioten, die von Musik keine Ahnung haben!, tobt er im Café. Was will schon einer, der einen Fiebermesser erfindet, von Noten verstehen?, schreit Jean-Jacques an diesem Tag noch tausendmal über die Tische. Es sei zum Lachen. Eine Greisenversammlung. Sture alte Esel.

Diderot zuckt mit den Schultern und nickt hin und wieder.

Es sei der größte Fehler seines Lebens gewesen, zu diesen Kretins zu gehen. Madame Dupin habe ihn nur vorführen wollen, es sei reine Rache gewesen, ihn zu diesen Halbtoten zu schicken.

Diderot versteht nicht ganz, was Jean-Jacques mit Rache meint, ist aber der Meinung, dass jetzt nur noch eine Veröffentlichung helfen kann, die man dann als Erstes Rameau zukommen lassen muss. Der Schachweltmeister soll ihn angeblich kennen. Flüchtig zwar nur, aber immerhin.

Im Café sieht man Jean-Jacques in den nächsten Wochen nicht mehr. Tag und Nacht feilt er an seiner Abhandlung, damit auch noch der Dümmste einsehen muss, wie schlagend sein neues System ist und alles Bisherige einem reinen Wirrwarr gleicht. Im Vorwort zeigt er Verständnis dafür, dass man bislang noch nicht so weit war, und fängt bei den alten Griechen an, um zu zeigen, welche umständlichen Wege die Musikgeschichte nehmen musste, bis es endlich möglich wurde, beim Einfachsten und Einleuchtendsten anzugelangen. Ich bin mir wie kein anderer dessen bewusst, erklärt er, dass fast nur Vorurteile über das Schicksal großer Entdeckungen entscheiden. Heutzutage wüte man gegen alles Neue und kralle sich derart eisern am Alten fest, dass es kaum möglich sei, sich mit ungewöhnlichen Ideen überhaupt noch Gehör zu verschaffen, ohne schon vorher verteufelt zu werden. Tausend Widerstände müsse man überwinden und gegen ein Heer von Gegnern anrennen, die sich hinter ihrer geistigen Starre verbarrikadieren, erbittert das Licht der Vernunft bekämpfen und sich gegen jede nur erdenkliche Veränderung in der Welt zur Wehr setzen.

Die Abhandlung wird gedruckt, und Philidor, der mit Jean-Jacques nach wie vor nicht Schach spielen will, erreicht tatsächlich, dass Rameau sich ein paar Minuten Zeit für ihn nehmen will. Immerhin, denkt Jean-Jacques, besitzt eine veröffentlichte Schrift gleich mehr Gewicht. Etwas Gedrucktes ist nicht mehr aus der Welt zu schaffen. Mit etwas Gedrucktem in der Hand tritt man gleich ganz anders auf.

Ich habe Ihre Harmonielehre studiert, nicht nur einmal, immer wieder, über Jahre hinweg, ich verehre Sie, verbeugt sich Jean-Jacques vor Rameau und beeilt sich hinzuzufügen: Sie werden in meiner Schrift drei Mal erwähnt!

Rameau schaut ihn nicht an und sagt nur: Geben Sie mir.

Vergeblich versucht Jean-Jacques sein Zittern in den Griff zu bekommen, als er ihm sein Werk reicht. Er stiert in Rameaus Gesicht und hofft, in seinen Augen gleich ein Leuchten wahrzunehmen. Rameau tritt ein paar Schritte zurück, Jean-Jacques geht ihm hinterher. Rameau tritt wieder ein paar Schritte zurück, Jean-Jacques geht ihm nochmals hinterher. Am Ende sind sie wieder dort, wo sie zu Anfang standen. In Rameaus Gesicht tut sich nichts. Ohne jede Regung überfliegt er hier und da einen Abschnitt. Jean-Jacques könnte jauchzen, obwohl ihm gleichzeitig auch ganz anders zumute ist. Sein leises Zittern hat aufgehört. Er empfindet so etwas wie Zuversicht, auch wenn aus Rameaus Gesicht immer noch nicht das Geringste herauszulesen ist. Trotz seiner Strenge gefällt Jean-Jacques dieses Gesicht. Wer Rameau zum Freund hat, hat gewonnen, sagt er sich. Und es gefällt ihm, wie gleichbleibend konzentriert dieser Mann bleibt. Jemand, der sich ganz auf die Sache einlässt. Der ganz gebannt zu sein scheint. Was auch kein Wunder ist, bei einem so gewaltigen Schritt in eine ganz neue Zukunft der Musik. Wahrscheinlich, sagt Jean-Jacques sich, kann er es noch gar nicht fassen und fragt sich, warum nicht längst ein anderer auf diese Idee gekommen ist.

Was, fragt Rameau auf einmal, soll daran eine Vereinfachung sein? Wer in Ihrem System durchsteigen will, sagt er, ohne aufzublicken, muss vorher Mathematik studiert haben und als Musiker unendlich viel Zeit zum Rechnen einplanen, bevor er dazu kommt, auch nur eine einzige Note zu spielen.

Es geht alles viel schneller, ruft Jean-Jacques.

Bei Noten, redet Rameau einfach weiter, sieht man sofort auf den ersten Blick, um welche Töne es sich handelt und wie sie miteinander zusammenhängen. Bis mir bei Ihnen klar wird, dass es sich um ein schlichtes C-Dur handelt, ist der Abend gelaufen.

Es ist viel einfacher!, ruft Jean-Jacques.

Rameau verabschiedet sich nicht einmal.

Auch Rameau ist also ein Idiot, denkt Jean-Jacques zuerst, erkennt dann jedoch sehr schnell den wahren Grund einer solchen Unduldsamkeit. Schließlich ist Rameau kein Dummkopf. Er ist nur eifersüchtig. Maßlos eifersüchtig. Er gönnt ihm seine Entdeckung nicht. Will nicht, dass Jean-Jacques'

Name bald heller leuchtet als der seine. Längst hat Rameau seinen Zenit überschritten. Ist voller Angst und Furcht, dass schon bald kein Mensch mehr seinen Namen kennt. Nicht einmal in Frankreich. Je länger Jean-Jacques darüber nachdenkt, desto klarer wird ihm, dass Rameau ihn vernichten will. Ein Mann, dem die Herrschsucht ins Gesicht geschrieben steht.

Bevor er wieder in der Lage ist, Madame Dupin als Sekretär zu dienen, muss Jean-Jacques sich eine Woche lang ins Bett legen. Dem Stechen nach zu schließen, das in der linken Brust gar nicht mehr aufhören will, hat sich wieder ein Polyp in sein Herz hineingefressen.

IV

Musik ist nicht alles, sagt sich Jean-Jacques. Als Madame Dupin ihm erzählt, dass der französische Botschafter in Venedig einen neuen Sekretär sucht, erinnert er sich, dass man ihm einst in Turin eine große Laufbahn als Diplomat vorausgesagt hat. Vorbei die Zeiten, da man sich vor senilen Akademiemitgliedern erniedrigen, von einem neidischen Musikanten vor die Tür setzen lassen und im immer gleichen Café mit trostlosen Gestalten herumsitzen muss. Vorbei auch das Lakaien-Dascin bei Madame Dupin, die sich einbildet, Schriftstellerin zu sein. Doch er will nichts Böses über sie sagen. In ihren Salon hat sie ihn zwar nie eingeladen, doch ihrem Empfehlungsschreiben an den Botschafter ist es zu verdanken, dass sein Leben jetzt erst richtig anfängt.

Weil man seine Ankunft in Venedig kaum erwarten kann, besteigt Jean-Jacques gleich die nächste Kutsche nach Marseille, von wo es mit dem Schiff zuerst nach Genua und von dort wieder mit der Kutsche nach Venedig gehen soll. Gern würde er auf dem Weg in den Süden einen Abstecher zu Mama machen, doch weil dafür nicht die geringste Zeit bleibt, schickt er ihr von unterwegs einen Brief. Meine arme Mama, schreibt er, ich bin in diplomatischen Diensten zwischen Paris und Rom unterwegs, und für einen Besuch bei Dir bleibt mir leider keine Zeit. Am liebsten würde er hinzufügen: Du hättest die Geliebte eines französischen Gesandten sein können, musst jetzt aber leider mit einem Perückenmacher vorliebnehmen.

Als er in Venedig eintrifft, ist Monsieur Montaigu, der Botschafter, wenig darüber erfreut, dass ihm der Neue als Erstes eine Hotelrechnung hinlegt, die ein ganzes Monatssalär übersteigt. Weder war es so abgemacht, noch steht in den Statuten, dass ein Sekretär sich eigenmächtig drei Wochen lang in ein nobles Hotel einmieten kann, und das noch zu einer Zeit, da in Genua die Preise wegen einer Epidemie, die dort in einem Viertel ausgebrochen war, dreimal höher sind als sonst. Im Grunde hätte Monsieur Montaigu gute Lust, ihn sofort wieder zurückzuschicken, zumal Jean-Jacques dem restlichen Personal gegenüber auch noch behauptet, von Genua nicht das Geringste gesehen und die ganze Zeit über mutterseelenallein in einem kahlen Lazarettzimmer verbracht zu haben, in einer Zelle mit nichts als Flöhen, einem nackten Fußboden als Matratze und einem Treppenabsatz als Tisch.

Dass man so schamlos lügen könne, habe er noch nie erlebt, schimpft Monsieur Montaigu. Schließlich wisse er längst durch entsprechende Depeschen, dass die Quarantäne dort nur ein paar Tage gedauert habe.

Jean-Jacques konnte nicht wissen, dass man in den Botschaften immer als Allererstes erfährt, was draußen in der Welt passiert. Und es kam ihm auch nicht in den Sinn, daran zu denken, dass der Botschafter eine ganz genaue Vorstellung davon haben könnte, wie lange eine Kutsche von Genua nach Venedig braucht. Jedenfalls nicht drei Wochen, allenfalls die Hälfte. Auch war es ein Fehler, Monsieur Montaigu sofort von den prächtigen Palästen, den herrlichen Frauen und vielen Tavernen in Mailand, Verona und Padua vorzuschwärmen.

Nicht weniger ist Monsieur Montaigu darüber erstaunt, dass der junge Herr sich gleich beim ersten Botschaftsempfang, den er miterlebt, darüber beschwert, nicht in der ersten Reihe neben dem spanischen Granden Platz nehmen zu dürfen, sondern einen Stehplatz zugewiesen zu bekommen. Und noch viel weniger kann Monsieur Montaigu es fassen, dass Jean-Jacques mit der Behauptung, sonst seinen Geschäften nicht angemessen nachkommen zu können, sofort eine eigene Gondel mit einem eigenen Gondoliere fordert, obwohl er noch überhaupt nicht weiß, worin seine Geschäfte überhaupt bestehen. Im Übrigen verlangt Jean-Jacques standesgemäße Kleidung und eine gepuderte Perücke, schließlich könne man in seiner Position nicht wie ein Bauer herumlaufen, zumal gerade die Karnevalszeit begonnen habe, was bedeute, dass er an Maskenbällen und Umzügen teilnehmen, so oft wie möglich in die Oper gehen und dabei jedes Mal Frankreich repräsentieren müsse, weshalb Frankreich auch für sein Äußeres aufzukommen habe. Ein schlichter Rock mit bunten Borten und eine billige, glitzerige Dominobrille genügten da nicht. Wer aus Paris komme, sehe in Venedig leicht wie ein Vagabund aus. Was sich, behauptet Jean-Jacques, ein Gesandter auf keinen Fall leisten könne.

Sie sind Sekretär, weist Monsieur Montaigu ihn zurecht.

Vom ersten Tag an hat Jean-Jacques das Gefühl, dass dieser Mann ihm nicht im geringsten das Wasser reichen kann. So ungeschickt, wie er Frauen zu schmeicheln versucht, macht er eine geradezu lächerliche Figur, und was die Ordnung in seinem Büro anbelangt, so offenbart sich in ihr das ganze Durcheinander in seinem Kopf. Spätestens in einem Jahr, sagt Jean-Jacques sich, sitze ich an seiner Stelle. Allein schon dass der Herr Botschafter nicht des Italienischen mächtig ist, gibt ihm Macht über ihn. Immerhin greift man auf Jean-Jacques sogar bei solchen Gesprächen als Dolmetscher zurück, die als geheim gelten. Zu seiner Verwunderung werden dort zwar nie weltbewegende Dinge besprochen, doch näher an der Macht kann man kaum sein. Und die Korrespondenz erledigt er derart exzellent, dass der Botschafter darin kaum noch seine eigenen Gedanken zu erkennen vermag. Aus Halbsätzen, die er ihm diktiert, macht Jean-Jacques ganze Romane, und nüchterne Meldungen verwandelt er in regelrechte Gedichte.

Es ist erstaunlich, schreibt Jean-Jacques nach zwei Wochen an Mama, wie hervorragend ich als gelernter Musiker Dinge beherrsche, die bisher ganz und gar außerhalb meiner Aufgabenbereiche lagen. Außer mir arbeitet hier so gut wie keiner, am allerwenigsten der Botschafter selbst. Genau genommen ist er längst mein Untergebener. Dass zwischen Venedig und Paris alles zu größter Zufriedenheit geregelt wird, darf ich mir als alleiniges Verdienst anrechnen.

Tatsächlich ist man rundum mit seiner Arbeit zufrieden, würde er nur nicht immer wieder kleine und größere Tobsuchtsanfälle bekommen, manchmal sogar in Anwesenheit allerhöchster Herrschaften. Wie beispielsweise beim Empfang auf einem französischen Flottenschiff, das er entrüstet wieder verlässt, weil man ihm zu Ehren keine Salutschüsse abgefeuert hat. Auch muss der Botschafter eines Tages zu seinem Entsetzen entdecken, dass Jean-Jacques für jeden Pass, den er ausstellt, einen ganzen Golddukaten einkassiert. Ein Graf, der nach Paris reisen wollte, hatte sich deshalb an oberster Stelle beschwert. Monsieur Montaigu hat alle Hände voll damit zu tun, einen Skandal zu vermeiden. Nur beharrt Jean-Jacques trotzdem auf seinem Recht, für die Ausstellung eines Passes eine Gebühr zu verlangen, auch wenn es dafür keine Vorschrift gibt. Schließlich sei man in Italien.

Der Botschafter sagt etwas von Bestechung. Auch das Wort Korruption fällt. Er appelliert an die Ehre. Und dann, so empört er sich, gleich ein ganzer Golddukaten! Ein wahres Vermögen! Wenn man die Leute schon erpresse, dann mit etwas mehr Bescheidenheit, bitte. Ich dulde das nicht in meinem Haus!, fängt er zu schreien an.

Ich mache meine Arbeit, Monsieur, und Sie die Ihre, erklärt Jean-Jacques ganz sachlich.

Was unter diesem Dach stattfindet, bestimme ich!, brüllt der Botschafter.

Wer stellt denn hier die Pässe aus, Sie oder ich?, fragt Jean-Jacques ganz ruhig.

Wenn hier jemand Gebühren festsetzt, dann bin ich es und nicht die Lakaien!, brüllt der Botschafter weiter.

Ich kann hier nirgends einen Lakaien entdecken, weit und breit nicht, gibt Jean-Jacques erstaunt zurück.

Jetzt weiß man endlich, schreit Monsieur Montaigu, wie Sie zu Ihrem lächerlichen Samtrock, Ihrer geckenhaften Weste und der grotesken Lockenperücke kommen. Ganz Venedig lacht über Ihr gespreiztes Getue, Ihre äffischen Manieren, Ihre weibische Selbstgefälligkeit.

Weil Jean-Jacques sich sein Gebrüll immer noch seelenruhig anhört, schlägt der Botschafter schließlich vor, die Einnahmen zu teilen, jeder die Hälfte.

Jean-Jacques weigert sich. Sollte es sich tatsächlich um Korruption handeln, könne es nur im Sinne des Botschafters sein, damit nicht das Geringste zu tun zu haben, erklärt er.

Manchmal staunt Jean-Jacques selbst am allermeisten über seine neue Entschiedenheit. Doch es funktioniert. Nie gibt es einen so großen Widerstand, dass er sich wieder klein fühlen müsste. Ganz im Gegenteil. Man muss einfach an einem fremden Ort ganz von vorn anfangen, und die Welt gehorcht. An einem Ort, wo einen noch keiner kennt. Dann wird man zu dem, der man eigentlich ist. Und man muss es weitertreiben, muss es steigern, sonst verlernt man es sofort wieder, sagt sich Jean-Jacques.

Dass die wöchentlichen Depeschen nach Paris mit dem Namen Montaigu unterzeichnet sind, erträgt er immer weniger. Er hält es für eine Anmaßung. Für eine Enteignung. Anfangs hatte er Montaigus Gestammel lediglich in ein richtiges Französisch gebracht, dann ein bisschen barock ausgeschmückt, doch inzwischen stammt kein einziger Satz mehr von diesem Krüppel. Er unterschreibt nur noch, ohne hinzuschauen. In Paris müsste man sich eigentlich wundern, dass ein solcher Idiot wie ein Dichter formulieren kann. Und man müsste sich dort auch einmal fragen, wer in Venedig eigentlich die ganze Arbeit macht.

Als ihn Montaigu eines Tages wieder einmal daran erinnert, dass er nur Sekretär ist, und sich weigert, ihn zum Diner beim Herzog von Modena mitzunehmen, fragt Jean-Jacques ihn, wie er sich denn ohne Dolmetscher unterhalten wolle. Montaigu reicht es. Bedienstete seien bei solchen Herrschaften noch nie eingeladen gewesen, schreit er ihn an und setzt noch in dieser Stunde ein Schreiben auf, in dem er Paris davon unterrichtet, dass er einen neuen Sekretär braucht.

Mit der gleichen Post geht auch ein Brief von Jean-Jacques nach Paris, in dem es heißt: Ich fühle mich dazu angehalten, Ihnen höchstvertraulich mitteilen zu müssen, dass Monsieur Montaigu Frankreich keine Dienste erweist, wenn er weiterhin Botschafter in Venedig bleibt. Weder ist er des Italienischen mächtig, noch kommt er sonst seinen Aufgaben nach. Würde ich nicht selbst mich aller Angelegenheiten annehmen, es stünde nicht gut um das Verhältnis zwischen Paris und Venedig. Jederzeit bin ich bereit, seine Aufgaben auch formell zu übernehmen.

Tags darauf sitzt er auf einem französischen Handelsschiff mit der Kapitänsmannschaft zu Tisch. Während des kleinen Banketts legt eine Gondel an, aus der eine engelgleiche Schönheit steigt, die an Bord wie eine alte Bekannte begrüßt wird. Dass Zulietta die berühmteste Kurtisane von ganz Venedig ist, wissen hier offensichtlich alle außer Jean-Jacques. Mit Montaigus Vorgänger, flüstert man ihm zu, habe sie ein Verhältnis gehabt, und von Casanova gebe es sogar ein Gedicht auf sie. Jean-Jacques bringt kein Wort mehr hervor und schämt sich, weil alle sehen können, wie ihm Hitze in den Kopf steigt. Ihr leicht lispelnder Akzent gibt zu erkennen, dass sie keine reine Italienerin ist. Was sie nur umso aufreizender macht, so sehr, dass Jean-Jacques gar nicht mehr hinzuschauen wagt, wenn sie etwas sagt.

Mit zwei, drei Sprüngen ist sie bei ihm, fällt ihm um den Hals, behauptet, er sehe wie einer ihrer früheren Liebhaber aus, will wissen, wie er heißt und wer er ist, streichelt mit der einen Hand um seinen Mund, gleitet mit der andern in seinen Schritt, vollkommen schamlos vor der ganzen Mannschaft, die auf sie anstößt, ein Lied mit *amore, dolore* und *cuore* zu singen anfängt und zuschaut, wie sie ihn an die Hand nimmt und hinter sich herzerrt.

In einer Kajüte zieht sie sich, ganz langsam, Finger für Finger, ihre Handschuhe herunter, reicht sie ihm, dazu noch ihren Fächer, ihren Hut und ihren Gürtel, ohne ihn einen einzigen Augenblick aus den Augen zu lassen. Jean-Jacques steht da und scheint sich an ihren Sachen festzuhalten. Sie schaut ihn an, als wäre es jetzt an ihm, weiterzumachen. Jean-

Jacques weiß nicht, was er sagen, was er tun und was er nicht tun soll. Weil er aber keine endlose Weile nur stumm und steif herumstehen kann, fragt er sie, ob es morgen möglich ist.

Am nächsten Tag empfängt sie ihn in einem durchsichtigen Seidenhemd, das ihre Brust kaum bedeckt und bloß an zwei dünnen Bändchen über ihren Schultern hängt. Noch nie hat er so etwas gesehen und noch nie eine Frau so gierig und gleichzeitig so unbeholfen umschlungen. Doch in der Hast der Liebkosungen und Küsse fängt er plötzlich an zu fürchten, es könnte alles viel zu schnell gehen und für ihn bereits vorbei sein, bevor es richtig angefangen hat. Von jetzt auf gleich geht bei ihm nichts mehr, und es ist so offensichtlich, dass er es nicht einmal überspielen und mit Liebkosungen von seinem Versagen ablenken kann. In der größten Hitze spürt er auf einmal eine Kälte in sich, die ihn so heftig frösteln und zittern lässt, dass er wie ein Kind zu weinen anfängt. Dieses Wesen ist zu vollkommen, denkt er, viel zu vollkommen, das Herrlichste, was die Schöpfung hervorbringen konnte, dabei aber nur eine elende Dirne, die schon Dutzende vor mir um den Verstand gebracht hat. Sie kennt mich überhaupt nicht, nicht mein Herz, nicht meine Talente, sie sieht in mir nur das, was sie in allen sieht, ein brünstiges Tier, das hechelt und keucht. Vielleicht ist sie krank und ich stecke mich bei ihr an, sagt er sich, oder ich selbst bin sogar der Kranke, der dieses Wunder an Schönheit zerstören könnte. Zulietta streichelt ihm übers Haar. Seine Gedanken, hofft er, kann sie nicht erraten. Schlimm genug, dass er so jämmerlich vor ihr versagt.

Wie zum Glück meint er auf einmal zu entdecken, dass ihre linke Brust überhaupt keine Warze besitzt. Wodurch er sich wie befreit von ihr fühlt. Während ihre Schönheit auf den ersten Blick vollkommen erscheint, muss er nun erkennen, dass sie einen scheinbar zwar nur kleinen, in Wirklichkeit jedoch entsetzlichen Defekt besitzt. Einen Defekt, der alles umfasst und ihr etwas Ekelhaftes verleiht. Jean-Jacques ist, als hätte sein inneres Auge schon vorher gewusst, dass diese Frau in Wirklichkeit ein Ungeheuer und der Abschaum der Natur ist. Wie um ihr seinen Zusammenbruch zu erklären, zeigt er auf ihre Brust, was sie aber nicht zu verstehen scheint. Jean-Jacques kichert ein bisschen, als ließe sich alles wieder einrenken. In diesem Augenblick sieht er, dass auf ihrer Kommode eine Pistole liegt. Die ist für den ersten Mann, der mich beleidigt, sagt sie. Dann steht sie auf, geht zum Fenster hinüber und schaut hinaus. Als Jean-Jacques sich neben sie stellen will, nimmt sie ihren Fächer, weist zur Tür hinüber und sagt zu ihm: Kleiner, lass die Frauen und studier Mathematik!

Ich will alles wiedergutmachen, nimmt er sich fest vor und bittet für den nächsten Tag um ein weiteres Treffen. Er möge lieber erst in drei Tagen wiederkommen und sich so lange ausruhen, es werde nötig sein, verabschiedet sie ihn.

Drei lange Tage und Nächte könnte er sich dafür schlagen, ausgerechnet in dem Augenblick, da jeder ihn um eine solche Gelegenheit beneidet hätte, sein Glück so ungenutzt gelassen zu haben. Er kann es kaum erwarten, wieder bei ihr zu sein. Voller Glut und voller Kraft. Weil sie ihm gar nicht mehr aus dem Kopf gehen will, ihn aber auch die Angst nicht in Ruhe lässt, es könnte wie beim letzten Mal enden, muss er sich immer wieder sagen: Sie ist nur eine Hure.

Als er zur verabredeten Stunde vor ihrem Haus steht, bringt ein Gondoliere ihm die Nachricht, sie sei nach Florenz abgereist. Das Schlimmste für ihn ist, dass sie ihn jetzt für immer so erbärmlich in Erinnerung behalten wird. Was immer er noch werden und wo auch immer er in seinem Leben noch sein wird, stets wird diese Frau in ihm einen Versager sehen.

Monsieur Montaigu hat inzwischen Post aus Paris bekommen. Eine Kopie von Jean-Jacques' Brief. Er schreibt zurück: Ich werde ihn noch heute in eine Kutsche setzen. Und fügt hinzu: Dieser Herr ist ein Betrüger, der sein ganzes Geld für affige Kleidung ausgibt und sich, wie mir mehrfach zugetragen wurde, in den Hurenhäusern der Stadt auspeitschen lässt.

Jean-Jacques weigert sich, in die für ihn bereitgestellte Kutsche nach Genua zu steigen. Sie sei, sagt er, für Bedienstete und unter seiner Würde. Daraufhin bekommt er gar keine Kutsche mehr und liegt drei Wochen lang im Bett. Dann geht es zurück nach Paris, über weite Strecken zu Fuß.

V

Am liebsten wäre er wieder nach Genf gegangen, doch als Katholik hätte er dort nicht einmal mehr Straßenkehrer werden und nachts nie schlafen können, weil ihm Mama nicht mehr aus dem Kopf gegangen wäre, die eine knappe Tagesreise nebenan leben würde und in deren Bett vermutlich immer noch Wintzenried liegt. Mit vierundzwanzig Seidenhemden, die er sich von seinen Golddukaten hatte schneidern lassen, geht es deshalb in eines der schäbigen Hotels zurück, die in der Nähe jenes Cafés liegen, wo ihn der Schachweltmeister wahrscheinlich nach wie vor nicht mitspielen lassen wird. Geld muss er jetzt wieder mit Notenkopieren verdienen, und wahrscheinlich ist Madame Dupin mit ihrem Roman auch noch nicht fertig.

Bei Diderot am Tisch sitzen inzwischen meist auch drei Deutsche. Lauter studierte Leute, Söhne von reichen Winzern, Pastoren und Steuereintreibern, die bereits viel in der Welt herumgekommen sind, vor allem, was die Universitätsstädte anbelangt. Der eine namens Grimm hat in den letzten Jahren sein Geld als Vorleser bei einem Herzog verdient, der andere, Klüpfel, einem Grafen Privatpredigten gehalten, der dritte, Holbach, die Millionen seines kinderlosen Onkels geerbt, der an der Pariser Börse spekuliert hatte. Eigentlich kommt Holbach aus der Pfalz und heißt mit Vornamen Dietrich, nennt sich hier jedoch Thiry. Sie alle wollen bei Diderots großem Werk mitmachen. Jeder von ihnen ist davon überzeugt, dass die Zukunft der Wissenschaft und dem Glück gehört und das Ende jener Finsternis nah ist, die seit Jahrtausenden die Erde verdunkelt. Am meisten redet Holbach von diesem Glück, aber auch davon, dass alles in der Welt aus Anziehung und Abstoßung besteht. Darüber hinaus, sagt er, gebe es nichts, weder einen ewigen Sinn noch sonst etwas Fixes und Festes. Das einzig Unabänderliche, dem vom Größten bis ins Kleinste alles unterworfen sei, bestehe im unablässigen Hin und Her aus Anziehung und Abstoßung, Attraktion und Repulsion, Sympathie und Antipathie. Wer das begriffen hat, hat alles begriffen, erklärt Holbach jeden Tag. Wenn nur jeder danach strebt, dass es ihm gutgeht, dann geht es allen gut, betont er genauso oft und zitiert dafür in jedem dritten Satz ein paar alte Griechen und Römer herbei, am liebsten auf Griechisch und Latein, damit es unumstößlich klingt.

Kehrt Jean-Jacques nach seinem morgendlichen Kaffeehausbesuch zum Mittagessen ins Hotel zurück, sitzt er dort mit den anderen Dauergästen um einen runden Tisch herum. Das Essen ist genauso schlicht wie die Putzfrau, von der man es immer serviert bekommt. Sie treibe es mit jedem, hat man ihm gleich am ersten Tag von links und rechts zugeflüstert. Kaum kommt sie zur Küchentür heraus, geht das Gekicher und Getuschel los. Sie alle rufen sie sofort beim Namen, fangen an, sich zu räuspern und anzügliche Bemerkungen zu machen, egal, ob es sich um Abbés, um Geschäftsleute oder kleine Aufschneider vom Land handelt, die sich ein paar Tage in Paris aufhalten und meinen, mit Flegeleien ganz besonders städtisch zu wirken. Es ist, als wollte Thérèse alles schnell hinter sich bringen, das Auftischen und Abräumen und vor allem das ganze Geschwätz dazwischen.

Schön ist sie nicht, denkt Jean-Jacques, und trotzdem hat sie etwas Anziehendes. Etwas Derbes und Unschuldiges zugleich. Wie ein Mädchen vom Land, das schon manches mitgemacht hat und doch von allem unberührt geblieben ist. Mit einer Spur von Verwegenheit, hinter der auch nur Unsicherheit stecken kann. Zu ihrem forschen Gang jedenfalls will ihr ein wenig scheuer Blick nicht passen, der allerdings auch etwas Verächtliches besitzt. Vielleicht, so sagt sich Jean-Jacques, ist sie sogar schön, aber ganz anders als die Pariserinnen. Dabei hat sie etwas durchaus Entschiedenes an sich, wozu gehört, dass sie zurückhaltend bis zur Sturheit ist. Befehlen lässt sie sich nichts, am allerwenigsten von diesen Leuten hier am Tisch, die sie abtatschen und in den Hintern zwicken, wenn sie sich, mit der dampfenden Suppenschüssel in den Händen, nicht wehren kann. Jean-Jacques kann über die ständigen Sprüche und Witze kaum lachen und hat das Gefühl, diese Frau beschützen zu müssen, obwohl sie überhaupt nicht den Eindruck macht, beschützt werden zu wollen.

Ihn lässt aber auch der Gedanke nicht los, dass sie es vielleicht tatsächlich mit allen treibt. Vielleicht, sagt er sich, setzt sie ihren ein wenig verächtlichen Blick sogar als Lockmittel ein, um diesen Männerhaufen nur umso mehr zu reizen. Vielleicht verbirgt sich hinter ihrer scheinbaren Unberührbarkeit auch noch etwas ganz anderes. Von nichts kann der allseitige Hinweis schließlich nicht kommen, dass sie sofort zu haben sei, denkt Jean-Jacques. Außer man wollte ihn bloß auslachen, sollte er es tatsächlich bei dieser Frau versuchen wollen. Immerhin schaut sie ihn anders an als die anderen. Genau genommen ist er sogar der Einzige, den sie überhaupt anschaut. Manchmal fragt er sich, wer von ihnen beiden den anderen mehr anschaut. Oder ob er sie nur anschaut, weil sie ihn anschaut. Dann wieder fragt er sich, ob sie ihn nur deshalb so anschaut, weil er der Einzige am Tisch ist, der es mit ihr noch nicht getan hat. Als handelte es sich sogar um ein abgekartetes Spiel. Um eine Wette oder eine Art Ritual.

Eines Nachts passt er sie ab und will von ihr wissen, ob sie noch Jungfrau ist. Sie nickt, er fällt ihr um den Hals und schwört Thérèse am nächsten Morgen, immer bei ihr zu bleiben. Weil sie nicht lesen und schreiben und auch die Zeichen auf der Uhr nicht entziffern kann, will Jean-Jacques ihr das alles beibringen.

Warum, fragt Thérèse, soll ich das alles können sollen? Zum ersten Mal merkt Jean-Jacques, dass man sich Dinge fragen kann, auf die er nie gekommen wäre.

Nach ein paar Tagen ziehen sie zusammen in ein gemeinsames Zimmer, in dem ein Tisch, ein Bett und ein Herd stehen. Vom dritten Stock sehen sie auf die Straße hinab.

Als Jean-Jacques eines Abends heimkommt, behauptet Thérèse steif und fest, der Papst sei bei ihr gewesen. Jean-Jacques kann darüber nicht einmal lachen. Thérèse beteuert, dass es kein Witz sei. Auch sie selbst sei erschrocken, habe kein einziges vernünftiges Wort mehr herausgebracht und nur noch Unsinn gestammelt. Im Grunde zittere sie immer noch, obwohl es eigentlich gar nichts Besonderes gewesen sei, dass er plötzlich vor ihr gestanden habe.

Jean-Jacques vermutet, dass jemand Noten zum Kopieren bringen wollte. Doch Thérèse schwört, dass er sich als Kaplan vorgestellt und einen schwarzen Talar angehabt habe. Womit klar ist, dass es Klüpfel gewesen sein muss, mit dem Jean-Jacques hin und wieder in Tavernen unterwegs ist. Manchmal ist dann auch noch Grimm dabei, und zuweilen bringt Klüpfel auch ein Mädchen mit, dem er eine Wohnung eingerichtet hat, in der es Männer empfängt.

Eines Abends, als man schon länger sitzt, schlägt Klüpfel vor, dass jetzt jeder von ihnen mit seiner Kleinen ins Nebenzimmer geht. Das Mädchen weiß nicht, ob es heulen oder lachen soll.

Nach einer Stunde sitzen sie alle wieder zusammen am Tisch. Grimm fängt an, übers Theater zu reden. Klüpfel trinkt noch ein Glas Wein. Jean-Jacques sagt kein einziges Wort mehr.

Endlich allein, beginnt Jean-Jacques durch die nächtlichen Straßen zu laufen, zuerst Richtung daheim, dann wieder zurück und ziellos durch allerlei Gassen, voller Angst, nie wieder Ruhe finden zu können, als hätte er alles zerstört, vor allem sich selbst, auch wenn das, was passiert ist, mit ihm eigentlich gar nichts zu tun hat, wie er sich sagt, doch trotzdem stattgefunden hat, wie unter Trance, aber ohne jede Gier oder nur mit einer gespielten, um kein Spielverderber zu sein, als hätte er nur eine Art Pflicht erfüllt, gegen die zu wehren ihm in diesem Augenblick unmöglich war, weshalb er im Grunde sogar das Gefühl haben darf, rein geblieben zu sein, auch wenn es ganz anders aussieht, vor allem für die anderen, die ihn jetzt im Griff haben, obwohl er Grimm am Ende angefleht hat, niemandem etwas zu sagen, auch keinerlei Anspielungen zu machen, am allerwenigsten Thérèse gegenüber, die jetzt zu Hause im Bett liegt und vielleicht sogar auf ihn wartet, auf einen Mann, der sich am liebsten umbringen möchte, so elend wie ihm ist, der nicht mehr weiß, wohin mit sich, und alles am liebsten ungeschehen machen möchte, weil er sonst keinen Frieden mehr finden und Thérèse nie mehr in die Augen schauen kann, so viel Schuld, wie er auf sich geladen hat, eine Schuld, die sich im Leben nie wieder abtragen lässt.

Als er im Morgengrauen so leise wie nur möglich die Wohnungstür aufschließt und bei jedem Schritt über den knarrenden Fußboden noch krampfhafter die Luft anhält, liegt Thérèse mit offenem Mund im Bett und schläft seelenruhig. So lautlos wie möglich versucht er unter die Decke zu schlüpfen, voller Angst, das kleinste Knistern könnte sie aufschrecken lassen. Als er endlich liegt und wieder zu schnaufen wagt, schlägt sie im Schlaf ihren Arm um ihn. Mit offenen Augen liegt er da, ein Gefangener ihrer Umarmung, und wagt sich nicht zu regen. An Schlaf ist nicht zu denken, Ruhe kann er sowieso nie mehr finden. Er muss wieder aufstehen, es ist eine Qual, neben ihr zu liegen, neben einer Frau, die noch gar nicht weiß, dass alles längst zu Ende ist. Es tobt in ihm, er kann es nicht mehr aushalten, will bestraft werden, und zwar sofort. Er muss sie aufwecken, sie wachrütteln, ihr sofort alles beichten.

Thérèse aber will nur schlafen, sagt, er könne ihr alles später erzählen, nicht jetzt, so früh am Morgen. Jean-Jacques jedoch kann nicht warten, sie muss ihm zuhören, er muss es loswerden.

Wie sie dann halb wach im Bett sitzt und immer noch sagt: Lass mich schlafen, ballt er die Fäuste gegen sich und wimmert: Ich bin vernichtet. Dann stammelt er etwas von langen Gesprächen und viel zu viel Wein, auch von Klüpfel ist die Rede, dem Papst. Worum es geht, weiß Thérèse immer noch nicht, als Jean-Jacques sie plötzlich anfleht: Vergib mir!

Thérèse aber will nur, dass er sich endlich beruhigt, Jean-Jacques jedoch schreit: Ich will nicht mehr leben! Es sei nur der Wein gewesen, ihm sei nichts anderes übriggeblieben, er habe überhaupt keine Lust dabei empfunden, eigentlich könne er sich an gar nichts erinnern, vielleicht sei auch überhaupt nichts gewesen, außer dass er sie angefasst habe.

Thérèse will nach wie vor, dass er sich endlich beruhigt, doch Jean-Jacques will beschimpft, geschlagen, ausgepeitscht werden. So lange, bis es ihm wieder gutgeht. Sie soll ihm drohen, soll ihn verlassen, soll ihn zum Teufel jagen, er soll noch tausendmal um Vergebung bitten müssen. Alles andere nützt ihm nichts. Doch anstatt durchzudrehen, will Thérèse nur schlafen.

Als Jean-Jacques am offenen Fenster steht und auf die Straße hinausplärrt, er werde sich umbringen, ruft ein Mann von nebenan, er solle endlich sein Maul halten. Thérèse sagt nur: Vom dritten Stock aus kann das auch schiefgehen.

Ein paar Stunden später fängt Jean-Jacques gleich beim Aufwachen wieder an, sich selbst zu beschimpfen. Was Thérèse allmählich auf die Nerven geht. Mehr als vergeben kann man nicht, sagt sie schon zum hundertsten Mal, was Jean-Jacques aber nicht im Geringsten zu beruhigen vermag.

Gleichzeitig will ihn, seit er wieder wach ist, die Fantasie nicht mehr loslassen, es mit dieser kleinen Hure sofort nochmals machen zu müssen, und zwar noch heute, wie um sich beim zweiten Mal reinzuwaschen. Wieder rennt er auf die Straße und irrt durch die Gassen, in der Hoffnung, ihr plötzlich zu begegnen. Voller Gier nach ihr und voller Ekel vor sich selbst, steht er schließlich bei Klüpfel vor der Tür, rennt dann aber wieder weg, aus Angst, sich im Café zum Gespött zu machen, würde er Klüpfel wie nicht ganz bei Sinnen fragen, wo die Kleine zu finden ist.

Als er abends nach Hause kommt, sitzt Grimm bei Thérèse am Tisch.

Ich selbst habe mit ihr ja nur geredet, lacht er, du warst am längsten bei ihr drin.

Jean-Jacques weiß jetzt, dass er diesen Menschen immer schon gehasst hat. Thérèse fühlt er sich wieder so nah, als wäre nie etwas vorgefallen.

Wochen später geht er zum ersten Mal nach dieser Nacht wieder ins Café, wo die bekannte Runde sitzt. Aus Bange, sonst nicht mehr an dem großen Werk beteiligt zu sein, muss er sich dort wieder einmal sehen lassen. Inzwischen werden, wie er geahnt hat, bereits die Stichworte aufgeteilt. Diderot ist fürs Ganze zuständig, Grimm für Dichtung, Holbach für Wissenschaft, Jean-Jacques immer noch für alles, was mit Musik zu tun hat. Klüpfel ist abgereist. Er will sein Geld wieder als Privatprediger bei Grafen und Herzögen verdienen.

Grimm und Holbach, so kommt es Jean-Jacques zunehmend vor, wollen ihm vorführen, dass sie viel flinker französisch parlieren können als er. Sie wollen sogar französischer als die Franzosen sein. Bis hin zur Affektiertheit. Mit einer Sprache, die geradezu parfümiert wirkt. Gar nicht zu reden von ihrem manierierten Lippenspiel bei jedem noch so belanglosen Satz. Er wünschte sich, wie früher mit Diderot allein zu sein. Mit den anderen redet, lacht und albert er genauso herum wie mit ihm. Und trotzdem meint Jean-Jacques zu spüren, dass er dann haushälterischer mit seinen Gefühlen umgeht. Freundschaft brauche ein kleines Geheimnis, hatte Diderot einmal aus Molières *Menschenfeind* zitiert. Ein wirkliches Geheimnis, so hat Jean-Jacques das Gefühl, kann es nur zwischen zweien geben.

VI

Diderot sitzt in Haft. Geldgeber für das kolossale Unternehmen, das von nun an Enzyklopädie genannt wird, sind inzwischen gefunden. Bald werden Aberdutzende von Druckern, Buchbindern und Kupferstechern mit dem Jahrtausendwerk beginnen. Diderot hat noch einen Mitherausgeber gefunden, eines der berühmtesten Findelkinder der Stadt. Eine Salondame hatte es auf den Stufen einer Kirche ausgesetzt. Es ist der Physiker d'Alembert, dem man bislang als Einzigem nachsagen kann, dass er durch seine wissenschaftlichen Entdeckungen bereits berühmt geworden ist. Wahrscheinlich hat man es ihm zu verdanken, behauptet Diderot, dass sogar die russische Zarin schon wissen wollte, wann die Enzyklopädie fertig ist.

Allerdings meinte Diderot inmitten dieses Aufschwungs mit einer kleinen Schrift Aufsehen erregen zu müssen, in der er einen englischen Mathematiker auf dem Totenbett zum Pfarrer sagen lässt: Wenn Sie mir mit Gott kommen wollen, muss ich ihn vorher anfassen können. Augenlicht, Blindheit und Aufklärung, dachte Diderot, gehören irgendwie zusammen, und er wollte damit all jene ein bisschen provozieren, die ans Unsichtbare glauben. Herausgegeben hatte er seine Schrift zwar anonym, doch zahllose Exemplare mit Widmungen verschickt und auch allen voller Stolz erzählt, dass sie von keinem anderen als ihm stammt. Zuerst wusste man es in den

Cafés, ein paar Tage später in ganz Paris. Auch Voltaire bekam ein Exemplar und schrieb zurück, das Werk sei wunderbar, nur sei es ziemlich simpel, zu glauben, dass alles, was man nicht sehen kann, auch nicht existiert. Gerade ein Mathematiker, behauptete er, müsste das eigentlich wissen, denn noch nie habe ein Mensch eine Zahl sehen können, außer als Kreidekringel an der Tafel. Diderot ist stolz auf diese vernichtende Antwort, denn er kann von jetzt an überall verkünden: Voltaire hat mir geschrieben!

Bevor er ins Gefängnis kam, hatte Diderot sich noch damit verteidigen wollen, solche Sätze lediglich seinen Figuren in den Mund gelegt zu haben. Mit seiner eigenen Meinung müsse das überhaupt nichts zu tun haben. Dem Polizeipräfekten konnte man mit solchen Haarspaltereien nicht kommen. Auf dem Weg ins Schloss von Vincennes hinaus, wo Diderot seither einsitzt, hatte dieser Mann sich darüber gewundert, dass Philosophen so dumm sein können, aus lauter Eitelkeit der ganzen Welt verraten zu müssen, wer hinter solchen Pamphleten steckt.

Als Jean-Jacques zum ersten Mal den endlosen Innenhof des Schlosses von Vincennes betritt, sitzt Diderot auf einer Bank, doch nicht allein. D'Alembert ist bei ihm, und Diderot albert mit ihm herum, als wäre es eine Lust, im Gefängnis zu sitzen. Jean-Jacques hatte sich vorgestellt, wie er ihm um den Hals fallen, wie er ihn trösten und wie Diderot weinen würde, wenn er ihn am frühen Abend wieder verlassen müsste. Am liebsten würde er auf der Stelle umdrehen, doch die beiden haben ihn bereits bemerkt. Diderot winkt ihm so beiläufig zu, als wäre es das Selbstverständlichste der Welt, dass Jean-Jacques hier draußen plötzlich auftaucht. Stundenlang ist er in glühender Hitze an der Seine entlanggelaufen, immer das Bild vor Augen, dass sein am Boden zerstörter, durch die Haft vollkommen zerrütteter Freund überglücklich ist, wenn er ihn für ein paar Stunden von seiner Einsamkeit erlöst. Und jetzt sitzt er da und freut sich mit d'Alembert des Lebens. Anstatt mich zu seinem Mitherausgeber gemacht zu haben, denkt Jean-Jacques, hat er ihn vorgezogen. Und zwar nur, weil er so gut rechnen kann. Und weil er, wie es heißt, bald in die Akademie aufgenommen werden soll. Und weil er so gut Latein kann. Und weil er Medizin studiert hat und weiß Gott noch was alles. Ein Herz besitzt dieser Mensch deshalb noch lange nicht.

Jean-Jacques kämpft mit den Tränen, versucht es aber zu verbergen. Ihm fällt nichts ein, was man jetzt sagen könnte. Kein einziger Satz. Auch die anderen lachen jetzt nicht mehr. Dabei ist überhaupt nichts passiert. Außer dass er dasteht und nicht weiß, ob er Diderot umarmen soll, und vielleicht auch d'Alembert, oder ob es besser wäre, einfach zu fragen, worüber die beiden gerade geredet haben.

D'Alembert bittet ihn, sich zu setzen, Diderot klopft ihm auf die Schulter. Von Anfang an hatte Jean-Jacques diesen d'Alembert nicht gemocht. Warum, kann er nicht einmal sagen. Bisher zumindest nicht. Vielleicht sogar deshalb, weil er ihm nichts getan hat. Weil er aus reiner Freundlichkeit und Vernunft besteht. Weil er immer beherrscht ist. Weil seine Temperatur nie schwankt. Weil man sich bei ihm nie vorstellen kann, dass er einmal heult. Obwohl ein Findelkind doch eigentlich allen Grund hätte zu heulen, denkt Jean-Jacques. Seine Mama betreibt einen berühmten Salon, hat tausend Liebhaber, sogar Kardinäle gehen bei ihr aus und ein. Einer ihrer Männer hat sich sogar erschossen. Früher war die Dame eine Nonne. Und ganz Paris weiß das. Nur d'Alembert scheint das alles nicht zu berühren. Als spielte es für ihn nicht die geringste Rolle, lebt er bis heute mit seiner Stiefmutter in einer bescheidenen Behausung zusammen. Jean-Jacques kann das nicht begreifen. Vor allem nicht, dass man dann so vernünftig ist. Und beinahe gönnerhaft.

Jean-Jacques hat noch keinem erzählt, dass auch er kürzlich schon sein drittes Kind aus dem Wochenbett geradewegs ins Findelhaus getragen hat. Außer ihm weiß es nur die Mutter. Ihr Gejammer und Gezeter kann er längst nicht mehr hören. Du würdest deine Kinder nur zu Vatermördern heranziehen, schreit er Thérèse jedes Mal an, wenn ihm ihr Geheul auf die Nerven geht. Im Übrigen ist nicht einmal sicher, ob sie überhaupt von ihm sind. Gar nicht zu reden davon, dass nie Geld im Haus ist. Weshalb ihm gar nichts anderes übrigbleibt, als sie ins Findelhaus zu bringen.

Schön ist's hier, sagt Jean-Jacques schließlich.

Alle nicken.

Wer kann schon von sich behaupten, in einem Schloss zu wohnen?

Alle lachen.

Hätte der Sonnenkönig Versailles nicht gebaut, säße ich jetzt hier mit seinem Sohn zusammen, sagt Diderot.

Alle lachen.

So schön, wie es hier ist, sagt Jean-Jacques, möchte ich auch einmal im Gefängnis sein.

Wieder Gelächter.

Sie seien gerade dabei, die Stichworte für die Enzyklopädie aufzuteilen. Den Buchstaben A. Er komme gerade recht. Diderot will mit dem Buchstaben A den absoluten Anfang machen. Wofür d'Alembert im Gegenzug den Begriff Absolutes bekommt. Jean-Jacques wundert es nicht, dass d'Alembert dabei als Allererstes an die absolute Zahl und nicht an Gott denkt. D'Alembert ist auch für Achse, Akustik, Algorithmus, Amplitude, Analogie, Analyse, Antichrist, Antipode, Argument und Asymptote zuständig. Diderot dagegen macht nach dem A mit dem ABC weiter und dann mit Ära, Abel, Abenteuer, Absinth, Absolution, Abstinenz, Abstrakt, Achill, Afrika, Amorbach, Amsterdam, Annecy, Antipapst, Arkadien, Armenien, Asphalt und Auvergne. Azur, Antipathie und Aurora teilen sich d'Alembert und Diderot. Für Jean-Jacques bleiben Akkord, Adagio, Allegro, Andante, Arie und Arpeggio übrig. Weil man ihn bei dem Stichwort Annecy nicht einmal angeschaut hat, könnte er schon wieder heulen. Wer denn, wenn nicht er, war dort jahrelang?! Doch er sagt nichts. Aber er bekommt noch ein außermusikalisches Stichwort: Authentisch.

Jean-Jacques besucht seinen Gefangenen jetzt alle paar Tage. Nie gab es einen so schönen Anlass, stundenlang an der Seine entlang vor sich hin zu träumen. Seinetwegen kann Diderot noch lange dort draußen bleiben. D'Alembert trifft man bei ihm inzwischen nicht mehr an.

Meist hat Jean-Jacques auf dem Weg nach Vincennes die neueste Ausgabe des *Mercure de France* dabei. Eines Tages stößt er darin auf eine Wettbewerbsfrage der Akademie von Dijon, die lautet: Hat der Fortschritt der Wissenschaften und Künste unsere Sitten verfeinert oder verdorben?

Jean-Jacques wird ganz unruhig. Er will gewinnen. Es ist seine letzte Gelegenheit, berühmt zu werden. Er fängt an zu rennen. Er muss es Diderot sofort erzählen und macht sich gleich ein paar Gedanken. Er wird den Fortschritt rühmen, die Wissenschaften, die Künste. Deshalb ist er schließlich nach Paris gekommen. Voltaire hat es ja in seinen *Philosophischen Briefen* geschrieben: Frankreich ist das Land der Schönen Künste. Das Land der Dichter und Denker. Diderot wird begeistert sein. Das Preisgeld wird er Mama schenken. Sie wird nach Paris pilgern und ihn an sich drücken wollen. Er wird ein bisschen reserviert bleiben. Nach zwei, drei Tagen wird er dann gütiger werden, sie aber nicht gleich umarmen. Man muss sie, sagt Jean-Jacques sich, mit einer Spur huldreicher Herablassung behandeln.

Ich werde die Wissenschaften und die Künste rühmen, das Licht der Vernunft besingen, den Fortschritt preisen und dafür den Preis bekommen, fällt Jean-Jacques Diderot um den Hals.

Diderot begreift nicht gleich, versteht aber allmählich, dass es sich um eine Art Preisausschreiben handelt, von einer Akademie in Dijon, von der er noch nie etwas gehört hat.

Natürlich ist Diderot ganz und gar dafür, dass Jean-Jacques sofort zur Feder greift. Nur schaut er ihn, je länger sein hechelndes Gerede von der Vernunft, der Menschheit, dem Fortschritt und dem Glück anhält, zunehmend befremdeter an und schüttelt auf einmal den Kopf.

Lass es, sagt er.

Jean-Jacques begreift nicht.

Die Spatzen pfeifen's längst von den Dächern, und jeder Esel behauptet inzwischen, dass die Vernunft das Größte ist, dass die Menschheit dem Glück entgegenrennt, dass Wissenschaft Fortschritt bringt und die Künste die Sitten verfeinern. Eulen nach Athen tragen heißt das!

Was soll ich dann schreiben?, fragt Jean-Jacques.

Einfach das Gegenteil.

Das Gegenteil?

Dass Wissenschaft und Kunst eine Katastrophe sind und Fortschritt nur Unheil bringt, lacht Diderot. Wozu Kompass und Schwarzpulver?! Haben sie je etwas Gutes gebracht?! Und der Buchdruck?! Das Theater?! Haben sie uns moralischer gemacht? Schlag zu!

Jean-Jacques will nicht glauben, dass jemand, der mit seiner Enzyklopädie die Vernunft auch noch in die letzten Winkel der Erde tragen will, derart leichtfertig mit der Wahrheit umgehen kann. Auch Condillac hatte ihm in Lyon von nichts anderem als der Vernunft vorgeschwärmt. Ganze Tage lang. Jean-Jacques ist zu allem, nur nicht zu einer solchen Lüge bereit.

Wenn du nicht behauptest, dass das alles grauenhaft ist, hast du keine Chance. Sonst ist es langweilig, sagt Diderot noch ein paar Mal.

Und die Wahrheit, fragt Rousseau, was ist mit der Wahrheit?

Man muss den Wahnsinn zur Methode machen, damit am Schluss die Vernunft übrig bleibt, behauptet Diderot.

In Jean-Jacques wehrt sich alles, auch wenn er nicht leugnen kann, dass Diderot vielleicht sogar recht hat. Andererseits kann man nicht einfach das Gegenteil dessen behaupten, was richtig ist, sagt er sich. Immerhin steht am Ende der eigene Name über einer solchen Schrift. Was heißt, dass man danach nicht einfach frech erklären kann, das Gegenteil von dem zu glauben, was man verkündet hat. Vor allem dann nicht, wenn man den Preis bekommt. Diderot mag das egal sein, denkt Jean-Jacques, mir nicht.

Diderot fängt bereits an, ihm ein paar griffige Sätze vorzuformulieren: Die Wissenschaften und Künste machen uns zu Sklaven überzüchteter Sitten und erwürgen unsere ursprüngliche Natur. Sie zwingen uns eine gekünstelte Sprache auf, erdrosseln die reinen Gefühle des Herzens und führen zu nichts als Ausschweifung, Verderbnis und Liederlichkeit.

Wie klingt das?, fragt er Jean-Jacques und befiehlt ihm: Schreib mit!

Wissenschaft, fährt er fort, ist nichts als eitles Geschwätz, mit dem sich der Gebildete gespreizt in Szene setzt. Der

Künstler wiederum giert nach nichts anderem als Applaus. Um Wahrheit geht es ihm nicht, nur um Beifall. Ohne Huldigungen ist er ein Nichts, ein Häuflein Elend, eine jämmerliche Gestalt. Der Buchdruck hat über Europa nur das schlimmste Elend gebracht. Gutenberg ist der größte Verbrecher der Menschheit.

Jean-Jacques sträubt sich die Feder. Es ist ihm zuwider, einen solchen Irrsinn aufs Papier zu bringen. Doch Diderot meint es ernst, auch wenn er mit keinem Wort glaubt, was er da sagt. Aber es ist der einzige Weg, sich Gehör zu verschaffen und sich interessant zu machen, behauptet er seelenruhig.

Dann schreib doch du diese Schrift, schlägt Jean-Jacques vor.

Ich will keinen Preis, sagt er. Als wäre es lächerlich, das Provinzspektakel einer Akademie aus Dijon, von der in Paris noch nie jemand gehört hat, überhaupt zur Kenntnis zu nehmen.

Auf dem Heimweg ist Jean-Jacques mit jedem Schritt mehr davon überzeugt, dass Diderot nicht einmal unrecht hat. Mit einer Hymne auf den Fortschritt lockt man keinen toten Hund mehr hinter dem Ofen hervor. Diderot hat recht, obwohl er unrecht hat. Man muss nur anfangen, an das zu glauben, was er sagt. Diderot weiß gar nicht, wie recht er hat. Im Grunde, so hat Jean-Jacques allmählich das Gefühl, hat Diderot mich auf Gedanken gebracht, die ich eigentlich immer schon hatte. Diderot sagt die Wahrheit, ohne es ernst zu meinen. Die Menschheit ist verrottet. Und zwar deshalb, weil es so viel Kunst und Wissenschaft gibt. Die Sache ist sonnenklar. Vernunft ist Selbstbetrug. Ist reine Lüge. Ist das Übel selbst. Ist die Krankheit, die sie zu heilen vorgibt. Ist mit Blindheit geschlagen. Nichts ist finsterer als die Aufklärung, nichts zerstörerischer als der Fortschritt. Es gibt nichts Schöneres als ein Gefühl, das noch nicht denken kann.

Jean-Jacques ist wie vom Blitz getroffen. Dieser Tag wird sein Leben verändern. Nicht nur seines, sondern das der ganzen Welt. Ihm ist, als würde sich die Erde vor ihm auftun. Tiefer als er hat noch keiner gesehen. Es ist ein unsägliches Glück und der herrlichste Schrecken zugleich. Eine Illumination, bei der sich alles in neuem Licht zeigt: die ganze Geschichte der Menschheit, alles Leben überhaupt.

Jean-Jacques muss sich setzen. Ein paar Sätze notieren. Aus lauter Angst, die Illumination könnte sich sonst sofort wieder verflüchtigen.

Mir war auf einmal klar, wird er in seiner Preisschrift verkünden, dass Kultur und Wissenschaft der Ursprung allen Übels sind, dass der Mensch sich mit jedem Tag der Natur immer mehr entfremdet, dass das, was wir als Zivilisation rühmen, nichts als Dekadenz ist.

Weiter wird er schreiben: Zu allen Zeiten gibt es Leute, die sich von den Meinungen ihres Jahrhunderts fesseln lassen, doch für solche Leute darf nicht schreiben, wer über sein Jahrhundert hinaus bestehen will.

Meine Sätze müssen wie Aphorismen klingen, sagt Jean-Jacques sich und schreibt: Rechtschaffenheit ist dem Rechtschaffenen lieber als dem Gelehrten seine Gelehrsamkeit.

Oder: Ich weiß nicht, welches gelehrte Gewäsch, das tausendmal verachtenswerter als jede Unwissenheit ist, sich inzwischen den Mantel der Wissenschaft umhängt.

Am Ende muss er Cato und Sparta rühmen, die Zucht, das Karge, das Soldatische. Und Athen verdammen. Den Luxus, die Unzucht, das Frivole. Athen ist daran untergegangen. An zu viel Kunst und Philosophie, was alles miteinander zusammenhängt. Denn je mehr wir wissen, desto sittenloser sind wir. Auch das, findet Jean-Jacques, ist ein wunderbarer Satz. Und er wird noch hinzufügen: Je greller das Licht der Vernunft leuchtet, desto verderbter werden unsere Sitten. Die Wissenschaften und Künste verdanken ihre Geburt unseren Lastern. Je mehr die Bequemlichkeiten des Lebens sich vermehren, die Künste sich perfektionieren, der Luxus sich ausbreitet, desto mehr verschwinden wahrhafte Tapferkeit und soldatische Tugend. Es ist das Werk der Wissenschaften und jener Künste, die in aller Ruhe und in schattigen Räumen ausgeübt werden. Die Kultur des Wissens schadet unserer kriegerischen Begabung und zerstört die Sitten.

Er wird die Germanen rühmen, weil sie sich der römischen Dekadenz verweigert haben, und die Goten dafür tadeln, dass sie auf ihren Eroberungszügen nicht alle Bibliotheken zerstört und damit die wahre Barbarei ausgemerzt haben. Und er wird in diesem Zusammenhang sagen: Der Fortschritt der Wissenschaften und der Künste hat alles Schlichte und Starke vernichtet. Er hat die Sitten verdorben und nur Unheil gebracht.

Immer wieder wird er griffige Sentenzen mit dem eisernen Wort Tugend einstreuen und sie mit einem Ausrufezeichen versehen: Tugendhaft spreche ich zu den Tugendhaften! Wie schön wäre es, wenn Anstand Tugend wäre! Prunk ist der Tugend fremd! Je mehr der Fortschritt der Wissenschaften und Künste Licht über unserem Horizont aufgehen ließ, desto weiter entfernte sich von uns die Tugend! Rom, von einem Hirten erbaut und von Ackersleuten zu einem Tempel der Tugend gemacht, wurde von schamlosen Dichtern in eine Schaubühne aller Laster verwandelt! Jene wenigen Völker, die von der Seuche eitler Gelehrsamkeit frei geblieben sind, haben durch ihre Tugend ihr Glück befördert! O Tugend, du erhabene Wissenschaft einfacher Seelen!

Er wird die Einfalt rühmen und Sokrates zitieren, der von sich behauptet hatte, nichts zu wissen.

Und er wird seinen Freunden, den Philosophen und Enzyklopädisten, einen Satz hinwerfen, an dem sie zu schlucken haben: Schaut Euch einmal die Wichtigkeit Eurer Erfindungen an und sagt uns dann, was wir von dem Haufen gelehrter Müßiggänger denken sollen, die das Vermögen des Staates nutzlos verschlingen! Was tun sie denn, diese klugdummen Großredner, außer die Grundfesten unseres Glaubens und unserer Tugend vernichten, über das Vaterland und die Religion spotten und ihre Philosophie dem Umsturz dessen, was heilig ist unter uns Menschen, widmen?!

Auch seinem einstigen Vorbild wird er die Meinung sagen: Sagen Sie uns doch, verehrter Herr Voltaire, wird er schreiben, wie viel wahre mannhafte Schönheit habt Ihr bloßer Galanterie geopfert?

Und ganz zum Schluss muss es heißen: Wie wunderbar wäre es, wenn wir wieder auf unser Herz hörten und unsere Tugend aus nichts anderem als Anstand bestände.

Jean-Jacques könnte heulen, toben, brüllen vor Glück, obwohl seine Entdeckung schrecklich ist und jetzt nur noch Abgründe vor seinen Augen klaffen. Klarer hat ein Mensch nie gesehen. Und deshalb wird er so lange, bis seine Schrift abgeschickt ist, weder mit Diderot noch sonst einem darüber sprechen, denn sie alle würden alles gleich wieder zerreden und zerpflücken und so lange darüber diskutieren und debattieren, bis man am Ende wieder nicht wüsste, was eigentlich die Wahrheit ist. Einer wie d'Alembert, der sich mit Intelligenz panzert, würde ihn sowieso nicht verstehen.

Zehn Tage lang kann Jean-Jacques sich an seinen Sätzen gar nicht genug berauschen. Dann ist das Werk fertig. Danach brütet er wieder über seinen Musikartikeln, die ihm weit weniger leicht von der Hand gehen.

Wochen verstreichen. Diderot, der inzwischen wieder frei ist, hätte schon beinahe vergessen, dass sie draußen in Vincennes einmal über ein Preisausschreiben geredet haben, würde ihn nicht eines Morgens Jean-Jacques aus dem Bett reißen, der gerade erfahren hat, dass ihm der Preis gehört.

Zwar hat Diderot das Werk noch nicht gelesen, doch er eilt mit Jean-Jacques sofort in die Redaktionsräume des *Mercure de France*, wo es noch am gleichen Tag in den Druck geht.

Drei Tage später redet ganz Frankreich davon. Es ist ein Fanal. Ein Aufstand gegen die Zivilisation. Man hätte alles gedacht, nur das nicht: Ein Skribent, der dem Enzyklopädisten-Club angehört, trumpft mit einem Traktat auf, der ausgerechnet die Aufklärung verdammt. Jean-Jacques ist über Nacht ein berühmter Mann. Was auch der Enzyklopädie nur nützen kann, sagt sich Diderot. Er geht davon aus, dass Jean-Jacques kein Wort von dem glaubt, was er da alles behauptet.

Unverzüglich hat Jean-Jacques an die Akademie in Dijon geschrieben: Indem Sie mich mit Ruhm bedeckt haben, haben Sie sich selbst einen Lorbeerkranz aufgesetzt!

Eine erste Wortmeldung auf die Veröffentlichung kommt ausgerechnet aus Dijon von einem Akademiemitglied, das die Entscheidung seiner Kollegen für geradezu absurd hält. Würde man solche Thesen ernst nehmen, behauptet er, müsste die Akademie sich sofort selbst abschaffen. Wozu noch Medizin und Juristerei, wozu überhaupt noch irgendwelche Kenntnisse und Künste, fragt er, wenn sie die Quellen allen Übels sind und wir im Zustand animalischer Geistlosigkeit besser leben würden? Warum nicht unverzüglich mit allem Denken und Schreiben aufhören, wenn es nur unsere Moral zerstört und solche fürchterlichen Dinge wie Wohlstand und Luxus hervorbringt?

Dieser Herr kann nur eine einzige Erklärung für die Entscheidung der Akademie finden: Man habe sich von schön klingenden Phrasen einlullen lassen, ohne an die Konsequenzen zu denken, die man daraus ziehen müsste, würde man dieses Geschwätz wirklich ernst nehmen. Wahrscheinlicher aber sei, dass diese sonst so verschlafene Akademie endlich habe einmal auffallen und sich aus der Versenkung retten wollen.

Ein anderer erinnert Jean-Jacques daran, dass er noch vor ein paar Jahren in einer Schrift die Künste und Wissenschaften als höchste Güter der Menschheit gepriesen hat. Jean-Jacques wird auf solche kleinlichen Angriffe nicht antworten. Er wird sich von nun an mit einem armenischen Kaftan und einer orientalischen Pelzmütze kleiden, um der Pariser Welt zu zeigen, dass er nicht mehr zu ihr gehört. Alle sollen es sehen, auf den Boulevards, in den Tuilerien, im Bois de Boulogne. In gewöhnlichen Kleidern wird er nicht mehr auftreten. Seine venezianischen Seidenhemden hat ihm sowieso schon Thérèses Bruder gestohlen, und was er noch an besseren Röcken und Westen besitzt, verkauft er mitsamt seiner Uhr, die ihm schon deshalb nicht mehr von Nutzen ist, weil er ab sofort in seiner eigenen Zeit leben wird. Schließlich hat Thérèse recht gehabt: Wozu sollte man die Ziffern einer Uhr lesen können?

Er wird mit ihr jetzt jeden Abend am Fenster sitzen und vor aller Augen ein bescheidenes Abendbrot einnehmen: zwei Bissen Käse und ein kleines Glas Wein. So können alle sehen, wie genügsam sie leben. Diese Genügsamkeit wird ganz Paris beschämen. Und für einen Seelenfrieden sorgen, wie er nur ihnen beiden vergönnt ist. Vielleicht, denkt Jean-Jacques, wird man mich eines Tages mit Sokrates und Jesus vergleichen.

Allerdings gibt es auch Stimmen, die meinen, das alles sei nichts Neues, und die auf den heiligen Franziskus und Luther verweisen, der die Vernunft eine Hure schimpft. Im Übrigen erzähle, so behaupten sie, jeder Pfarrer in der Kirche jeden Sonntag ungefähr das Gleiche. Ein Benediktinerpater wirft Jean-Jacques sogar vor, alles von seinem Orden abgeschrieben zu haben. Nichts als Plagiat sozusagen. Kein einziger eigener Gedanke. Nur Pomp und Pathos, behauptet der Pater. Genau das, was er anderen vorwerfe: eitle Beredsamkeit, ein dünkelhaftes Schwelgen in Bildern und Vergleichen, Zitatenhuberei und Belesenheitsangeberei. Sonst nichts, außer ein paar schlichten Gedanken, wie sie in jedem Katechismus zu finden seien. Auch kommen Stimmen auf, die seine Hymnen auf alles Soldatische und Spartanische ein wenig degoutant finden.

Es sind Leute, die mir meinen Ruhm neiden, sagt Jean-Jacques sich. Die es nie so weit gebracht haben. Was gehen sie mich an, diese geifernden Pfaffen und kläffenden Hunde?! Auf solche Leute reagiert man gar nicht. Ganz anders, als wenn große Häupter sich zu Wort melden. Wie etwa der vor den Russen geflohene polnische König Stanislas und jetzige Herzog von Lothringen, der im *Mercure de France* schreibt: Falls der Autor wirklich ernst meint, was er sagt, muss man diesen Mann mit seinen eigenen Waffen schlagen und seine Lehren auf ihn selbst anwenden. Oder wollte er nur mit seinem Geist brillieren und mit seiner Fantasie angeben? Er entrollt einen genialen Roman vor unseren Augen, eine wunderbare, wunderliche Erzählung über die Geschichte der

Menschheit, mit allen Zutaten, die ein guter Roman braucht: das Lob der Naivität, die rührende Geschichte von der bewundernswerten Moral der einfachen Leute und ihrem beeindruckenden Leben.

Das alles, schreibt König Stanislas, sei schön zu lesen und herrlich formuliert, nur müsse man sich fragen, welche Folgerungen man daraus zu ziehen habe und warum wir von unserem Schöpfer mit einer so üppigen Natur und so vielen Gaben wie Geist und Verstand beschenkt worden seien. Etwa um sie zu unterdrücken und uns zu zwingen, im Zustand der Tierheit zu verharren? Und was solle der Mensch mit seiner Neugier machen? Der Handwerker mit seinen Fähigkeiten? Der Arzt mit seinem Wunsch, so viel wie möglich über den Körper, die Seele und die Wirkstoffe zu erfahren, die unserer Heilung dienen? Wie würde eine Welt ohne Justiz aussehen, würde man sich immer nur auf eine kindliche Unschuld berufen und alles, was komplizierter ist, als Kultur verdammen? Warum sollte man auf einmal ein besserer Mensch sein, wenn man von nichts eine Ahnung hat? Warum keine Verbrechen mehr begehen, wenn die Wissenschaften abgeschafft sind?

Und woher, fragt er, das vorlaute Wissen, dass überall dort, wo es primitiv zugeht, das Leben rein und schön ist? Woher solche Wahrheiten, die außer im Kopf keine Wirklichkeit besitzen? Wo soll es denn diese Menschen ohne Fehler, Begierden und Leidenschaften geben? Und was in der Welt lässt sich nicht missbrauchen? Also auch jedes Wissen. Soll aber der Missbrauch den Gebrauch ausschließen? Kann nicht jede Religion in Heuchelei enden, die Justiz zur Schikane werden und die Astronomie in Astrologie ausarten?

Jean-Jacques ist glücklich. Endlich hat er es so weit wie Voltaire gebracht. Von nun an diskutieren Könige und Fürsten mit ihm. Unbekannten Kläffern antwortet er aus Prinzip nicht. Bei Stanislas ist es etwas anderes. Er wird für ihn eine eigene Abhandlung verfassen und sie im *Mercure* veröffentlichen. Nie habe er die Wissenschaft an sich schlechtmachen wollen, wird er ihm versichern, das eigentliche Problem sei ein ganz anderes, nämlich die Ungleichheit. Hier liege die Wurzel allen Übels. Jean-Jacques hat ein neues Thema gefunden. Er muss seinen Roman erweitern und die Anfänge der Menschheit erklären.

Auch wenn die meisten es für Unsinn halten, was dieser Mann behauptet, so reden doch alle über ihn. Jean-Jacques steht im Rampenlicht. Den gleichen Leuten, die vor ein paar Jahren noch meinten, über sein Notensystem spotten zu müssen, ist das Lachen inzwischen vergangen. Diderot glaubt nach wie vor, dass Jean-Jacques sich bloß eine Rolle anzieht und man mit ihm, wenn der Trubel vorbei ist, wieder vernünftig reden kann. Immerhin weiß im Salon Holbach jeder, wie sich diese Geschichte in Wirklichkeit abgespielt hat. Man gönnt ihm den Erfolg, findet es allerdings merkwürdig, dass ihm seine Thesen tatsächlich zu Kopf gestiegen sind, er inzwischen sein Damaskuserlebnis daraus macht und sich als wahrhafter Wüstenprediger aufspielt. Und das alles nur, weil er vor Ehrgeiz brennt, ihm jedoch ohne Diderot nichts eingefallen wäre. Nur hat er jetzt, wie Holbach witzelt, Lust daran gekriegt, die ganze Welt auszupeitschen.

D'Alembert, der nach überallhin Verbindungen besitzt, hat sich kundig gemacht. Das abtrünnige Akademiemitglied aus Dijon hat ihm einen Brief geschickt, in dem das Bild der Jury gezeichnet wird. Als Jean-Jacques in Holbachs Salon bei der wöchentlichen Tafelrunde mit seinem neuen Kaftan zwischen Diderot und Grimm sitzt, liest d'Alembert es gleich beim Entrée, das diesmal aus Forellensuppe mit Pimpernellegebäck besteht, vor:

Obwohl sie brave Katholiken sind, heißt es da, steht selbst Calvin diesen Leuten näher als jener Voltaire, der in fast allen Akademien Europas Ehrenmitglied ist, derjenigen in Dijon jedoch niemals beitreten würde und ihr vor allem niemals beitreten dürfte. Es sind lauter gute Christen, die davon überzeugt sind, dass die Menschen inzwischen zwar viel mehr als früher wissen, sich dadurch moralisch aber keinen Deut gebessert haben. Der Preiskommission gehören zehn Mitglieder an: der alte Pfarrer Léaute, der die neuere Philosophie aus Prinzip nicht zur Kenntnis nimmt, da sie in seinen Augen für die Auflösung der althergebrachten Ordnung und den Autoritätsschwund der Kirche verantwortlich ist; ihm zur Seite sein noch betagterer Mitbruder Derepas, ein Domherr, der in der Akademie einmal eine humorige Hymne auf das maßvolle Weintrinken hielt, was ihm einen Rüffel des Bischofs einbrachte; als einer der Jüngsten im Bunde der von seinen Ländereien lebende Advokat Perret; dann der erst fünfundzwanzigjährige Louis Guyot, ebenfalls Advokat, von der Universität in Dijon als Professor abgelehnt, in der Stadt als Schleimer bekannt, der jedem, von dem er sich einen Vorteil erhofft, nach dem Munde redet; des weiteren Fromageot, ein älterer Kollege von ihm, Sohn eines Rechtsprofessors und rigider Jansenist, der moralische Traktate verfasst, in denen er jede Art von Philosophie verdammt, die sich nicht in den Dienst des Evangeliums stellt; schließlich Lantin de Damerey, der Präsident der Kommission, ein Mann, der alle Kunst und alles Wissen für nichtig hält, solange wir nicht zuerst auf unser von Gott eingepflanztes Gewissen hören; als Letzter im Bunde Claude Gelot, Vermögensverwalter einer reichen Witwe und Parvenu aus der ländlichen Bourgeoisie mit dem Ruf eines Aufschneiders, der sich überall durchmogelt, sich in alles einmischt, notfalls gnadenlos rücksichtslos ist und von nichts eine Ahnung hat. Drei weitere Kommissionsmitglieder haben von den eingeschickten Schriften keine einzige gelesen, weshalb sie sich der Mehrheit anschlossen.

Alle kichern, als d'Alembert fertig ist. Sogar Diderot.

Sie gönnen es mir nicht, sagt Jean-Jacques sich. Ich gehöre nicht zu ihnen.

VII

Die Holbach-Clique ist der letzte Beweis dafür, dass Philosophie jedes natürliche Gefühl zerstört, das Herz dem Kopf opfert, Gott aus der Welt hinausjagt und mit ihren Vernünfteleien jedes natürliche Empfinden mit Füßen tritt. Und all das nur aus eitler Spitzfindigkeit und einer Müßiggängerei, die sich kultiviert vorkommt. Keiner von denen sucht im Wald die Einsamkeit, und keiner von ihnen schaut ergriffen zum nächtlichen Firmament hinauf. Sie alle sitzen tagaus, tagein am Schreibtisch oder an üppigen Tafeln, wo sie bei ihren sich klug dünkenden Gesprächen die Wörter mit der Wirklichkeit verwechseln.

Eine Woche nachdem d'Alembert den Brief aus Dijon vorgelesen hat, sitzt man wieder wie jeden Donnerstag beim Souper im Hause Holbach zusammen. Wie immer hat Madame wunderbar gekocht und Monsieur die besten Flaschen aus dem Keller geholt. Zwischen den Gängen darf ein junger Abbé sein neues Theaterstück vorlesen. Ernst nimmt ihn keiner, doch man gibt sich interessiert. Dass das zustimmende Nicken nichts als Spott ist, merkt er offenbar nicht und denkt wahrscheinlich sogar, seine lächerliche Lesung könnte der Auftakt zu etwas ganz Großem sein und ihn geradewegs in die Comédie Française, ja vielleicht sogar eines Tages in die Akademie führen.

Solche Abbés gibt es in Paris wie Sand am Meer. Jean-

Jacques kennt sie aus den Kaffeehäusern zuhauf. Ausgebildet von der Kirche, aber nur mit aufklärerischen Flausen im Kopf, fressen sie sich liebedienerisch an den Tafeln der Reichen durch und bringen deren Sprösslingen ein bisschen Latein bei. Um in die Salons zu kommen, schmieren sie freidenkerische Traktätchen zusammen, in der Hoffnung, einmal so berühmt wie Voltaire zu werden. Genau so, wie es auch der heutige Gast im Hause Holbach macht. Seiner Tragödie hat er ein paar einleitende Worte vorangestellt und zwischen der Taubenpastete und Rebhuhnsülze erklärt, dass Komödien mit einer Hochzeit, Tragödien mit Mord enden. Natürlich wurde rundum gelacht, was aber bei dieser Gesellschaft mit Zustimmung wenig zu tun hat.

Beim siebten oder achten Gang angelangt, als bereits die Liköre, das Konfekt, die Früchte, das Eis und die Waffeln aufgetragen werden und der Abbé gerade dabei ist, seinen letzten Akt zu Ende zu bringen, springt Jean-Jacques auf, reißt ihm die Blätter aus der Hand, zerstampft sie auf dem Boden und schreit ihn an: Das ist Dreck, machen Sie etwas Anständiges, gehen Sie als Vikar aufs Land hinaus! Dann wendet er sich um und brüllt den Hausherrn an: Sie sind mir zu reich, Sie gottloser Materialist! Jean-Jacques stürzt hinaus. Im Hause Holbach wird er nie mehr gesehen. Schon vor ein paar Jahren fand er es beleidigend, dass Holbach ihm fünfzig Flaschen Bordeaux spendiert hatte, als er sich eine Zeitlang kaum noch Brot kaufen konnte.

Auch Voltaire muss endlich einmal die Meinung gesagt werden, und zwar schon deshalb, weil Jean-Jacques beschlossen hat, nach Genf zurückzugehen und sich wieder zum Calvinismus zu bekehren. Voltaire, der von seinem Schloss auf Genf hinabschaut, soll wissen, mit wem er es bald zu tun haben wird. Erst kürzlich hat er, nach dem Erdbeben von Lissabon, ein philosophisches Geschrei angestimmt und behauptet, Gott könne kein guter Mann sein, wenn er es zulasse, dass eine ganze Stadt in Trümmern versinkt. Doch schlimm ist nicht Gott und auch nicht die Natur, erklärt Jean-Jacques ihm jetzt in einem öffentlichen Brief, sondern nur solche Leute, die Häuser mit sieben Stockwerken bauen und die Geschichte vom Turmbau zu Babel nicht ernst nehmen. Hätten diese Portugiesen in einfachen Hütten gelebt, hätten sie sofort wegrennen können, und das Erdbeben wäre nichts als eine kleine Abwechslung in ihrem Leben gewesen. Weil sie aber aus ihren Häusern auch noch ihr Geld und Gut retten wollten, mussten sie doppelt bestraft werden. An ihrem Untergang sind sie selbst schuld, und ihr Tod ist ihr eigenes Werk, denn sie haben sich der Natur entfremdet. Weder kann Gott etwas dafür noch seine Schöpfung, schließt Jean-Jacques seinen Brief und fügt hinzu: Im Übrigen verstehe ich nicht, dass ausgerechnet Sie, ein vom Leben in jeder Hinsicht Begünstigter, über den Gang der Welt klagen, während ich, ein armer Hund und in jeder Hinsicht vom Leben Benachteiligter, das Leben rühme.

Voltaire schreibt zurück: Mein lieber Philosoph, leider ist meine Nichte, die bei mir weilt, sehr krank, und ich selbst bin auch leider krank, weshalb es mir unmöglich ist, Ihren so schönen Brief gebührend zu beantworten. Ich habe gehört, dass Sie den Aufenthalt in Städten hassen. Da haben wir etwas Gemeinsames. Vielleicht sollten wir uns einmal treffen. Nur kann ich, weil wir alle so krank sind, im Moment nicht sehen, wo und wann das möglich sein soll. Im Übrigen mag ich Sie sehr.

Jean-Jacques lässt in Genf vorfühlen, ob man ihn dort wieder aufzunehmen bereit ist. Die Stimmung scheint gut. Er ist jetzt ein berühmter Sohn der Stadt, und wenn er seine Fehler bereut, können die Calvinisten mit einem Verirrten auftrumpfen, der sich zurück zur Wahrheit bekehrt hat. So jedenfalls lauten einige diskrete Botschaften, die ihn in Paris erreichen. Die blühenden Landschaften, die herrliche Luft, das heitere Wetter, ein freies, glückliches Volk, die seligen Erinnerungen, alles wird sich wieder zusammenfinden.

Auf dem Weg dorthin will er Mama besuchen. Zusammen mit Thérèse. Seit über zehn Jahren hat er Mama nicht mehr gesehen. Ein paar Stunden will er mit ihr im alten Garten verbringen, bei den Haselbüschen, den Rosen, dem Flieder. Thérèse soll sehen, wie märchenhaft schön sein Leben einmal war. Jean-Jacques kann es kaum erwarten. Auch die Ankunft in Genf nicht. Als wäre alles nur ein langer Umweg gewesen, um wieder dort anzugelangen, wo man nicht fremd ist. Eine über Jahre hinausgezögerte Heimkehr. In ein Land, dessen Berge so hoch sind, dass sie noch nachglühen, wenn die Sonne längst untergegangen ist. Jean-Jacques könnte seufzen vor Glück.

Nur darf in Genf niemand glauben, Thérèse sei etwas anderes als seine Schwester oder Tante. Sonst könnte er auf der Stelle umkehren und bräuchte um die Wiederaufnahme in den richtigen Glauben erst gar nicht mehr zu bitten. Und nie würde er sich einen Bürger von Genf nennen können. Er könnte Thérèse in Paris zurücklassen. Doch nach Paris will er nie mehr zurück. Und deshalb muss sie mitkommen. Ohne sie wäre er mutterseelenallein. Es wird ein Verhör des Konsistoriums geben, hat man ihm angekündigt. Gewiss werden sie auch über diese Frau reden wollen. Vermutlich sogar vor allem über sie. Er muss alle Zweifel zerstreuen. Muss einfach lügen. Doch was sind schon Lügen, sagt er sich, wenn sie einer höheren Wahrheit dienen? Schließlich kommt es auf nichts anderes als ein gutes Gewissen an. Auf die Reinheit des

Herzens. Auf Dinge, die man nicht sehen kann. Und deshalb können Lügen eine höhere Wahrheit sein als irgendwelche Tatsachen. Ist er erst einmal in Genf, wird man weitersehen. Vorsichtshalber lässt er in Paris noch einige Dinge zurück. Ein einziger Koffer genügt für die Reise.

Sie ist alt geworden. Eine runzlige Frau mit braunen, fauligen Zähnen. Mama sieht erbärmlich aus. Von der stolzen Baronesse aus Vevey ist fast nichts übrig geblieben. Eine elende Kreatur, die nur noch von Geld reden kann und davon, wie berühmt ihr Kleiner inzwischen ist. Womit sie sagen will, dass er ihr Geld geben soll.

Wahrscheinlich hält sie mich für undankbar, denkt Jean-Jacques die ganze Zeit. Er hat ein schlechtes Gewissen, aber trotzdem kein Geld, ob sie es wahrhaben will oder nicht. Andererseits lässt man seine Mama nicht einfach stehen und verabschiedet sich mit einem schlichten: Es tut mir leid. Thérèse nickt immer, wenn Jean-Jacques wiederholt, dass er ihr wirklich nicht helfen kann.

Auf dem Tisch steht Most. Sonst könne sie nichts anbieten, keine Waffeln, kein Würzbrot, rein gar nichts.

Am liebsten würde Jean-Jacques sich überhaupt nicht hinsetzen und behaupten, gleich weiterzumüssen. Bereits im Stehen ist das, was er hier sehen muss, schwer zu ertragen. Und Sitzen macht nur umso unruhiger.

Ich könnte nach Paris kommen, schlägt Mama vor.

Paris sei für immer vorbei, behauptet Jean-Jacques.

Immer hatte er sich ein bisschen gewünscht, dass Mama ihn eines Tages anfleht, bei ihm sein zu dürfen, aber nie gewollt, dass sie aussieht wie jetzt. Ein heruntergekommenes altes Weib hätte er sich zuletzt vorgestellt. Nicht einmal den Wunsch, sich nach ihr sehnen zu können, erfüllt sie einem jetzt noch. Am besten wäre er nie wieder hierhergekommen. Ihr Blick sagt ihm, dass er gefühllos ist.

Dann komme ich mit nach Genf, lässt sie nicht nach.

Jean-Jacques muss sie daran erinnern, dass sie sich in der Schweiz nie mehr sehen lassen kann. Auf dem Land, sagt er, lebst du wenigstens draußen. Mehr fällt ihm nicht ein. Thérèse nickt. Mama schluchzt.

Vom Perückenmacher ist weit und breit nichts zu sehen. Schon seit Jahren lebe er im Nachbarort, sei Inspektor der Kupferbergwerke, Inspektor des Straßenwesens, Verwalter des Schlosses und Herausgeber des Gemeindeblatts. Frisör sei er übrigens nie gewesen, meint Mama auch noch betonen zu müssen. Jean-Jacques verkneift sich zu bemerken: Dann könnte er doch für dich sorgen.

Dass er eines Tages vor ihr so gern fliehen würde, hätte er nie im Leben gedacht. Unerträglich langsam sind die zwei, drei Stunden in Mamas verwahrlostem Paradies vergangen.

Auf der Poststation in Genf liegt für ihn bereits ein Brief von ihr. Er besteht nur aus einem einzigen Satz: Trotzdem bleibe ich Deine Mutter!

Jean-Jacques nimmt sich vor, sie stets in Ehren zu halten, schon jetzt zu Lebzeiten. Nur kann er ihr von nun an, da er zum wahren Glauben zurückkehrt, nie mehr verzeihen, dass sie ihn zum Katholizismus verführt und dafür vom sardischen König und vom Bischof Silberlinge genommen hat. Wie Judas. Immer ging es ihr nur um Geld. Um Geld und Vergnügen. Was er inzwischen erbärmlich findet. Seinen Hunger, sein Elend, seine Obdachlosigkeit hatte sie schamlos ausgenutzt und ihn im Grunde erpresst, geistig wie geschlechtlich.

Das kirchliche Konsistorium lässt Jean-Jacques drei Wochen warten. Dann erst ist es bereit, ihn anzuhören. Von Nachprüfungen ist die Rede. Seine Schriften müssten nochmals genau studiert und auch sonstige Auskünfte eingeholt werden. Dass er nichts von der Erbsünde hält, spricht in den Augen der Priesterschaft nicht gerade für eine Wiederaufnahme in die calvinistische Gemeinschaft. Auch dass er etwas gegen die Vernunft und die Wissenschaft hat, spricht nicht für ihn. Dass die Frau, mit der er reist, nicht seine Gattin ist, gibt sowieso zu denken. Zudem wird daran erinnert, dass weder sein Vater noch andere Verwandte als Vorbilder herhalten können. Vagabunden, Flüchtige, Herumtreiber. Aber es gibt auch Stimmen, die behaupten, dass Genf durch seine Berühmtheit ganz neuer Glanz verliehen würde.

Jean-Jacques lernt seitenweise den Katechismus auswendig. Besser als jeder Priesteranwärter will er auf alles vorbereitet sein, auch wenn ihm wenig von dem, was dort geschrieben steht, einleuchten will. Dass der Mensch von Grund auf verderbt ist: Einen solchen Satz kann er beim besten Willen nicht über die Lippen bringen. Doch er wird alles dafür tun, dass es ihm trotzdem gelingt.

Als er schließlich vor dem Hohen Rat steht, wird über alles Mögliche gesprochen. Über Gott im Allgemeinen und die Sitte und Ordnung im Besonderen; von der Vorsehung ist die Rede und den Auserwählten, von der Schrift und der Gnade, dem Glauben und der Auferstehung. Jean-Jacques meint zu spüren, dass damit eine einzige Frage, so lange es geht, hinausgeschoben wird. Nach einem längeren Schweigen wird sie dann auch so jäh wie umstandslos gestellt: Wer ist diese Frau?

Jean-Jacques will etwas sagen, hält aber nochmals inne, wischt sich eine Träne aus dem Auge, schluchzt ein wenig und beginnt mit einem ruhigen Kopfschütteln, das gar nicht mehr aufhören will, zu erzählen: Eines Tages im Winter, es ist schon dunkel, höre ich Schreie, renne zum Fenster, sehe auf der Straße zwei Männer, die aufeinander einschlagen, gar nicht mehr voneinander ablassen und einer Frau, die gerade vorbeikommt, in den Bauch treten. Die Frau bricht zusammen, bleibt bewusstlos liegen, ich eile zu Hilfe, werde von den beiden auch noch getreten, trage sie in meine Wohnung, lasse die besten Ärzte rufen, pflege sie und überlasse ihr mein Bett, bis sie wieder gesund ist. Kurzum, ich habe ihr Leben gerettet, und zum Dank will sie mir jetzt bis an mein Ende dienen.

Die hohen Herren wissen nicht, was sie sagen sollen. Es herrscht Schweigen. Sehr langes Schweigen. Keiner schaut einen anderen an, jeder blickt vor sich hin. Jean-Jacques versucht noch einmal zu schluchzen, etwas leiser als zuvor, doch so, dass alle merken, wie ihn diese Geschichte bis heute erschüttert. Ein bisschen hat er das Gefühl, sie glauben ihm nicht. Widerlegen können sie diese Geschichte aber auch nicht. Keiner von ihnen war schließlich dabei. Sie mag erstaunlich klingen, sagt er sich, doch wie könnte ein Christ das Mitleid eines anderen Christen verdammen?

Nach einer langen, stillen Weile nickt der Vorsitzende. Er müsse sich ein paar Tage zurückziehen, das Abendmahl besuchen und mit sich ins Gericht gehen, erklärt man ihm. Danach stehe der Konversion nichts mehr im Wege.

Jean-Jacques tut, wie ihm aufgetragen wird. Eine Woche später darf er sich Bürger von Genf nennen. Sie haben den verlorenen Sohn wieder aufgenommen.

Zu seinem eigenen Erstaunen drängt es ihn, seit ihm dieses Glück zuteilgeworden ist, wieder nach Paris zurück. So schön der See glänzt, so herrlich der Schnee auf den Bergen leuchtet, so prächtig die Natur blüht, er muss noch seine Musikartikel fertigstellen. Danach will er endgültig nach Genf zurückkehren. Er wird dann eine Geschichte des Wallis schreiben. Und eine Geschichte der Republik Genf. Und eine Geschichte der Alpen. Jeden Tag wird er am See Enten und Schwäne füttern, ins Land hinausschweifen und mit den Bauern reden. Und alle werden ihn kennen.

In der Tasche hat er ein Theaterstück, das er in Genf geschrieben hat. In Genf ist Theaterspielen verboten. Er muss es in Paris versuchen.

VIII

Am Ostersonntag fährt vor dem Pariser Hotel, das Jean-Jacques und Thérèse seit ihrer Rückkehr als vorläufiges Domizil gedient hat, eine Kutsche vor, die sie mitsamt ihrem Hab und Gut aufs Land hinausbringt. Jean-Jacques will nicht mehr täglich durch Gassen spazieren müssen, in denen man jederzeit Leuten wie Holbach begegnen kann. Madame d'Epinay hat ihm draußen vor Paris, in der Nähe ihres Landguts, eine Eremitage eingerichtet, in der er walten und schalten kann, wie es ihm passt. Auf einem seiner Spaziergänge hat er das Gartenhäuschen selbst entdeckt und ihr so lange davon vorgeschwärmt, bis sie sagte: Ich lasse es für Sie renovieren. Früher hatte er gelegentlich ihren Salon besucht und sogar beinahe ein Verhältnis mit ihr. Weil sie aber fast keine Brust besitzt und ihm überhaupt viel zu dünn ist, war der ein wenig künstliche Wille, mit ihr zusammen zu sein, größer als sein wirkliches Verlangen. Außerdem hatte er Angst, sich bei ihr mit Syphilis anzustecken. Ihre vielen Liebhaber waren weit in der Welt herumgekommen. Inzwischen ist sie mit Grimm zusammen. Weil Grimm aber nicht weiß, wie wenig Jean-Jacques ihn mag, und Madame d'Epinay eine arglose Großzügigkeit besitzt, nimmt er ihr Angebot gern an.

Seine Heul- und Hoffnungsanfälle ließ sie damals mit gefasstem Staunen über sich ergehen. Auch ihr hatte er ein paar Mal gedroht, ohne sie nicht mehr leben zu können, doch sie kannte das offenbar schon aus so manchen Geschichten und wäre vermutlich gekränkt gewesen, wenn er diese Anwandlungen ausgerechnet bei ihr nicht bekommen hätte. Thérèse ist nicht unfroh darüber, dass er diese Anfälle mit Madame d'Epinay bereits hinter sich hat und man ohne weitere Umstände in die Eremitage einziehen kann.

Während der Fahrt zur Stadt hinaus dankt Jean-Jacques Gott dafür, dass man die falsche Pracht jener protzigen Kathedralen für immer hinter sich lässt, die nicht zum Ruhme des Herrn, sondern allein menschlicher Selbstherrlichkeit wegen erbaut wurden. Ein Erdbeben müsste das alles vernichten, damit hier wieder Felder und Äcker entstehen, erklärt er Thérèse und winkt den Bauern auf den Feldern zu, die sich, ihren verwirrten Blicken nach zu schließen, offenbar fragen, ob sie diesen Menschen kennen müssen.

In den ersten Tagen ist das Leben in der Eremitage so still wie noch nie. Das Frühstück nimmt Jean-Jacques in der Laube ein, danach sitzt er am Schreibtisch, nach dem Mittagessen geht es über die Wiesen hinaus in die Wälder, abends kommt er mit Kräutern und Gräsern zurück.

Am ersten Wochenende stehen Madame d'Epinay, Grimm und Diderot vor der Tür und zwingen die beiden zu einer Landpartie. Während man unter dem schönsten Sommerhimmel übers Land fährt, schaut Diderot kein einziges Mal auf die Felder hinaus und redet nur über Holbachs Pläne zu einem Buch über die Natur, mit dem er den ganzen Kosmos erklären und Gott endgültig aus dem Universum verabschieden will. Jean-Jacques sagt kein einziges Wort und denkt: Es ist absurd, dass ein Mann über die Natur schreiben will, der eine Eiche nicht von einer Pappel unterscheiden kann.

Als sie durch ein Dorf kommen, in dem Kirmes gefeiert

wird, beschließt Madame, dass man anhält. Grimm behauptet, dass Jahrmärkte ihn schwermütig machen, Diderot ist auch nicht begeistert, nur Jean-Jacques ist sofort dafür. Über die Straßen sind Blumengirlanden gespannt, auf den Häusern wehen Fahnen, unter den gestutzten Platanen, in denen Lampions hängen, wird Bier und Wein ausgeschenkt, der Geruch von gebratenen Würsten liegt in der Luft, auch geräucherte Fische werden angeboten, auf einem Podest spielen Musikanten zum Tanz auf.

Madame d'Epinay genießt es, das Volk wie ihresgleichen zu behandeln und von ihm umworben zu werden, Diderot lässt sich sofort von einer Bäuerin zu einer Gavotte verführen, Grimm setzt sich auf eine Bank und schaut drein, als bereute er es, Paris je verlassen zu haben. Jean-Jacques steht ein bisschen verloren herum. Hin und wieder fragt er ein Kind, wie es heißt. Einem Mädchen schenkt er eine Münze, für ein anderes pflückt er am Wegrand ein paar Blumen, ein drittes, dem er übers Haar streicheln will, rennt sofort weg. Weil Thérèse nirgends zu sehen ist und Madame d'Epinay immer noch tanzt und sich von Bauernlümmeln betatschen lässt, setzt er sich zu Grimm.

In der Schweiz können die Menschen fröhlich sein, auch ohne Bier und Wein in sich hineinzuschütten, sagt er.

Weil Grimm nicht reagiert, sagt er es noch einmal.

In der Schweiz umarmen sich bei solchen Festen sogar Menschen, die sich gar nicht kennen.

Wieder reagiert Grimm nicht.

Dort singen sie auch schönere Lieder, sagt Jean-Jacques.

Grimm schweigt.

In der Schweiz sind die Menschen heiter, hier lärmen sie nur, erklärt Jean-Jacques.

Grimm schaut an Jean-Jacques vorbei, in ferne Weiten.

In der Schweiz können die Menschen ausgelassen sein ohne eine solche Schamlosigkeit.

Grimm scheint nicht zu verstehen, wovon Jean-Jacques spricht.

Diesen Leuten hier müsste man eher Ohrfeigen geben als Küsse, sagt Jean-Jacques.

Wieder reagiert Grimm nicht.

Die Menschen in der Schweiz genießen das Leben mit einer ganz anderen Festigkeit, behauptet Jean-Jacques.

So weihevoll, wie du das Wort Menschen aussprichst, habe ich das Gefühl, zu dieser Gattung nicht zu gehören, sagt Grimm leise und murmelt etwas von Klüpfels Nutte vor sich hin.

Jean-Jacques scheint es nicht gehört zu haben und meint: In Frankreich haben die Leute sogar schon auf dem Land alle Natürlichkeit verloren, selbst die Kinder. Sogar auf dem Dorf ist in Frankreich das Leben trostlos.

Grimm steht auf und sagt im Weggehen: Auf dem Dorf ist das Leben auf der ganzen Welt trostlos.

Nie wieder will Jean-Jacques in Gesellschaft über die Dörfer fahren. Während Thérèse am Herd steht, wäscht und putzt, sitzt er am Küchentisch, um zu vollenden, was noch vollendet werden muss.

Als er vor acht Jahren anfing, seine ersten Musikartikel für die Enzyklopädie zu verfassen, schrieb er an Mama: Ich bin verzweifelt. Wie soll ich das bei meinem Wissen machen? Nur meine Galle kann mir Kraft und Geist geben. Statt Spottgesänge auf meine Feinde anzustimmen, schreibe ich jetzt Lexikonbeiträge. Sie halten länger. In alle Ewigkeit. Er hatte damals noch nicht hinzugefügt: Ich werde mich an allen rächen, an der Akademie, an Rameau, wenn es sein muss, an allen Franzosen.

Inzwischen hatte Rameau eine Schrift gegen Jean-Jacques' Enzyklopädieartikel veröffentlicht, in der er ihm Dutzende Fehler nachzuweisen versucht. Doch wer, sagt sich Jean-Jacques, wird in tausend Jahren noch den Namen Rameau kennen?! Schon jetzt redet kaum noch jemand von ihm. Er ist alt, und krank soll er auch sein. D'Alembert hatte daraufhin von Jean-Jacques verlangt, wissenschaftlicher zu argumentieren. Schließlich sei die Enzyklopädie kein Meinungsblatt wie der *Mercure de France*. Und deshalb sieht er sich jetzt gezwungen, den Franzosen auf anderem Wege die Wahrheit über ihre Musik ins Gesicht zu sagen, bevor er ihr Land für immer verlässt. Er schreibt einen Brief an sie alle, einen Brief, der dick wie ein ganzes Buch wird.

Eure Musik, lässt er sie wissen, martert das Ohr mit Hässlichkeiten, wie sie die Welt noch nie erlebt hat. Was ihr liebt, ist das Abartige und Abnorme, Grässliche und Grauenhafte, Exzentrische und Extravagante. Als wollten eure Komponisten nicht mehr zum Herzen sprechen, sondern nur noch das Interessante, Bizarre und Groteske gelten lassen. Statt schöne Melodien zu erfinden, lassen sie die Orchester wie jaulende Katzen, heulende Hunde und quakende Frösche klingen. Jedes natürliche Empfinden treten sie mit Füßen, als könnte nur noch das Absonderliche und Kranke eure Nerven kitzeln. Ganz zu schweigen von dem jämmerlichen Genäsel eurer Sänger, das beweist, dass eure Sprache für Musik nicht gemacht ist. Schaut euch nur eure Pariser Oper an, diesen Tempel des Sonnenkönigs, von dessen Fresken einem Medusenköpfe und brünstige Götter entgegenstarren, ganz so wie auch auf euren Bühnen, wo eure Sängerinnen aus ihren Lungen nichts als Gekreisch pressen, sich die Fäuste an die Brust drücken, den Kopf wie im Wahnsinn nach hinten werfen und dabei so rot im Gesicht werden, dass man fürchten muss, auf der Stelle könnten ihre Adern platzen und sie in ihrer eigenen Blutlache die letzten Seufzer von sich geben, während das Orchester wie immer bloß lärmt. Grandios muss bei euch immer alles sein, so grandios und maßlos, dass es längst wieder lächerlich ist. Schaut nach Italien, wo die Opern keine aufgeblähten Chöre und kein äffisches Ballett brauchen, einem aber vor Glück sofort die Tränen kommen, wenn die Sänger den ersten Ton anstimmen!

Als er seinen *Brief über die französische Musik* beendet hat, kommt Jean-Jacques zu Ohren, dass in Paris ein Stück von Diderot gespielt wird, in dem der Satz fällt: Der Gute lebt in Gesellschaft, der Böse für sich allein. Was nur auf ihn gemünzt sein kann. Diderot ist zu feige, es ihm selbst ins Gesicht zu sagen, und muss es stattdessen der ganzen Welt kundtun.

Grimm bringt ihm in diesen Tagen den soeben erschienenen siebten Band der Enzyklopädie vorbei. Es findet sich in ihm ein Artikel über Genf, der mit den Sätzen beginnt: Diese Stadt liegt zwischen zwei Hügeln am Ende eines Sees, der heute ihren Namen trägt und früher Lac Leman hieß. Die Lage ist sehr angenehm, von der einen Seite schaut man auf den See, auf der anderen fließt die Rhône durch eine heitere Landschaft, an deren Hängen ländliche Häuser stehen, von denen man auf die Gletscher der Alpen blickt, die an sonnigen Tagen silbern leuchten. Der Genfer Hafen mit seiner Landungsbrücke, seinen Schiffen und Märkten, seiner Lage zwischen Frankreich, Italien und Deutschland sorgt für regen Handel und Reichtum. Die Straßen sind die ganze Nacht über beleuchtet.

Wogegen nicht das Geringste zu sagen wäre, hieße der Verfasser nicht d'Alembert. Ausgerechnet d'Alembert, der mit Voltaire unter einer Decke steckt und ihn eigens auf seinem Schloss besucht hat, was nur beweist, dass die Hälfte des Artikels, wenn nicht sogar der ganze, von keinem anderen als von Voltaire selbst stammt. Dass man nicht ihn, Jean-Jacques, den einzigen Kundigen, dazu auserkoren hat, einen Beitrag über Genf zu verfassen, beweist, dass man sich gegen ihn verschworen hat. Und sei es, weil er niemals wie d'Alembert diese Stadt dafür gerügt hätte, dass sie kein Theater besitzt und jede Art von Schauspiel verboten hat. D'Alembert dagegen glaubte, die Genfer darüber belehren zu müssen, dass ein Theater ihrer Stadt gut anstehen und zur Hebung der Sitten und des Geschmacks beitragen würde. Genf, behauptet er, besitze für viele Franzosen etwas Trostloses.

Jean-Jacques greift sofort zur Feder. Es geht um weit mehr als nur die Ehre seiner Vaterstadt. Ein Mann wie d'Alembert, der nicht an Gott glaubt, hat anderen nicht vorzuschreiben, was sie zu tun haben. Und all das nur, um jenem Voltaire einen Gefallen zu tun, der seit Jahren die Genfer mit seinen verbotenen Theateraufführungen provoziert.

Blind sind wir inmitten der Aufklärung! Mit diesem Satz lässt Jean-Jacques seinen Brief an d'Alembert fanalartig beginnen. Und weil alles mit allem zusammenhängt, kommt er auch sofort auf Diderots Bemerkung zu sprechen: Der Gute lebt in Gesellschaft, der Böse für sich allein.

Man macht mich zum Menschenfeind, bemerkt Jean-Jacques dazu, doch ich sage euch: Nur der Menschenfeind ist der wahre Menschenfreund! Es ist ganz anders, als es euch euer Molière erzählt, den die ganze Welt verehrt und den ihr für einen Moralisten haltet. Womit ihr euch nur wieder einmal über euch selbst täuscht. Denn was will er denn? Was wollen alle diese Komödianten? Diese Schauspieler und Grimassierer? Moral und Wahrheit? Dass ich nicht lache! Nutten sind es und Huren. Gefallen wollen sie und Applaus. Die

Leute sollen lachen und klatschen. Was nur gelingt, wenn man ihre niedrigsten Instinkte kitzelt. Den Tugendhaften zu einem Idioten macht. Den Mann mit Anstand zu einem Misanthropen. Den Mann mit Vernunft zu einem Tyrannen. Den Mann der Ehre zu einem Eifersüchtigen. Den Mann der Pflicht zu einem Pedanten. Den alten Liebenden zu einem grotesken Gecken. Womit man die Jugend lehrt, dass die Welt aus Heuchlern und Irren besteht. Dass alles Gute und Wahre nur Lug und Trug und alles Obszöne sein Geld wert ist.

Und wer eigentlich, fragt Jean-Jacques, geht denn ins Theater? Etwa das Volk? Ich sehe dort nur Adlige und Leute, die sich Aufklärer nennen. Leute, die abends nicht müde von ihrer Arbeit nach Hause kommen, sondern ihren Tag erst, wenn es dunkelt, beginnen lassen. Frauen, die nie zu Hause sind, in Gesellschaft dinieren, gebieterisch den Ton angeben, ihre wahre Natur mit Füßen treten und an aller Verderbnis schuld sind, vor allem an derjenigen der Männer. Ginge es nach mir, würden wir nur in kleinen Gemeinschaften leben, wo das Auge des Nachbarn darüber wacht, dass die finsteren Kunstgriffe des Lasters keinem verborgen bleiben. Wo es kein Theater gibt und das Volk seine Feste im Freien feiert. So wie auf dem Dorf und so wie in Genf, wo nicht Schauspieler, sondern Priester das Sagen haben. Alles andere ist Widernatur und Vergeudungssucht.

An einem stürmischen Herbstabend klopft es noch spät an der Tür. Draußen steht eine triefnasse Frau, deren Kutsche, wie sie sagt, so tief im Schlamm steckt, dass der Kutscher sie nicht mehr herausbringt.

Thérèse hängt ihren Mantel an den Ofen und stellt ihr kalten Braten hin. Jean-Jacques ist der Fremden längst kein Unbekannter mehr. Ihre Schwägerin ist Madame d'Epinay, ihr Geliebter der Dichter Saint-Lambert, den Jean-Jacques noch von früher kennt, aus Salons, wo er regelmäßig seine Verse vortrug. Als Offizier ist er zurzeit rechts des Rheins, in deutschen Landen, stationiert, wo er noch eine Weile bleiben wird. Sophie ist jung, ein ganzer Wald schwarzer Locken fällt an ihr hinab, sie lacht ständig, und verheiratet ist sie auch, doch ihr Gatte scheint noch viel weiter weg als ihr Geliebter zu sein.

Als der Regen aufhört, bringt Jean-Jacques sie zum Schloss hinüber. Beim Abschied presst er sie an sich. Sophie kichert, drückt ihn sanft von sich weg und flüstert: Morgen!

Dass Sophie ausgerechnet bei ihm an die Tür geklopft hat, obwohl sie vor dem Unwetter genauso hätte ins Schloss fliehen können, kann kein Zufall sein, sagt er sich und glaubt sogar, dass die Geschichte mit der Kutsche überhaupt nicht stimmt. Wozu sonst sollte sie überhaupt an einem Tag wie diesem unterwegs sein, wo sich im Schloss keine Menschenseele befindet?

Schlafen kann Jean-Jacques in dieser Nacht nicht, und lange vor Thérèse steht er schon wieder auf. Im ersten Frühlicht hastet er zum Schloss hinüber, das so verlassen daliegt, als lebte dort schon lange keiner mehr. Jean-Jacques steht da, geht auf und ab, steht wieder da, schaut an den Fenstern hinauf und wartet. Wartet den halben Tag und wagt nicht hineinzugehen. So lange, bis Sophie ihm plötzlich während des Mittagsläutens, das vom Dorf herüberweht, von hinten die Augen zuhält. Wie aus dem Nichts ist sie aufgetaucht, obwohl er meinte, die ganze Zeit das Schloss im Blick gehabt zu haben.

Beim Gang durch den Park fällt ihm nichts zu reden ein. Und so kichern wie sie kann er nicht. Sie kichert, wenn ein Vogel über den Weg hüpft, sie kichert, wenn im Gebüsch ein

Rascheln zu hören ist, sie kichert sogar, wenn er sie anschaut. Ruhig ist es hier, sagt sie ein paar Mal, oder auch nur: Ach!

Ich könnte sie fragen, was mit diesem Ach gemeint ist, denkt Jean-Jacques, lässt es aber, weil er das Gefühl hat, damit noch hilfloser zu wirken. Er könnte ihr auch sagen, dass die wahre Sprache der Natur keine Worte kennt, würde es nicht in diesem Augenblick nach schierer Verzweiflung klingen. In allem, was er jetzt sagen könnte, denkt er, würde ein unreiner Ton mitschwingen. Ein Ton, von dem er nicht weiß, wie er in ihr widerklingen würde. Wodurch alles bereits vorbei sein könnte. Er könnte auch anfangen, über Saint-Lamberts Gedichte zu reden. Könnte sie rühmen. Ein leises Bedenken äußern. Könnte bei jedem Wort, das sie sagt, auf stumme Weise so sichtbar staunen, als wäre die Welt nur dazu da, von ihr beschenkt zu werden. Und all das nur, um herauszufinden, wie wichtig ihr dieser Mann ist. Andererseits würde er ihn damit zwischen sie beide rücken, ohne zu wissen, ob sie überhaupt an ihn denkt.

Worüber schreiben Sie gerade?, fragt sie auf einmal.

Jean-Jacques sagt: Über Musik.

Worauf sie haucht: Wie schön.

Auf einer Bank greift er nach ihrer Hand. Was sie gewähren lässt.

Ich muss heute wieder nach Paris, sagt sie.

Das dürfen Sie nicht, befiehlt er ihr so brüsk, dass ihn seine eigene Entschiedenheit erschreckt.

Für Thérèse ist es unerträglich. Egal was sie macht, er mault an allem herum oder redet kein Wort mehr mit ihr oder schreit sie an, als sei es unerhört, dass sie ihm überhaupt unter die Augen zu treten wagt. Dann wieder überfällt ihn eine so grundlose Munterkeit, dass sie nicht weiß, ob sein Missmut nicht sogar angenehmer ist. Manchmal verlässt er mitten in der Nacht das Haus, kommt eine halbe Stunde später wieder zurück, steht am Fenster, zündet Kerzen an, löscht sie wieder, ständig hin und her, und liegt, weil die Nacht ihm keine Ruhe lässt, dann bis zum Mittag im Bett. Arbeiten kann er nicht mehr, außer an Liebesbriefen, die er für einen Roman erfindet und einem Paar andichtet, das in einem kleinen Dorf am Fuße der Alpen lebt. Vom Zittern der Feder ist dabei die Rede und von heiligen Flammen, von Stürmen des Herzens, überschäumenden Sturzbächen und einem Glück, so groß, dass man glücklicher wäre, es nie gekostet zu haben, um nicht Tag und Nacht von der Angst gemartert zu werden, es in jedem Augenblick wieder verlieren zu können.

Hätte ich nur meinen ersten Blick vermieden, lässt er den Verliebten klagen, dürfte ich noch Herr meiner Vernunft sein, meine Pflichten erfüllen und mein ödes Leben mit Tugend zieren. Doch mein Auge erkühnte sich, das zu betrachten, was es nie hätte sehen sollen. Eitle Träume, Wahnsinn der Wünsche, Wirren und Qualen! Was ist nur aus all meinen Plänen geworden?!

Wie getrieben läuft Jean-Jacques täglich tausendmal ums Schloss herum und möchte sich am liebsten mit der ganzen Natur vereinigen, um dann wieder den Himmel zu verfluchen, dass er keinen Frieden mit sich mehr finden kann, voller Jauchzen, zum ersten Mal im Leben ein solches Jauchzen in sich zu spüren, und voller Furcht zugleich, das alles könnten nichts als Schimären sein. So gehen die Tage dahin und die Stunden, bis auf einmal wieder eine Kutsche vorfährt, aus der sie steigt.

In einem Hain unter einem Akazienbaum beim Vollmondschein, umgeben von Gebüsch und Gesträuch, treffen sie sich abseits der Welt, am Busen der Natur, auf einer Bank, die wie für Liebende gemacht ist. Jean-Jacques gerät sofort derart außer sich, dass Sophie sich seiner erwehren muss. Während die beiden dann in keuschem Abstand zum Schloss zurückwandeln, vertraut Sophie ihm an, heimlich Gedichte zu schreiben. Vortragen will sie ihm aber keines, aus Angst, belächelt zu werden, und sei es nur insgeheim. Sie sei ja noch jung, sagt sie wie zu ihrer Entschuldigung, was Jean-Jacques aber vor allem so versteht, dass er für sie viel zu alt ist.

Und Saint-Lambert?, fragt er, beinahe entrüstet, ganz unvermittelt.

Ach ja, sagt sie ein bisschen verquält. Was Jean-Jacques wie einen kleinen Triumph empfindet.

Dass sie jetzt immer weniger kichert, will ihm wie ein Geständnis vorkommen. Nur weiß er nicht, ob es für ihn ein Glück oder der Anfang eines Abschieds ist.

Am nächsten Morgen steht er in ihrem Schlafgemach, leise zitternd wie damals in Turin, wo er im Spiegel entdeckt wurde, niederkniete, die Hände wie zum Gebet erhob und stumm um Gnade flehte. Auch Sophie droht, um Hilfe zu rufen, und behauptet, Grimm sei im Zimmer nebenan. Wieso Grimm?, fragt er, und sie beide fangen an zu lachen.

Jedes Glück, behauptet Sophie, bedürfe auch ein wenig der Vernunft. Jean-Jacques widerspricht ihr nicht, hat aber das Gefühl, sie borge sich solche Weisheiten vor allem aus Büchern.

Er glaubt, sie beschützen zu müssen. Sie vor dem Leben bewahren zu können. Um ihrer selbst willen. Um ihrer Reinheit wegen. Um der Welt widerstehen zu können und all dem, was Sophie sich selbst entfremdet. Er weiß, wovon er redet. Umso weniger sollen es andere erleben. Am allerwenigsten sie. Er mag es, wenn sie Sätze sagt, durch die Gedanken schimmern, die größer scheinen, als sie vielleicht sind. Die man verstehen kann und gleichzeitig nicht ganz versteht. Worte, die einen in Wallung bringen. Noch heute würde er mit ihr aufbrechen, egal wohin. Dann hätte man endlich alles hinter sich.

Unerträglich sind nur die Stunden, in denen sie nirgends zu finden ist. Am liebsten würde er ihr vorschreiben, sich bei ihm abzumelden, wenn sie meint, ein paar Tage in Paris sein zu müssen. Wirklich wahnsinnig aber könnte ihn machen, dass sie jedes Mal, wenn es zu Berührungen kommt, von Saint-Lambert zu reden anfängt. Er darf sie umarmen, sogar küssen, doch wenn es fast so weit ist, redet sie immer von ihm. Oder sagt: Ich bin doch noch ein Kind. Ein Kind, das ihn mit Aphorismen beleidigt, die es für Weisheiten hält. Leute wie er seien nur ins Verliebtsein verliebt, hatte sie sogar eines Tages behauptet. Ein Gerede, das man in den Salons lernt. Das sich klug vorkommt. Das alles zerstört.

Inzwischen behauptet ganz Paris, dass er nicht mehr bei sich ist. Madame d'Epinay hat Sophie gewarnt. Sophie glaubt, dass ihre Schwägerin eifersüchtig ist. Dass Saint-Lambert sich auf einmal für einen Besuch ankündigt, ist der letzte Beweis dafür.

Ein letztes Mal trifft sie sich mit ihm unter der Akazie. Ein letztes Mal will Jean-Jacques sie zur sofortigen Flucht überreden. Ein letztes Mal droht er ihr, sich sonst umzubringen. Ein letztes Mal will sie die Briefe zurückhaben, die sie ihm geschrieben hat.

Je näher der Tag rückt, an dem Saint-Lambert eintreffen soll, desto dringlicher wird Sophies Bedürfnis, alle wissen zu lassen, dass sie lediglich mit ihm spazieren gehen und nur mit ihm reden wollte. Aus Spaziergängen seien Bedrohungen, aus Gesprächen Zudringlichkeiten geworden.

Jean-Jacques bestellt Diderot zu sich, der ihm erklären soll, warum Saint-Lambert über alles unterrichtet ist. Schließlich kann es kein anderer als er gewesen sein, der Saint-Lambert alles verraten hat. Doch Diderot behauptet, die Spatzen pfiffen es längst von den Dächern. Ganz Paris rede von nichts anderem. Es sei lächerlich, zu glauben, man habe noch etwas Heimliches ausplaudern können.

Womit für Jean-Jacques feststeht, dass er der Verräter ist.

Dass Diderot ihn daraufhin auch noch zu bitten wagt, Madame d'Epinay wegen einer dringenden Angelegenheit nach Genf zu Doktor Tronchin zu begleiten, ist ungeheuerlich. Jean-Jacques ist sich sicher, dass es sich nur um eine Abtreibung handeln kann. Nicht nur ist Tronchin Voltaires Leib- und Magenarzt, Grimm soll sich gefälligst selbst darum kümmern, sagt sich Jean-Jacques. Im Übrigen kann er es sich nicht noch ein zweites Mal erlauben, mit einer wildfremden Frau in Genf aufzutauchen.

Für das, was Madame d'Epinay alles für ihn getan habe, sei er ihr zu mehr als nur Dank verpflichtet, behauptet Diderot. Sie habe ihm das Gartenhaus ausgebaut, jeden Wunsch von den Augen abgelesen und ihn, wann immer ihm danach gewesen sei, in Ruhe gelassen. Er lebe bei ihr wie im Paradies und bezahle keinen Sou dafür. Bitte man ihn aber ein einziges Mal um etwas, schreie er gleich: Ich bin keinem etwas schuldig!

Von diesem Tag an existiert für Jean-Jacques auch Diderot nicht mehr. Den letzten Artikel für die Enzyklopädie hat er gerade noch rechtzeitig bei ihm abgeliefert.

Auch Madame d'Epinay versteht die Welt nicht mehr. Zum ersten Mal klagt sie gegenüber Thérèse, mit der sie sonst nie viel geredet hat, man habe sie vor ihm gewarnt.

Man hat es mir immer gesagt, schüttelt sie den Kopf. Zuerst verliebt er sich in alle, wirft sich auf die Knie, heult wie ein Hund und will an ihren Brüsten saugen. Und ein Jahr danach muss man dafür büßen, dass er sich derart entblößt hat.

Ihr selbst, habe sie gedacht, würde das nie widerfahren. Mit ihr würde alles anders werden. Sie würde allen zeigen, dass es auch anders geht, wenn man mit ihm nur umzugehen versteht. Sie könnte das, dachte sie. Vielleicht als Einzige.

Jean-Jacques packt noch am gleichen Tag die Koffer.

Gleich nebenan findet er auf einem der Schlösser der Herzogin von Luxemburg eine neue Bleibe. Durch einen Diener lässt seine neue Gönnerin ihm ausrichten, er sei an der fürstlichen Tafel jederzeit willkommen. Madame Dupin, Madame d'Epinay, Madame d'Houdetot und wie sie alle heißen, sind ein Nichts gegen die Herzogin und ihren Gatten, den Oberbefehlshaber der königlichen Truppen. Jean-Jacques stehen jetzt eine Bibliothek mit hunderttausend Büchern, ein Naturalienkabinett und ein Park zur Verfügung, der alles, was die Fantasie sich auszumalen wagt, weit übertrifft.

Bevor es endgültig nach Genf zurückgeht, will er hier der Welt noch seine beiden wichtigsten Werke hinterlassen: ein Erziehungsbuch, das der Menschheit wieder den Weg zu sich selbst zurück weist, und eine Gesellschaftslehre, die aufzeigt, dass das Volk ein gesunder Körper sein könnte, wenn man ihm nur immer rechtzeitig die kranken Glieder abschlagen würde.

Der Herzog und die Herzogin behandeln ihn wie einen der Ihren. Jean-Jacques darf ihnen immer wieder aus seinen neu entstehenden Werken vorlesen. Die beiden sind begeistert, wenn er ihnen Sätze schenkt, die sich jederzeit zitieren lassen und überall Eindruck machen: Alles, was aus den Händen des Schöpfers kommt, ist gut, alles entartet unter den Händen des Menschen! Es ist, als hätten die beiden schon lange auf solche Wahrheiten gewartet und endlich jemanden gefunden, der sie so wunderbar zum Klingen bringen kann.

Trägt Jean-Jacques ein neues Kapitel vor, hält die Herzogin stets die Feder in der Hand, damit ihr solche Gedanken nie wieder entschwinden. Manchmal muss er einen Satz auch zwei-, dreimal wiederholen, wie etwa folgenden: Das Bild der Natur bietet nur Harmonie, das des Menschengeschlechts nur Wirrnis! Oder: Der Mensch wird frei geboren, und überall liegt er in Ketten! Auch der Herzog nickt dabei immer zufrieden. Leider kann er wegen seiner militärischen Pflichten an Jean-Jacques' häuslichen Lesungen viel zu selten teilnehmen.

Weil solche wichtigen Werke sich nicht in zwei Tagen schreiben lassen, muss die Rückkehr nach Genf warten. Solange man im Paradies wohnt, eilt auch nichts. Aus einem halben Jahr wird ein ganzes, aus einem ganzen werden zwei, aus zwei drei, bis die beiden dicken Bücher endlich erscheinen.

Eines der beiden würde Jean-Jacques gern der Stadt Genf widmen, damit von nun an nicht mehr er den Genfern dankbar sein muss, sondern sie ihm. Doch anstatt sich geehrt zu fühlen, wollen sie zuerst einmal prüfen, ob sie auch mit allem, was darin zu finden ist, einverstanden sind. Und während sie noch am Prüfen sind, meldet sich bereits der Erzbischof von Paris zu Wort, für den diese Schriften nichts als Pamphlete sind, die er durch das Pariser Parlament beschlagnahmen lässt. Ihr Urheber, so wird beschlossen, hat wegen seines Aufrufs zur Zersetzung der öffentlichen und göttlichen Ordnung in Frankreich nichts mehr zu suchen.

Thérèse will nicht schon wieder umziehen müssen und schreit ihren Mann an, ob er es nicht endlich lassen kann, mit Gott und der Welt Streit anzufangen.

Jetzt bin ich endgültig berühmt, schreit …
rühmt, wie man gar nicht mehr berühmter w…

Ich will nicht mehr, fängt Thérèse zu heulen …

Wir gehen endlich nach Genf, besser hätte e…
men können.

Ich will nicht nach Genf, wimmert Thérèse.

Sie zwingen uns, dahin zu fliehen, wo wir sowieso hinwollen, tobt Jean-Jacques vor wütender Freude. Schöner könnte Schande nicht sein!

Die Herzogin von Luxemburg weiß inzwischen nicht mehr, welcher Meinung sie sein soll. Sie hatte immer alles so wunderbar gefunden, was Jean-Jacques ihr vorgelesen hat. Und jetzt soll das alles auf einmal falsch sein.

Inzwischen lassen sogar die Enzyklopädisten ihm wieder Grüße ausrichten. Selbst Saint-Lambert gratuliert ihm. Holbach hat immer gewusst, dass Jean-Jacques im Grunde auf der richtigen Seite steht. Diderot lässt ihn wissen, dass er viel an ihn denkt.

Jean-Jacques pfeift auf ihre guten Wünsche. Sie können ihm gestohlen bleiben, diese Leute. Er weiß, wo er hingehört. Die Herzogin hat ihm bereits eine Kutsche bereitgestellt. Es war ein Fehler, nicht längst nach Genf zurückgekehrt zu sein. Dort kommt er her, dort gehört er hin. Notfalls ohne Thérèse. Was soll er noch hier, in der Nähe von Paris, dem verkommensten Ort der Welt? Im Grunde muss er dem Erzbischof dankbar sein, auch wenn es ungeheuerlich ist, was sich die Franzosen mit ihm, dem Bürger aus Genf, zu erlauben wagen. Ein Volk von Barbaren, die sich für gebildet halten. Seine besten Jahre hat er bei diesen Leuten vergeudet.

ıe Pferde angespannt sind, er Thérèse ein letztes Mal bal-
‹ige Post verspricht und schon zu winken anfängt, kommt ein Diener mit der Nachricht aus dem Schloss gerannt, dass man in Genf seine Bücher verbrennt und er die Schweiz nicht mehr betreten darf.

Frankreich muss er in wenigen Tagen verlassen haben.

Man rät ihm, an den Hof Friedrichs des Großen oder nach England zu gehen, dorthin, wo jeder denken und sagen kann, wonach ihm gerade ist, und wo auch Voltaire schon war, als man ihn hier nicht mehr haben wollte.

Doch lieber würde er sich umbringen, als auf den Spuren dieses Hundes zu wandeln. Wer denn sonst als Voltaire sollte hinter all dem stecken?! Die Genfer machen jetzt einen Kotau vor ihm. Eine Stadt, die sich selbst verraten hat. Ein Volk, das keinen Stolz mehr kennt. Eine Priesterbande, nicht besser als die katholische Horde.

Auch wenn ihn dort jetzt alle hassen, will er heim zu seinen Seen und Bergen.

Auf der Fahrt Richtung Genf schreibt er Voltaire einen Brief. Seinen letzten Brief an ihn. Und seinen kürzesten.

Mein Herr, schreibt er, ich mag Sie nicht. Sie haben mir schlimmste Leiden bereitet. Sie haben Genf verdorben zum Lohn für die Zuflucht, die Sie dort fanden. Sie haben mir meine Mitbürger entfremdet. Sie machen mir den Aufenthalt in meiner Heimat unerträglich. Sie wollen mich in einem fremden Land sterben sehen, beraubt aller Tröstungen für einen Sterbenden, ehrlos auf einen Schindanger geworfen, während Sie alle Ehren, die ein Mensch erwarten kann, in meinem Land empfangen. Ich hasse Sie. Sie wollen es so.

Im Postskriptum fragt Jean-Jacques, ob er den Brief veröffentlichen darf.

IX

Dass ihn Katholiken aus Paris verjagt haben, ließe sich vielleicht noch begreifen. Weil man aber auch in Genf seinen *Emile* verbrennt, ruft er seinen Landsleuten von nun an zu: Euch interessiert nur Geld, Ihr seid nicht das wiederauferstandene Sparta, als das ich Euch überall in der Welt gerühmt habe!

Weil im Neuchâteler Land kein Schweizer über Schweizer regiert, sondern ein Schotte, den Friedrich der Große zum Gouverneur seiner helvetischen Enklave ernannt hat, kann Jean-Jacques nur noch hier Zuflucht finden. Lord Marischal ist ein dünner, adlernasiger Greis und die Güte in Person. Gleich bei ihrer ersten Begegnung sagt Jean-Jacques Vater zu ihm.

Der Preußenkönig selbst hat ihm Unterschlupf in Potsdam angeboten, doch er will weder bei einem Freund Voltaires zu Gast sein, noch ist ihm entgangen, dass Friedrich von seinen Ansichten nicht allzu viel hält. Deshalb lehnt er auch dessen Angebot ab, ihm eine jährliche Rente zukommen zu lassen. Noch immer ist Jean-Jacques mit Notenkopieren durchgekommen, was er auch weiterhin so halten will, obwohl ihm klar ist, dass in einem Dorf, wo Hühner, Enten und Schweine durch die Gassen spazieren, kein Mensch einen Notenkopisten braucht. Doch er will sich lieber ein paar Hühner zulegen und Salat und gelbe Rüben anpflanzen als wie Voltaire ein Fürstenknecht zu werden. Weshalb er auch das Fass Wein, den Sack Getreide und den Karren mit Brennholz, die Lord Marischal ihm gleich am ersten Tag zukommen lässt, auf der Stelle zurückbringt.

In dem vor der Welt verborgenen Dörfchen Môtiers, das von einem Berg geschützt ist, hinter dem gleich Frankreich anfängt, ist Jean-Jacques gewillt, den Rest seines Lebens zu verbringen. Hier möchte er, als freier Mann auf freiem Grund, sterben, inmitten eines Volkes, das von den Intrigen der Genfer Pastoren nichts weiß und auch nichts wissen will. Hier kann er endlich wieder die Sprache der Bauern sprechen und muss sich nicht mehr wie in Paris mit Worten verstellen, aus denen jedes Leben geschwunden ist. Die Wahrheit ist hier noch die Wahrheit, ein Gefühl noch ein Gefühl und Liebe noch Liebe. Statt auf Paläste und Schlösser blickt er jetzt auf einen kunstlosen Kirchturm, den ein Wetterhahn schmückt.

Alles in diesem Dorf entspricht jenen Idealen, wie er sie in seinem *Emile* gezeichnet hat: ein bescheidenes Haus am Abhang, mit grünen Fensterläden und einem Ziegeldach, dahinter ein Hühnerhof, daneben ein Kuhstall, rundum Obstgärten und Haselnusssträucher, weit und breit kein künstlich gezüchtetes Zierobst und keine Spaliergärten, wie man sie im dekadenten Paris an allen Ecken sieht. Auch kommt hier in keinem einzigen Haus ein feines Ragout auf den Tisch, sondern nur schlichtes Brot und einfacher Wein. Jeder ist sein eigener Herr und sein eigener Diener zugleich, keiner ist reich und keiner ganz arm, nirgends gibt es Gezänk und Geschrei, durch Vernunft und Wissenschaft ist hier noch niemand verdorben, und was die Musik angeht, so ist sie sogar noch viel natürlicher als die italienische.

Wahres Vergnügen, ruft Jean-Jacques am ersten Morgen aus dem oberen Fenster auf die Gasse hinab, wahres Vergnügen ist nur das, was man mit dem Volk teilt. Exklusive Genüsse sind der Tod der Lust. Adieu Paris, Stadt des Lärms, des Rauchs und des Drecks, wo die Frauen nicht mehr an die Ehre und die Männer nicht mehr an die Tugend glauben, nie können wir weit genug weg von dir sein!

Außer ein paar spielenden Kindern, die nicht begreifen, was dieser Mann von seinem Fenster herab verkündet, ist niemand unterwegs. Als er ihnen Süßigkeiten auf die Straße hinabwirft, sagt ein Mädchen: Von Fremden dürfen wir nichts annehmen. Dann stehen sie noch eine Weile da und schauen stumm zu ihm hinauf. Als er das Fenster schließt, rennen sie weg.

Thérèse sitzt nach wie vor auf dem Landgut von Madame de Luxembourg, mit der ihr nichts zu reden einfällt, so wie Madame ebenfalls keine Ahnung hat, was sie ohne Jean-Jacques mit diesem Weib noch anfangen soll. Beide hätten nichts dagegen gehabt, wenn er sie gleich mitgenommen hätte. Auch wenn Madame, wie zumeist, in der Stadt ist, fühlt Thérèse sich nicht wohler dort draußen in diesem endlosen Park, wo das Geschrei der Käuzchen und Eulen die Nächte gespenstisch macht.

Jean-Jacques aber schreibt ihr aus der Schweiz, das Leben hier sei einsam und für jemanden wie sie nicht geschaffen. Der Brief schließt mit dem Satz, es wäre nichts schöner, als bei ihr zu sein, doch rät er ihr dringend ab, ihm nachzureisen.

Wochenlang ändert sich an dieser Situation nichts. Bis in Môtiers Post von Madame de Luxembourg eintrifft, in der es heißt, Fräulein Levasseur rede so gut wie nichts mehr und sei überhaupt in einem jämmerlichen Zustand, er möge sie bitte zu sich nehmen, und zwar so schnell wie möglich. Dem Brief liegt ein Postskriptum von Thérèse bei, dem zu entnehmen ist, dass der Prinz von Conti und seine Mätresse, Madame de

Boufflers, die er noch aus besseren Tagen kennt, bei ihr waren und voller Tränen alle Schränke durchsucht haben, in der vergeblichen Hoffnung, von ihm noch etwas zu finden.

Jean-Jacques ist außer sich und setzt sofort ein Schreiben an Madame de Luxembourg auf, in dem er ihr befiehlt, Thérèse unverzüglich in eine Kutsche zu setzen und ihr alles mitzugeben, was er in der Eremitage noch zurückgelassen hat.

Weil Jean-Jacques nichts zu tun hat, setzt er sich täglich vors Haus und klöppelt bunte Spitzenbänder, die er jungen Frauen schenkt. Die meisten wollen seine Geschenke nicht, doch er trägt sie ihnen hinterher und redet auf sie ein, nur bald zu heiraten und viele Kinder zu bekommen, jedoch auf keinen Fall eine Amme zu nehmen, sondern sie selbst zu stillen. Sollten sie seinen Rat befolgen, werde er ihnen immer neue Spitzenwäsche schenken.

Der Einzige, zu dem er Kontakt findet, ist der Pastor. Jean-Jacques besucht ihn immer öfter, nicht zuletzt wegen seiner Tochter. Ist der Vater gerade nicht da, so erklärt er ihr jedes Mal, mit siebzehn Jahren sei man reif für die Liebe. Um zu sehen, ob ihr seine selbstgemachten Hemdchen und Blusen wirklich passen, muss er sie immer wieder anfassen, auch an Stellen, wo sie sich ziert und manchmal beinahe aufschreit, worauf er ihr dann seinen Finger vor den Mund hält, während die andere Hand umso genauer prüft, an welchen Stellen man ihr seine Geschenke noch besser anpassen könnte. Nur ihr allein verrät er, dass es auf dem Weg zum Berg hinauf eine Grotte gibt, die so versteckt liegt, dass wahrscheinlich nicht einmal im Dorf jemand sie kennt. Wenn sie wolle, nehme er sie einmal mit. Dass er ohne sie nicht mehr leben kann, sagt er ihr auch immer wieder und vergießt dabei stets ein paar Tränen.

Weil die Siebzehnjährige selbst meist gar nichts sagt, schreibt er ihr eines Tages einen Brief, der aus lauter Klagen über das Alter besteht und in dem Vorwurf gipfelt, sie sei kokett. Jean-Jacques ist sich sicher, dass sie diesen Brief ihrem Vater nicht zu zeigen wagt. Er weiß, dass sie sich schuldig fühlt, ohne zu wissen, warum. Der Vater wiederum schüttelt jedes Mal den Kopf, wenn seine Tochter sofort bei Jean-Jacques' Auftauchen das Haus verlässt. Noch nie hat er mit einem Menschen so schön über Gott, die Freiheit, die Natur und das Wahre reden können. Dass die Genfer nicht ein bisschen stolzer auf diesen großen Sohn ihrer Stadt sind, kann er nur schwer begreifen. Als guter calvinistischer Dorfpfarrer will er zwar nicht gegen die Genfer Theologen rebellieren, doch ist er überzeugt, dass sich alles wieder einrenken und die Zeit alle Wunden heilen wird. Sollte es dann einmal heißen, der Pastor von Môtiers habe sich dabei wie kein anderer als Vermittler erwiesen, könnte er gar in die Geschichtsbücher eingehen und dürfte sogar hier auf Erden ein wenig an der Ewigkeit teilhaben.

Da in diesem durch und durch friedlichen Ort tatsächlich keiner anklopft, der Noten kopiert haben will, ist Jean-Jacques nicht unglücklich, als sich allmählich herumspricht, wo er sich inzwischen aufhält. Dass er in Ruhe gelassen werden will, soll die Welt nach wie vor wissen, wozu es jedoch gelegentlicher Boten bedarf, die es ihr auch mitteilen. Obwohl er auf Besuch keinen Wert legt, sind ihm manche Gäste mehr als willkommen.

Das berühmte Werk über die Onanie des zwischen Rom und Paris überall berühmten Doktors Tissot aus Lausanne hat Jean-Jacques schon deshalb gleich nach seinem Erscheinen gelesen, weil er hoffte, sich dadurch von seiner Sucht endlich kurieren zu können. Auch wenn er es trotz der darin geschilderten Zersetzungsprozesse immer noch nicht geschafft hat, seiner Gier Einhalt zu gebieten, freut Jean-Jacques sich maßlos darüber, dass ihm Doktor Tissot höchstpersönlich in Môtiers seine Aufwartung macht. Sein Werk ist nicht nur in alle europäischen Sprachen übersetzt, als Bürger von Lausanne wird seine Stimme auch in Genf gehört, und zwar nicht nur, was Fragen der Selbstbefleckung anbelangt.

Kurz bevor die Postkutsche mit ihm eintrifft, zieht Jean-Jacques sich noch einmal ins Bett zurück, um es ein letztes Mal zu tun. Danach wird er für immer davon erlöst sein. Nur dass es eben ein allerletztes Mal sein muss, und sei es als eine Art Erinnerung daran, was ihn jahrzehntelang tagtäglich gequält hat. Im Grunde hat Jean-Jacques stets heimlich gehofft, es gebe keine wissenschaftlichen Beweise dafür, dass Onanie Selbstmord auf Raten ist. Doch alles, was Doktor Tissot auf Hunderten von Seiten beschreibt, muss er seit langem an sich selbst beobachten: Arthritis, Ausschläge und Schlaflosigkeit, Ödeme, Asthma und Hustenattacken, Schwermut, Schwindsucht und Magenkrämpfe, Appetitlosigkeit, Nasenjucken und hysterische Anfälle.

Manchmal wünscht er sich, dieses Buch besser nicht gelesen zu haben, denn dann wüsste er auch nicht, dass sein Tod bald bevorsteht. Andererseits ist er froh, es zu kennen, denn die Schreckensbilder der dort geschilderten Selbstbefriedigerinnen lassen ihn seither nicht mehr in Ruhe. Am liebsten würde er Doktor Tissot darum bitten, einmal von ihm ans Siechbett solcher Frauen mitgenommen zu werden, die davon gar nicht mehr genug bekommen konnten. Gern würde er sehen, wie sie es selbst kurz vor ihrem Tod noch nicht lassen können und ihnen dabei die Gesichtszüge entgleiten, ihre Lippen sich zinnoberrot verfärben, sie fürchterlich die Augen rollen und ihre Grimassen von einem Wahnsinn künden, wie Jean-Jacques ihn noch nie an einer Frau erlebt hat.

Leider kann Doktor Tissot, wie sich dann bei ihrer Begegnung herausstellt, ihm den Gefallen nicht tun, ihm solche Frauen vorzuführen. Als er ihm gegenübersitzt, fragt Jean-Jacques sich ständig, ob dieser Mann sein Lebenswerk deshalb dieser Seuche gewidmet hat, weil er selbst von ihr infiziert ist. Die hervorquellenden Augen, seine schmalen Oberlippen und das markante Kinn lassen auf etwas Zwanghaftes schließen, ohne dass man sagen könnte, ob es darin besteht, dass er jede entsprechende Regung abwehrt, oder ob es vielmehr von der Verzweiflung kündet, ihrer nicht Herr zu werden.

Einig jedenfalls sind die beiden sich in der nunmehr wissenschaftlich bewiesenen Gewissheit, dass das zügellose Rom am Übermaß weiblichen und männlichen Masturbierens zugrunde gegangen ist, und zwar deshalb, weil dabei alle nur noch krankhaft an sich selbst gedacht haben.

Inzwischen verlässt Thérèse unter einem strahlenden Himmel Paris, begleitet von einem Pfarrer und zwei Männern, die sie, kaum dass die Pferde lostraben, begrapschen. Dass ein Hochwürden unter ihnen sitzt, stört sie nicht, ganz im Gegenteil. Während man die Seine entlangfährt, die Vögel zwitschern und der Kutscher von nichts etwas mitzubekommen scheint, laufen an Thérèse, die nur damit beschäftigt ist, sich nicht die Kleider vom Leib reißen zu lassen, die Tränen hinab. Bittet der Pfarrer die beiden Unholde um etwas mehr Anstand, bringt das die beiden nur umso mehr in Fahrt.

Als man abends die Pferde ausspannt, verlangt der Pfarrer an der Poststation, diese zwei auf keinen Fall mit ihnen weiterreisen zu lassen. Am nächsten Morgen sitzen sie mucksmäuschenstill in der Kutsche, so lange jedenfalls, bis der Pfarrer um die Mittagszeit zu dösen anfängt und bald so fürchterlich schnarcht, dass man Salutschüsse neben ihm abfeuern könnte. Als er aufwacht, sitzt Thérèse schluchzend neben ihm. Die beiden grinsen und sind wieder so still wie am Morgen.

Als man am Abend wieder die Pferde ausspannt, will Thérèse beim Pfarrer im Zimmer schlafen, was Hochwürden ihr aber bei allem Mitgefühl niemals erlauben kann. Dass die beiden ihr einen Besuch in der Nacht angekündigt haben, findet auch er schlimm, doch seiner christlichen Nächstenliebe sind durch sein Gelübde enge Grenzen gesetzt.

Nach dem Abendessen versperrt Thérèse ihm den Weg zu seinem Gemach und erklärt: Ich bin die Gouvernante von Rousseau. Der Pfarrer weiß nicht, ob er das Kreuz schlagen oder sich glücklich schätzen soll, und verspricht, die ganze Nacht vor ihrer Tür in einem Sessel zu wachen.

So geht es drei Tage und drei Nächte, bis die Reise von Hochwürden in Dijon zu Ende ist und er Rousseaus Gouvernante für ihren weiteren Weg Richtung Genf eine eigene Kutsche bezahlt. Ihr Mann werde es ihm ewig danken, verspricht sie ihm beim Abschied, und verweist auf die Möglichkeit, dass er vielleicht sogar in seinen Memoiren Erwähnung finden wird.

Jean-Jacques stellt Thérèse in Môtiers überall als seine Haushälterin vor. Entsprechend wird sie von den Leuten nicht wie eine ehrenwerte Bäuerin oder die Frau des Schmieds, sondern ein bisschen von oben herab und mit einer kaum verhohlenen Verachtung wie ein Putzweib gegrüßt. Nur der Pastor behandelt sie wie eine Dame und stellt ihr sonntags sogar seine Kutsche zur Verfügung, damit sie als gute Katholikin hinter der nahen Grenze, drüben in Frankreich, das Hochamt besuchen kann. Ein Vaterunser hat Thérèse zwar schon lange nicht mehr gebetet, da ihr aber der Pfarrer diesen Gefallen unbedingt tun will, geht sie jetzt zum ersten Mal in ihrem Leben regelmäßig in die Kirche.

Inzwischen zieht es ganze Pilgerscharen in das abgelegene Dorf. Ständig stehen gelehrte Herrschaften aus Bern, Zürich und Genf vor der Tür, auch Prinzen und Baronessen bitten um eine Audienz, vor allem, wenn sie Kinder haben, die sie nach den Regeln des *Emile* zu größtmöglicher Natürlichkeit erziehen möchten. Nicht nur in Adelskreisen gilt Jean-Jacques mittlerweile als der bedeutendste aller Erziehungsexperten. Niemand kommt inzwischen mehr um ihn herum, der die Menschheit von Grund auf verbessern will.

Manche würden ihn am liebsten als Erzieher ihrer Kinder zu sich ins Schloss holen und ihm ein Vermögen dafür geben. Nur ist Jean-Jacques der Meinung, dass es in einer falschen Welt keine richtige Erziehung geben kann, außer man lebte auf einer Insel. Entweder man existiert in vollkommener Abschottung und bricht jeden Kontakt zur Gesellschaft ab, oder man lässt es beim Alten und lebt weiterhin in der Lüge. Ein Drittes gibt es nicht, lautet seine immergleiche Antwort. Entweder die Welt, so wie sie ist, oder eine einsame Insel, auf der es außer dem *Emile* nur ein einziges Buch geben darf, den *Robinson Crusoe*. Es ist die einzige Geschichte, die Kinder, aus denen wahre Menschen werden sollen, noch lesen dürfen. Alles andere ist ihnen verboten. Es würde nur ihre Fantasie, ihre Seele, ihr ganzes Leben verderben.

Selbst wenn sie keine Möglichkeit sehen, sich gänzlich von der Welt abzuschotten, sind nicht wenige Grafen und Baronessen von dieser Vision wie besessen. Ständig schreiben sie Jean-Jacques Briefe, wollen tausend Ratschläge von ihm bekommen und tausend Kleinigkeiten von ihm wissen, vom Geschlechtsverkehr während der Schwangerschaft bis zu allerlei Fragen des Stillens und Wickelns. Und weil Jean-Jacques so viel Post von adligen Herrschaften beantworten muss, bleibt ihm für jene einfachen Leute, die er in seinen Schriften verherrlicht, überhaupt keine Zeit mehr.

Eines Tages erreicht ihn auch ein Brief des Prinzen von Württemberg. Nach kurzer militärischer Laufbahn, heißt es dort, habe er sich mit Anfang dreißig an den Genfer See zurückgezogen, wo er Kontakt mit Voltaire pflege, den er jedoch sofort abzubrechen gedenke, falls Rousseau mit ihm zu korrespondieren anfange, worüber er sich überglücklich schätzen würde, da er von ihm alles wissen wolle, was die Erziehung seiner Kinder nach den Prinzipien der Natur angehe. Gerade habe seine Gattin eine kleine Prinzessin zur Welt gebracht, die sie beide, ganz nach dem Vorbild der Geliebten des Emile, Sophie getauft hätten.

Jean-Jacques schreibt zurück, ihm bleibe keine Zeit, sich auch noch dieses Falles anzunehmen.

Daraufhin trifft erneut ein Brief des Prinzen ein, in dem er ihm verspricht, das Bildungswesen in Württemberg ganz und gar nach seinen Prinzipien auszurichten, sollte er dort Herzog werden. Worauf Jean-Jacques seine Post umfassend zu beantworten beginnt, sich zu seinem Ratgeber in allen Lebenslagen macht und von Môtiers aus über die Erziehung seiner Kinder wacht.

Allerdings setzt die Korrespondenz anfangs mit ein paar Schwierigkeiten ein, da Jean-Jacques entschieden dagegen ist, dass Sophie von ihren Eltern erzogen wird. Bereits in seinem *Emile*, schreibt er dem Prinzen, habe er ein für alle Mal geklärt, dass Kinder nicht in die Obhut der Eltern gehören, und in diesem Zusammenhang auf Platons idealen Staat verwiesen, in dem alle Kinder den Eltern sofort nach der Geburt weggenommen und in eigens dafür vorgesehene Einrichtungen gebracht würden. Alles andere nämlich würde bedeuten, dass sich in der Welt sonst rein gar nichts ändert. Jean-Jacques' an einen Befehl grenzende Aufforderung, die Tochter ausschließlich von einer Gouvernante und akribisch ausgewählten Bediensteten aufziehen zu lassen, will der Prinz jedoch nicht nachkommen. Er und seine Frau, wagt er Jean-Jacques entgegenzuhalten, würden alle Zeit der Welt besitzen, um sich ihrer Kinder anzunehmen, ganz abgesehen davon, dass sie sich nicht das göttliche Recht nehmen lassen wollten, sie selbst zu erziehen.

Jean-Jacques ist nahe daran, die Korrespondenz wieder abzubrechen. Er hält es für fatal, dass die beiden so denken, und kann ihnen nur davon abraten. Weil der Prinz ihm aber versprochen hat, ganz Württemberg nach seinen Grundsätzen zu revolutionieren, ist Jean-Jacques ausnahmsweise bereit, über dessen Renitenz großzügig hinwegzusehen. Der Prinz bedankt sich dafür und schreibt ihm, die Weltgeschichte kenne nur drei Menschheitserzieher, nämlich Sokrates, Jesus und Rousseau, der von nun an zwischen diesen beiden sitze.

Jean-Jacques widerspricht ihm nicht und sorgt dafür, dass dieser Brief nicht in der Schublade verschwindet, sondern das Licht der Öffentlichkeit erblickt.

Im nächsten Brief schreibt der Prinz ihm: Sie besitzen eine unendlich liebenswürdige Seele. Was wiederum Jean-Jacques in seiner Antwort zu der Bemerkung veranlasst: Nie gab es ein weniger eitles Lebewesen als Sie.

Dennoch muss er den Prinzen noch einmal unmissverständlich daran erinnern, dass es keinerlei Mittelweg zwischen der üblichen Erziehung und der einzig richtigen gibt und ein Prinz beim besten Willen kein guter Vater sein kann.

Worauf wiederum der Prinz erklärt, er habe sich nach einem aufgewühlten Leben zur Ruhe gesetzt, um ganz und gar nach den Prinzipien des Jean-Jacques Rousseau zu leben, wozu auch gehöre, ein idealer Vater zu werden.

Als es Schwierigkeiten beim Stillen gibt, schreibt der Prinz nach Môtiers: Es ist absonderlich, dass eine so zärtliche Mutter so hübsche und so stiefmütterliche Brüste zugleich besitzen kann. Ich bin mehr als nur verärgert mit ihr, da ich mir sicher bin, dass die Kleine eine gleich große Lust hätte, an ihnen zu saugen, wie ich Lust habe, sie tausendfach zu küssen.

Jean-Jacques schreibt zurück: Was diese hübschen Brüste betrifft, so reden Sie wie ein eifersüchtiger Ehemann, der sie sich frisch erhalten will.

Der Prinz wehrt sich und behauptet, keusch wie kein anderer zu sein. Was denken Sie über mich, empört er sich, ich habe alles aufgegeben, jede Art von Vergnügen, alle Größe, allen Stolz, alles Vermögen, und bedaure nur, nicht noch größere Opfer gebracht zu haben, die meiner Geliebten würdig wären.

Worauf von Jean-Jacques die Antwort kommt: Das ist gut so, denn die Lüste der Ehe sind etwas Vergängliches und machen weder das Glück eines Vaters noch das eines Gatten aus. Im Übrigen müsse man Mädchen und Jungen so lange wie möglich voneinander trennen, jeden ihrer Schritte überwachen und dürfe nichts dem Zufall überlassen, nur so könnten sie ihr wahres Wesen entfalten und zu wahrer Freiheit gelangen, wozu vor allem gehöre, dass man ihnen niemals etwas von Paris erzähle, ihnen das Bücherlesen verbiete und ihnen nur eine natürliche Musik vorspiele. Des Weiteren dürften Männer alles andere als Perückenmacher und Frisöre werden. Nichts Widerlicheres und Widernatürlicheres für einen Mann, schreibt Jean-Jacques, als Perückenmacher zu sein. Und so wie Bücher die Fantasie erhitzten und uns Gedanken einflüsterten, die nicht die unseren seien, so bringe uns auch der Anblick des anderen Geschlechts durcheinander. Alles, was von außen komme, entspreche nicht unserem wahren Ich und nehme ihm seine Unschuld.

Vor allem die Frauen, erklärt Jean-Jacques, wecken in uns Männern Begierden, die wir von Natur aus gar nicht besitzen. Denn es sind nicht die Triebe, die uns treiben, sondern Bilder von draußen, die sich uns aufdrängen und in eine Erregung versetzen, der wir kaum Herr werden können. Woraus folgt, dass wir uns von den Frauen absondern müssen, da einzig sie von Natur aus ein maßloses Verlangen umtreibt und sie deshalb die eigentlichen Verführer sind. Weil Frauen begehrt werden wollen, um sich selbst zu fühlen, können sie Männer nicht in Frieden leben lassen. Was auch der Grund dafür ist, dass ihnen die Natur ein größeres Schamgefühl mitgegeben hat. Hätten sie dieses Schamgefühl nicht, würden sie zügellos durch die Straßen ziehen, ohne noch Grenzen zu kennen. Woraus zu schließen ist, dass sie am besten unsichtbar bleiben und das Haus nur für die nötigsten Verrichtungen verlassen. Die richtige Familienmutter, schreibt Jean-Jacques, ist in ihrem Haus nicht weniger eingeschlossen als eine Nonne in ihrem Kloster. Womit auch die Männer ihren Frieden bekommen. Denn in Wirklichkeit sehnt der Mann sich keineswegs danach, mit Frauen Unzucht zu treiben, vielmehr fühlt er sich von ihnen gedrängt, deren eigene Gier zu befriedigen, und das alles nur, um sie nicht in ihrem Stolz zu verletzen. Er wird zu ihrem Gefangenen, der ihnen alles recht machen will, sich selbst dadurch jedoch nur ins Unglück stürzt. Und all das nur, weil die Frauen uns so lange reizen, bis wir nicht mehr anders können, so wie Homers Kirke, die die Männer mit aller Macht anlockt und sie dann zu Schweinen macht, die vor Geilheit grunzen und sich nur noch im Dreck suhlen. Doch erst durch solche Weiber, schreibt Jean-Jacques, verwandeln wir uns in derartige Schweine.

Wer das begriffen hat, so erklärt er dem Prinzen, kennt fortan das Gute und hasst das Böse. Und Jean-Jacques erinnert ihn daran, dass das alles nicht nur in seinem *Emile*, sondern bereits im fünften Buch Mose steht, wo es heißt, dass in den Städten Frauen, die vergewaltigt wurden, zusammen mit den Männern bestraft werden, da sie selbst schuld sind, wenn sie sich an öffentlichen Orten herumtreiben. Nur auf dem Dorf, wo jeder jeden kennt, lässt das Übel sich an der Wurzel bekämpfen. Denn in der Stadt, so weiß Jean-Jacques aus reichlicher Erfahrung zu berichten, leben die Frauen zügellos, wollen nur wenige Kinder gebären und sorgen dadurch dafür, dass die Menschheit allmählich ausstirbt.

Eines Mittags klopft es an der Tür. Thérèse öffnet. Ein junger Mann in scharlachrotem Rock mit Goldborte, einem Überrock aus grünem Kamelot mit hohem Kragen, pelzbesetzten Ärmelaufschlägen, Beinkleidern und Stiefeln steht vor ihr. In schlechtem Französisch fragt er, ob ihr Herr da sei. Nein, antwortet Thérèse und will ihm die Tür vor der Nase zuschlagen, als von oben ein Husten zu hören ist.

Müssen Sie ihn vor der Welt wegsperren?, fragt er und drückt die Tür mit sanfter Entschiedenheit wieder auf. Als er mit einem Bein im Flur steht, drängt Thérèse ihn mit einer Kraft zurück, die ihn beinahe erschreckt, aber auch noch kühner macht. Vornehm scheint es hier nicht zuzugehen, flüstert der junge Herr, man hat es offenbar mit handgreiflichen Leuten zu tun.

Lord Marischal ist mein Freund, ruft er an der resoluten Haushälterin vorbei ins Haus hinein.

Dann kommen Sie herein, ruft eine Stimme zurück.

Oben auf der Treppe steht ein Mann mit Schlafmütze und orientalischem Kaftan. Der Fremde rennt sofort hinauf, nimmt drei Stufen auf einmal, greift Jean-Jacques unter den Arm, schaut zu Thérèse hinab und erklärt: Endlich bin ich bei Ihnen, Sie sind unsterblich.

Ich lasse Sie nur herein, sagt Jean-Jacques, weil Lord Marischal der einzige Mensch ist, dem ich zu danken habe.

Auch ich darf mich rühmen, ein Schotte zu sein, bin vierundzwanzig Jahre alt, adliger Abstammung und auf Kavaliersreise durch das alte Abendland. Vorgestern habe ich noch in Basel im Hotel Dreikönig mit Casanova zu Abend gespeist, der Sie auch zu kennen behauptet.

Mag sein, nickt Jean-Jacques.

Ich weiß, Sie lassen kaum jemanden ins Haus, was ich bestens verstehen kann, am Ende hätten Sie hier einen Taubenschlag, fürs Denken bliebe da nicht mehr viel Zeit, und was hätte die Welt dann noch von Ihnen, vor Schwätzern muss man sich schützen, auch ich würde niemanden hereinlassen und will Sie überhaupt nicht stören, James Boswell ist mein Name, ich werde auch nie wiederkommen, außer Sie wünschten es.

Als Jean-Jacques etwas bemerken will, umklammert Boswell fest seine Hand, wie um ihm zu bedeuten, dass er gleich an der Reihe ist, und fährt fort: Ich bin ein Mann von lebhaftem Verstand, auch ein bisschen schwermütig, wie alle denkenden Menschen, die sich fragen: Wer bin ich eigentlich? Vielleicht können Sie es mir sagen, ich habe schon in Edinburgh an der Universität verkündet: Es gibt nur zwei Männer, die der Welt etwas zu sagen haben. Rousseau und Voltaire.

Entschuldigen Sie, versucht Jean-Jacques ihn nochmals zu unterbrechen, doch Boswell will keinen Widerspruch hören und redet nur umso schneller: Ich bin gerührt und ganz aufgewühlt, ich bin ein schlichter Mensch, trotz meines Adels und trotz meiner Jugend, ich muss Sie Dinge fragen, die nur Sie mir beantworten können.

Hören Sie, mein Herr, ich bin krank und wahrlich nicht in dem Zustand, Besuch zu empfangen, kommen Sie ein andermal, ruft Jean-Jacques nun dazwischen.

Wann?, will Boswell wissen.

Jean-Jacques sagt: Morgen zum Mittagessen. Von zwölf bis drei.

Lange bevor das Angelus geläutet wird und die Gerüche dampfender Schüsseln durch die Straßen wehen, steht am nächsten Morgen schon Boswell vor der Tür. Weil Jean-Jacques ihn nicht gleich wieder nach Neuchâtel zurückschicken will, wo er im Haus von Lord Marischal logiert, lässt er ihn herein.

Wie dunkel es hier ist, bemerkt Boswell, als die beiden die Treppe hinaufsteigen. Dunkel und kühl, mitten im Sommer.

Wollen wir ein bisschen im Zimmer auf und ab gehen?, fragt Jean-Jacques.

Ja, stimmt Boswell zu.

Ich gehe immer auf und ab, manchmal stundenlang, erklärt Jean-Jacques.

Ich gehe bei mir auch immer wieder auf und ab, sagt Boswell. Schön haben Sie es hier.

Im Gehen denkt es sich leichter, sagt Jean-Jacques. Sie dürfen sich aber ruhig auch setzen.

Ich gehe mit, erklärt Boswell. Trau keinem Gedanken, der nicht beim Gehen entstanden ist, sage ich immer.

Die beiden gehen vom Fenster zur Tür und wieder zum Fenster zurück, hin und her. Man hört nur die knarrenden Dielen, das leise Rauschen des Kaftans und des schottischen Beinkleids. Hin und wieder setzt Boswell eine Runde aus und schaut aus dem Fenster auf die Gasse zu den Hühnern, Gänsen und Kindern hinab.

Was haben Sie?, fragt Boswell.

Jean-Jacques antwortet nicht.

Ich meine, welche Krankheit?

Die Franzosen sind ein furchtbares Volk, sagt Jean-Jacques.

Was halten Sie von den Spaniern?, fragt Boswell.

Die Spanier haben noch Größe, antwortet er.

Wir Schotten auch, meint Boswell. Nur hätten wir uns niemals mit den Engländern vereinigen dürfen. Niemals!

Ich habe die Engländer in meinem *Emile* Barbaren genannt, Sie haben es sicherlich gelesen. Barbaren von alters her.

Exakt, ruft Boswell und fragt nochmals, welche Krankheit er denn habe.

Alle Ärzte sind Pfuscher, sagt Jean-Jacques.

In Schottland auch, bestätigt Boswell.

Wieder hört man eine Weile nur das Knarren der Dielen und das Rascheln der Kleider.

Die Leute hier mögen Sie nicht, bemerkt Boswell auf einmal.

Jean-Jacques reagiert nicht.

Ein altes Weib hat mich angeschaut, als würde ich vom Leibhaftigen reden, als ich es nach Ihrem Haus gefragt habe.

Jean-Jacques geht auf und ab, als hätte er nichts gehört.

Ich wäre glücklich, so viele Bücher wie Sie geschrieben zu haben, unterbricht Boswell irgendwann wieder die Stille.

Ich hätte keines von ihnen schreiben sollen. Sie sind mein Unglück, erwidert Jean-Jacques.

Ich würde alles dafür geben, wären sie von mir, gibt Boswell sich entrüstet.

Danken Sie Gott, dass es nicht so ist, Sie würden Ihres Lebens nicht mehr froh. Der schlimmste Verbrecher der Geschichte ist Gutenberg. Nur eine Welt ohne Bücher wäre eine bessere Welt.

Sie haben auch welche geschrieben!

Ich schreibe sie nur, um zu beweisen, dass Bücher unser Verderben sind.

Sie mussten aber doch zuerst einmal viele Bücher lesen, um welche schreiben zu können, wendet Boswell ein.

Jean-Jacques schweigt.

Die Menschen lieben Bücher, sagt Boswell nach einer Weile. Wie sollten wir unsere Geschichte kennen, wenn es keine Bücher darüber gäbe?

Wer aus der Geschichte etwas lernen will, ist verloren. Wahre Natur kennt keine Geschichte. Die Wahrheit an sich kennt keine Geschichte.

Eine solche Wahrheit ist eine Kuh, die keine Milch gibt, versucht Boswell ein bisschen aufzutrumpfen.

Sie gehen wieder eine Weile stumm auf und ab, bis Jean-Jacques bemerkt: Meine Haushälterin sagt immer, du bist nur zu ertragen, wenn eine Woche lang kein Mensch bei dir war. Nur kommt das nie vor. Ständig stehen Leute vor der Tür. Und was wollen sie? Komplimente machen. Sagen, dass ich unsterblich bin und sonstigen Unsinn.

Ihre Mamsell hält Sie unter Verschluss wie im Einmachglas, klopft Boswell ihm auf die Schulter.

Ich habe eine Geheimtür.

Es ist romantisch bei Ihnen.

Wissen Sie, fragt Jean-Jacques, dass ich dieses Wort erfunden habe?

Welches?

Romantisch. Es kommt in meinem Liebesroman vor.

Warum schreiben Sie einen Roman, wenn Gutenberg der größte Verbrecher ist?

Um der Welt vorzuführen, wohin Romane führen.

Bald wird die ganze Welt von Romantik sprechen. Sie sind tatsächlich unsterblich.

Man wird sehen.

Thérèse ruft zum Essen. Auf dem Tisch stehen eine Schüssel Suppe mit Rindfleisch, ein Teller mit marinierten Forellen, eine Schale mit Kalbfleisch und Steckrüben, eine weitere mit Möhren und Schweinebraten, ein Teller mit entkernten Birnen und Kastanien und zwei Flaschen Rot- und Weißwein.

Während der Suppe will Boswell wissen, was Jean-Jacques von Keuschheit, Selbstkasteiung und solchen Sachen hält.

Mummenschanz, sagt Jean-Jacques.

Ich würde gern einmal mit zweiundsiebzig Huris schlafen, sagt Boswell. Mit allen zusammen, in einer einzigen Nacht. Haben Sie auch solche Fantasien?

Schweigen am Tisch. Man hört nur das Klappern von Löffeln und Schlürf- und Schluckgeräusche. Boswell schaut abwechselnd ihn und sie an, als verstünde er nicht ganz, warum die beiden nur noch auf ihre Teller blicken.

Würde keine Frau hier sitzen, könnte ich Ihnen einiges dazu sagen, antwortet Jean-Jacques nach einer Weile.

Ich werde in ein Kloster gehen, behauptet Boswell, dann werden Sie nie mehr von mir hören.

Man geht nicht in ein Kloster, nur weil man mit seinem Leben nichts anfangen kann, weist Jean-Jacques ihn zurecht.

Als es draußen zu nieseln anfängt, sagt Jean-Jacques: Sehen Sie, auf dem Land sorgt bereits ein kleiner Regen für Zerstreuung, in der Stadt muss man dafür gleich in die Oper gehen.

Boswell sagt: Eigentlich bin ich ein Despot. Aber ein leutseliger. Im Übrigen könnte ich Ihr Gesandter auf Korsika werden, in dem Land, für das Sie sich gerade, wie ich von Lord Marischal erfahren habe, eine Verfassung ausdenken.

Despoten taugen nicht als Gesandte, sagt Jean-Jacques. Mögen Sie Katzen?

Boswell schüttelt den Kopf.

Alle Despoten mögen keine Katzen. Sie mögen sie nicht, weil Katzen sich nicht wie Hunde dressieren lassen. Man kann ihnen nichts befehlen.

Hühnern auch nicht, meint Boswell.

Das stimmt nicht, widerspricht Jean-Jacques. Hühner würden gehorchen, wenn sie einen verstehen könnten. Die Katze dagegen versteht einen, tut aber so, als hörte sie nicht, was man ihr sagt.

Katzen, sagt Boswell, sind falsch und undankbar.

Katzen sind anhänglich, aber nur, wenn sie wollen, entgegnet Jean-Jacques.

Auf einmal fragt Thérèse: Besuchen Sie auch Voltaire?

Aber gewiss, sagt Boswell. Kennen Sie sein *Philosophisches Wörterbuch*?

Jean-Jacques nickt.

Was halten Sie davon?

Nichts. Und jetzt gehen Sie.

Wir haben ausgemacht, dass ich bis drei bleibe.

Ich muss arbeiten.

Fünfundzwanzig Minuten bekommen wir noch hin, insistiert Boswell. Ich könnte sie Ihnen aber auch schenken. Was gäben Sie mir dafür?

Was Leute wie Sie einem nicht nehmen, sehen sie gleich als Geschenk an.

Liebste Thérèse, legen Sie ein Wort für mich ein!

Ich sage Ihnen, wenn es drei schlägt, antwortet Thérèse.

Sagen Sie mir, wie ich leben soll, fordert Boswell noch von Jean-Jacques.

Das müssen Sie selbst wissen. Und jetzt gehen Sie.

Ich könnte Sie nachäffen, mein guter Jean-Jacques, aber ich lasse es. Ich kann alle Leute nachäffen. Keiner kann das besser als ich. Aber ich äffe Sie jetzt nicht nach, obwohl es so leicht wäre.

Dann sitzen die drei noch stumm um den Tisch, bis es drei schlägt. Unter der Tür umarmt Jean-Jacques seinen Gast überschwänglich, küsst und drückt ihn und will gar nicht mehr von ihm lassen. Nie werde ich Sie vergessen, schluchzt er. Sie haben mir große Freude gemacht. Sie sind ein Lump, aber ich mag Sie.

Boswell reißt sich ein Haar aus, gibt es ihm und sagt zu Thérèse: Wir sehen uns wieder.

Nach Boswells Abreise lässt Jean-Jacques einen Notar kommen und ein neues Testament aufsetzen, weil er wieder fürchtet, nicht mehr lange zu leben. Bauchkrämpfe haben ihn ins Bett gezwungen, und aus Angst, dass alles nur noch schlimmer wird, isst er seit Tagen nichts mehr. Thérèse hat es mit Tees und Süppchen versucht, doch Jean-Jacques wollte das Übel von Grund auf austrocknen und deshalb auch keine Flüssigkeit mehr zu sich nehmen. Einen Doktor durfte sie nicht rufen, weil er selbst die Ursache seines Übels nur zu gut kennt und weiß, dass allenfalls Doktor Tissot ihm noch helfen könnte, nach dessen Besuch er es immer noch nicht lassen konnte. Wäre der Notar nicht wegen seiner dürren, ausgetrockneten, fast nicht mehr vorhandenen Stimme entsetzt und aufs höchste beängstigt gewesen, und hätte er nicht eigenmächtig in Neuchâtel einen Doktor nach ihm schicken lassen, wäre die Sache tatsächlich ernst geworden. In das Testament muss der Notar den Satz aufnehmen: Im Falle meines Ablebens möge sich der hiesige Burgherr um Thérèse kümmern.

Als Jean-Jacques allmählich wieder marinierte Forellen und Kalbfleisch mit Steckrüben essen kann, erreicht ihn ein Brief von einer Frau, die sich Henriette nennt, jedoch ihren Nachnamen verschweigt.

Ich habe Ihre Schriften studiert, heißt es darin, vor allem den *Emile*, in dem Frauen das Stricken und Kochen zugewiesen und ihnen verboten wird, sich um die Philosophie, die Wissenschaften und Künste zu kümmern. Weder bin ich sehr jung noch sehr schön und auch nicht sehr gebildet, doch fürchte ich, einen Männerkopf zu besitzen, der mich zu Dingen drängt, die in Ihren Augen der weiblichen Natur zuwider sind. Deklassiert durch den Bankrott meines Vaters, vom Schicksal wenig begünstigt, allein und ohne Mittel, um in Gesellschaft eine gute Figur zu machen, überlege ich, aufs Land zu ziehen, zusammen mit ein paar Leuten, die wie ich bescheiden leben möchten. Weil aber mein Geist am Verdursten ist und von nirgendwoher Nahrung bekommt, möchte ich von Ihnen wissen, ob ich heiraten soll. Sollte ich dann ein Mädchen zur Welt bringen, würde ich es allerdings nicht nach dem Vorbild Ihrer Sophie, sondern wie Emile erziehen. Von Büchern kann ich nicht lassen und träume sogar davon, in der literarischen Welt noch einmal eine Rolle zu spielen.

Jean-Jacques macht dieser Brief ganz unruhig, weil er fürchtet, es könnte sich um eine Falle handeln oder eine Berühmtheit dahinterstecken. Um es herauszubekommen, setzt er sich mit allen nur erdenklichen Leuten in Verbindung, von denen ihm aber keiner weiterhelfen kann. Auf die Gefahr hin, nur seine Zeit zu vergeuden, greift er zur Feder, um einen weiteren Brief von ihr zu bekommen und dadurch vielleicht mehr über sie zu erfahren.

Kümmern Sie sich nicht um die Meinung anderer Leute, schreibt er ihr, auch wenn Sie, wie ich jeder Ihrer Zeilen entnehme, vor der Welt glänzen und gern wie eine Philosophin erscheinen würden. Doch es ist besser, eine junge Frau zu bleiben, die auf einen Bräutigam wartet, als gescheit sein und beweihräuchert werden zu wollen. Frauen können niemals werden wie Männer und wollen sich mit ihrem angelesenen Wissen bloß wichtigmachen und Gehör verschaffen. Sie achten nur darauf, wie andere sie sehen, statt auf ihre Natur zu hören, die ihnen Bescheidenheit und Gehorsam abverlangt. Ihr ganzer Brief beweist mir, dass Sie es nur darauf abgesehen haben, in den Augen der anderen vorteilhaft dazustehen, was bedeutet, dass Sie sich längst von Ihrem wahren Wesen entfremdet haben, anstatt Halt in sich selbst zu suchen und in Eintracht mit sich zu leben. Suchen Sie die Wahrheit in Ihrem Inneren, wenn Sie nicht elendig enden wollen. Bleiben Sie dort, wo die Natur Ihnen in der Kette der Wesen Ihren Platz zugewiesen hat. Rebellieren Sie nicht gegen das Gesetz der Notwendigkeit und zehren Sie Ihre Kräfte nicht im Widerstand gegen ein Leben auf, das Ihnen der Himmel zugewiesen hat. Sie sind zu weit gegangen, müssen sich jetzt selbst heilen und Ihre Natürlichkeit wiedererlangen. Oder wollen Sie sich weiter mit Philosophie zerstreuen? Ich will, dass Sie sich davon vollkommen frei machen und zu sich selbst zurückkehren. Seien Sie versichert, dass Sie erst dann zufrieden sein können, wenn Sie es nicht anderen recht machen wollen, sondern nach anderen überhaupt kein Verlangen mehr haben. Nur so können Sie einen friedvollen Schlaf finden und morgens selig aufwachen.

Zum Schluss zitiert er eine Stelle aus seinem *Emile*, die lautet: Ich liebe ein schlichtes Mädchen hundertmal mehr als ein gelehrtes Weib, das sein Heim am liebsten in ein Gerichtsgebäude über Literatur verwandeln und sich selbst zu dessen Präsidentin ernennen möchte. Eine schöngeistige Frau ist eine Plage für ihren Gatten, ihre Kinder, ihre Freunde, ihre Bediensteten und die ganze Welt.

Henriette schreibt zurück: Ohne Literatur und Bildung möchte ich mein Leben nicht verbringen.

Aufgebracht antwortet Jean-Jacques: Dann tun Sie, was Sie wollen, ich kann Ihnen nicht mehr helfen.

Worauf ein weiterer Brief von ihr eintrifft, in dem es heißt: Sie haben mich nicht richtig verstanden, denn ich stehe durchaus mit beiden Beinen im Leben. Weder will ich hoch hinaus noch etwas darstellen, auch bin ich mit keinen klugen Leuten zusammen, denen ich etwas beweisen müsste. Anders als Sie meinen, besteht meine Qual auch nicht darin, dass ich zu wenig fühle, sondern dass ich zu wenig denke. Ständig befinde ich mich in seelischer Unruhe.

Jean-Jacques antwortet: Sie sind mir ein Rätsel. Mögen Sie bald Ruhe in sich selbst finden.

Worauf sie schreibt: Je mehr ich darüber nachdenke, desto mehr komme ich zu dem Schluss, dass das wahre Glück nicht darin bestehen kann, sich in sich selbst einzuschließen, denn so viel Eigenes besitzt man gar nicht, und ein solches Glück würde uns gegenüber den Dingen nur dumpf machen. Mir scheint, dass eine Seele keineswegs dazu gemacht ist, nur sich selbst zu genügen und sich selbst zu lieben.

Jean-Jacques will sich nicht weiterhin beleidigen lassen und versucht, den Namen Henriette so schnell wie möglich zu vergessen.

Eines Abends, als Jean-Jacques und Thérèse schon im Bett liegen, werden ums Haus herum Stimmen laut. Auf einmal klirrt etwas, und man hört Leute schreien: Haut ab, ihr Schweine! In der Küche gehen Fensterscheiben zu Bruch, der Garten ist bereits verwüstet. Mit Hacken und Mistgabeln fuchtelt das halbe Dorf in der Luft herum. Thérèse zittert, Jean-Jacques verrammelt die Türen.

Schon länger geht das Gerücht um, man wolle die zwei loswerden. Manche haben sie von Anfang an nicht gegrüßt, andere wechseln erst seit ein paar Wochen die Straßenseite, wenn sie die beiden von weitem sehen. Sie alle wollen, dass der Mann mit dem Kaftan endlich aufhört, den Mädchen mit selbstgeklöppelten Westchen und Blusen nachzusteigen, und dass er mit seiner Hure für immer verschwindet.

Der Pastor versucht zwischen der Meute und seinem Freund zu vermitteln, erfährt dann aber, dass Jean-Jacques auch hinter seiner eigenen Tochter schon her war. Vom Antichrist ist nun sogar die Rede und davon, dass Unheil über das ganze Land kommt, sollte dieser Mann noch länger bleiben. Manche würden ihn am liebsten auf der Stelle erschießen.

Jean-Jacques weiß nur zu gut, warum er in seiner Schrift über den Gesellschaftsvertrag immer wieder betont hat, dass das Volk nicht weiß, was ihm wirklich guttut, und einen Führer braucht. Auch wenn das Volk an sich gut ist, muss man es vor sich selbst schützen, da es das Gute von sich aus selten erkennen kann.

Bei seiner Ankunft in Môtiers hatte er sich geschworen, an diesem ländlich stillen Ort zu sterben. Jetzt, da ihm die Bauern das Haus zertrümmern, ist er sich sicher, dass Voltaire hinter allem steckt, der von seinem Schloss herab die halbe Schweiz im Blick hat und sie nach seinem Willen zuzurichten gedenkt. Zuerst hat er sich den Klerus in Genf gefügig gemacht, und wenn es so weitergeht, wird ihm bald das ganze Land gehorchen.

An seinen Verleger DuPeyrou in Neuchâtel schreibt Jean-Jacques: Der Prophet hat im eigenen Lande noch nie etwas gegolten, und deshalb muss ich es als Ehre empfinden, von meinem eigenen Volk so behandelt zu werden. Dennoch frage ich mich, warum ich ausgerechnet unter Menschen geboren werden musste, obwohl ich einer ganz anderen Gattung angehöre. Ich bin darauf gefasst, für die Sache der Gerechtigkeit zu leiden. Die Vorsehung wird ihren Sieg feiern. Alles hat seine Bedeutung. Ich bin mit Sokrates und Jesus der Dritte im Bunde. Was auch der Prinz von Württemberg sagt.

Lord Marischal erfüllt Jean-Jacques den Wunsch, auf die Sankt Petersinsel im Bieler See flüchten zu dürfen. Dort will er freiwillig wie ein Gefangener leben und sich wie Robinson Crusoe fühlen. Denn alles Übel beginnt damit, schrieb er schon in seinem *Emile*, dass die Menschen sich zusammenrotten und nicht allein bleiben können. Bereits die Dörfer sind Vorboten der Städte und tragen den Keim von Babel in sich. Mit nichts als dem Plätschern des Wassers, dem Schrei des Adlers, dem Gezwitscher der Vögel und dem Rauschen der Bäume um sich herum kann Jean-Jacques sich nun vereint mit Himmel und Erde fühlen, fern jener Menschheit, die, seit er auf der Welt ist, danach giert, ihm seine Unschuld zu nehmen und ihn von sich selbst zu entfremden. Eine glückseligere Verbannung kann es nicht geben.

Auf seiner Insel wird er einen Garten anlegen und von seiner eigenen Hände Arbeit leben, ohne je wieder einen Bewohner der übrigen Welt ertragen zu müssen, befreit von all den Begierden, die nur im Zusammensein mit anderen aufkeimen und der Seele ihre Ruhe rauben. Sollte man ihm eines Tages aber auch den Frieden dieser Insel verwehren, möchte er lieber in der Bastille oder sonst einem finsteren Verlies den Rest seiner Tage verbringen, als jemals wieder unter Menschen leben zu müssen.

Sollte die Welt glauben, mich gefangen zu halten, schreibt er an DuPeyrou, so täuscht sie sich. In Wahrheit schenkt sie mir damit die schönste Freiheit, deren ein irdisches Wesen sich erfreuen kann. Denn nun bin nicht mehr ich in ihrer Gewalt, sondern sie ist in der meinen. Einsam, ohne Freund, allein auf mich gestellt, bin ich erlöst von ihrer Zudringlichkeit.

Kaum hat er in einem Gartenhäuschen auf der Petersinsel seine paar Habseligkeiten ausgepackt und seine Bücher in die Regale gestellt, kommt aus Bern der Befehl, diesen Ort sofort verlassen zu müssen oder andernfalls gefangen genommen zu werden. Auch Lord Marischal kann jetzt nichts mehr für ihn tun, zumindest nicht hier. Er kann nur noch seinen Freund David Hume, den schottischen Philosophen, bitten, sich um Jean-Jacques zu kümmern. In wenigen Wochen, wenn seine Zeit als Diplomat in Paris zu Ende geht, wird Hume wieder nach London zurückkehren. Es würde, schreibt Lord Marischal ihm, der englischen Krone gewiss zur Ehre gereichen, diesem hierzulande überall Verfolgten Exil zu gewähren. Allerdings sei dieser Mann, warnt er ihn auch, ein bisschen überspannt und nicht weniger sentimental.

Hume schreibt unverzüglich zurück: England darf sich glücklich fühlen, einen solchen Mann bei sich aufzunehmen, auch wenn seine Erziehungslehre so absonderlich ist, dass man vermuten muss, er habe damit nur vorführen wollen, wie viel bizarre Fantasie er besitzt. England stehe es jedoch immer gut an, sich gerade dann als großzügig zu erweisen, wenn es auf dem Kontinent mit der Freiheit des Geistes nicht zum Besten bestellt sei.

Als Lord Marischal ihm die Nachricht überbringt, dass der gute David Hume ihn persönlich nach London mitzunehmen gedenkt, greift Jean-Jacques sofort zur Feder und schreibt seinem neuen Freund: Sie sind der einzig wahre Philosoph, den ich kenne, der aufrichtigste Mensch der Welt. Ich verehre Sie schon immer. Ich weiß auch schon genau, wie Sie aussehen, der Herr Gouverneur hat Sie mir ganz genau geschildert.

Er beschließt den Brief mit einem Zitat von Vergil: O sei gegrüßt, du mir vom Schicksal geschenkter Erdenfleck, hier ist mein Haus, hier ist mein Vaterland!

Wie immer, wenn er ins Ungewisse aufbricht, macht Jean-Jacques sich ohne Thérèse auf den Weg. In Paris genießt er es noch einmal, in den Tuilerien von Menschentrauben umlagert zu werden. In seiner orientalischen Tracht erkennt ihn dort jedes Kind, nur dass bald auch schon die Polizei auf ihn aufmerksam wird, bei der man manchmal nicht genau weiß, ob sie ihm Geleitschutz bietet oder ihn verfolgt. Ein bisschen scheinen die Gendarmen selbst an Größe zu gewinnen, wenn sie diesen Mann halb eskortieren, halb überwachen.

X

Vor der Überfahrt nach England muss Jean-Jacques sich am Hafen mit Hume ein gemeinsames Zimmer nehmen. Er liegt die ganze Nacht wach. Hume hat im Schlaf gesagt: Jetzt habe ich ihn! Seither kriegt Jean-Jacques kein Auge mehr zu. Die ganze Welt ist hinter ihm her. Schweißgebadet liegt er in der frostigen Kammer, während der andere schnarcht. Auch Hume gehört also zum Komplott.

Während der winterlichen Überfahrt nach Dover stürmt es, als ginge die Welt unter. Der dicke Hume ist gelb und grün im Gesicht, spuckt nur noch Galle und verkriecht sich. Auch von den Matrosen ist an Deck keiner mehr zu sehen. Nur Jean-Jacques steht, Wind und Wetter trotzend, die ganze Nacht mit seiner armenischen Pelzmütze in eisiger Kälte stramm an der Reling. Ständig spritzt ihm Gischt ins Gesicht, und sein Kaftan ist von oben bis unten durchnässt. Als das Postschiff schließlich in den englischen Hafen einläuft, fällt er Hume, der sich kaum auf den Beinen halten kann, um den Hals, küsst und drückt ihn und bricht in Tränen aus. Hume weiß nicht, wie ihm geschieht, wo er hinschauen und was er mit seinen Händen machen soll. Ihm ist schlecht, einfach nur schlecht.

Weil Hume in so gut wie allen Pariser Salons nicht nur als großer Philosoph, sondern als wahres Naturereignis herumgereicht worden war, versucht Jean-Jacques auf den ruckelnden Kutschenfahrten immer wieder scheinbar beiläufig aus ihm herauszubekommen, was bei Holbach und Konsorten geredet wurde. Obwohl Hume wie ein strohdummer Bauer aussieht und vor allem aus Speck besteht, sollen die Damen sich darum gestritten haben, welche ihn als Erste empfangen darf. Wenn Hume in seiner ruhigen Art zu reden anfängt, hat man den Eindruck, als hätte sich der allerklarste Geist in den allerplumpesten Körper verirrt. Spricht man mit ihm, starrt er einen wie ein bisschen debil aus seinen prallen, wässrigen Augen an, die ihm beinahe aus dem Kopf zu kippen drohen. Wüsste man es nicht besser, würde man hinter diesem gutmütigen Gesicht die reinste Dumpfheit und Dummheit vermuten, so aufgedunsen, wie es ist. Seit er ihm in Paris zum ersten Mal gegenüberstand, fragt Jean-Jacques sich, wie es überhaupt möglich sein kann, dass ein so fettes Wesen sich jemals einer Frau zu Füßen wirft oder sich gar mit ihr begattet.

Holbach, so erzählt Hume, habe ihn ganz stolz mit der Bemerkung empfangen, fast jeder, der an seiner Tafel sitze, sei ein Atheist. Hume wundert es nicht, dass man ausgerechnet in Frankreich so häufig auf das Bedürfnis trifft, die eine dogmatische Wahrheit voller Eifer durch deren gegenteilige ersetzen zu müssen. Unter dieser Krankheit, meint er, litten vor allem Katholiken. Andererseits sei es bei den Franzosen aber auch nie langweilig, wenn sie bei Schnecken und Burgunderbraten mit Messer und Gabel herumfuchtelten und bei ihrem aufgekratzten Weltanschauungspalaver tatsächlich meinten, es ginge um Tod und Leben.

Jean-Jacques kann dem natürlich nur zustimmen. Mit diesen Schwätzern will er schon lange nichts mehr zu tun haben. Nur ist er sich, je länger er darüber nachdenkt, nicht mehr ganz sicher, ob Hume ihn wirklich von diesen Leuten ausnimmt. Sollte er ihn richtig verstanden haben, so hat Hume nämlich behauptet, dass man genauso wenig, wie man etwas über die Existenz Gottes oder seine Nichtexistenz wissen kann, darüber etwas auszusagen vermag, was wahre Natur ist und was nicht. Auf dem Festland, so hat er diplomatisch bemerkt, neigten die Leute dazu, Ideen und Ansichten mit der Sache selbst zu verwechseln und zu vergessen, dass Vorstellungen nur Vorstellungen sind.

Jean-Jacques fühlt sich zu müde, um auf solche Spitzfindigkeiten einzugehen. Im Übrigen wollte er mit Hume keinen Disput führen, sondern nur herauskriegen, welche Lügen die Holbach-Clique wieder einmal über ihn verbreitet.

Gleich nach ihrer Ankunft in London schreibt Hume nach Paris: Mit Jean-Jacques könnte ich mein ganzes Leben verbringen. Uns beiden fehlt jede Fähigkeit zu streiten.

Das Einzige, was Hume wundert, sind Jean-Jacques' Klagen über seine miserable Gesundheit. Wer die ganze Nacht einem Orkan trotzt, während die Matrosen sich im Unterdeck verstecken und sich so gut wie alle Passagiere übergeben, muss eine Rossnatur haben, denkt Hume. Und deshalb bemerkt er in seinem Brief nach Paris: Mein Gast glaubt, äußerst schwächlich zu sein, dabei ist er einer der robustesten Männer, die mir je begegnet sind.

Warum ihn in Paris alle vor Jean-Jacques gewarnt haben, bleibt ihm allerdings ein Rätsel. Sollte er ein bisschen schwierig sein, so will Hume den Franzosen nur umso lieber beweisen, dass sich mit Geduld so manche Sonderlichkeit ertragen lässt und man auch mit unausgeglichenen Geistern ein gutes Auskommen haben kann, sofern man nur mit ihnen umzugehen versteht.

Die Engländer sind Barbaren, steht im *Emile* geschrieben. Jean-Jacques kann nur hoffen, dass Hume diese Stelle nicht gelesen hat. Falls er den *Emile* überhaupt gelesen hat. Vielleicht hat er ihn aber gelesen und redet nur deshalb nicht darüber, weil es darin diesen Satz gibt. Jean-Jacques überlegt, ob er ihm erklären soll, dass dieser Satz ganz anders gemeint ist. Doch dann entscheidet er sich dafür, den *Emile* am besten gar nicht zu erwähnen. Ich hätte gleich nach England gehen sollen, behauptet er Hume gegenüber. Schon immer habe er an England gedacht. Nur in England habe ein *Robinson Crusoe* entstehen können. England könne glücklich sein, dass es eine Insel ist. Abgeschieden und autonom. Durch ein Meer vom verrotteten Europa getrennt. Herrlicher könne man nicht isoliert sein. Auf Schweizer Boden wolle er nie wieder einen Fuß setzen. Calvin, so erklärt er Hume, würde sich im Grabe umdrehen, wüsste er, dass man in Genf Voltaire willkommen heiße, während man ihm, Jean-Jacques, dem berühmten Sohn der Stadt, das Bürgerrecht abspreche.

Die Engländer sind Barbaren, sagt Hume auf einmal.

Weil Jean-Jacques glaubt, er wolle ihn mit diesem Zitat aus dem *Emile* als Heuchler vorführen, beeilt er sich zu sagen, dass das ganz anders gemeint war. Er habe diesen Satz nur einer Figur in den Mund gelegt.

Seinem Blick nach zu schließen, weiß Hume nicht im geringsten, wovon Jean-Jacques spricht.

Die Engländer sind Barbaren, sagt er noch einmal. Schottland hätte sich niemals ergeben dürfen. Es könne ihm gar nicht schnell genug gehen, sich endlich in sein Schloss nach Edinburgh zurückzuziehen.

Jean-Jacques hat inzwischen im Stillen beschlossen, vergessen zu wollen, was Hume im Schlaf gesagt hat.

Am ersten Londoner Abend geht Hume mit Jean-Jacques in drei Tavernen hintereinander, bestellt jedes Mal einen Braten und einen Krug Wein dazu und hat danach immer noch Appetit. Auf seinem schottischen Schloss, erzählt er ihm, bilde nicht die Bibliothek, sondern die Küche den Mittelpunkt. Den Rest seiner Tage werde er nur noch mit Kochen und Essen verbringen, das seien die schönsten aller Wissenschaften.

Wie man als Philosoph ein Schloss besitzen kann, ohne wie Voltaire in tausend Geldgeschäfte verwickelt zu sein, ist Jean-Jacques ebenso unerklärlich wie der Wunsch eines Mannes, sich im besten Alter zur Ruhe setzen und nur noch fressen zu wollen. Dabei hat Hume lediglich ein paar Schriften über die Labyrinthe des menschlichen Verstandes veröffentlicht, an deren Ende die wenig hilfreiche Einsicht steht, dass wir nichts von dem, was wir zu wissen meinen, wirklich wissen können. Jean-Jacques hat diese Schriften zwar nicht gelesen, schließlich sind sie auch nicht ins Französische übersetzt, doch Humes ständiger Hinweis darauf, dass unsere Vorstellungen nur Vorstellungen sind, bestätigt ihm, was er darüber gehört hat.

Humes Behauptung, dass die Vorstellung von einer wahren Natur auch nur eine Vorstellung ist, wird er erst widersprechen, wenn sein Englisch besser ist, nimmt Jean-Jacques sich vor. Im Grunde hat er überhaupt keine Lust mehr dazu, sich auf solche Sophistereien einzulassen. Wer die Wahrheit kennt, braucht sich davon nicht irremachen zu lassen. Ein Glück, dass Hume so gutmütig ist und man ihm seinen gefühllosen Verstand deshalb leichter verzeihen kann.

Wieder schickt Hume einen Brief nach Paris, in dem steht: Jean-Jacques ist der liebenswerteste Mensch, den es gibt, ich liebe ihn mit jedem Tag mehr.

Madame de Boufflers liest den Brief vor versammelter Runde im Hause Holbach vor. Worauf Holbach bemerkt: Noch kennt er ihn nicht.

David Garrick, der berühmteste Schauspieler der Welt, lädt Jean-Jacques zu einer Gala ein, die er ihm zu Ehren gibt. Zuerst sagt Jean-Jacques ab. Dann sagt er wieder zu. Sagt ab und zu, fünfmal hin und her, bis die endgültige Zusage erfolgt.

Schließlich sitzt er neben Hume genau in der Mitte des Zuschauerraums in seinem Kaftan und mit Pelzmütze, die er auch im Theater nicht abnimmt.

Zuerst wird eine Tragödie gegeben, danach eine Komödie. Bei der Tragödie versteht Jean-Jacques kein einziges Wort und heult. Bei der Komödie versteht er noch weniger, weil die Schauspieler dabei noch schneller reden, doch er lacht immer laut mit, wenn alle lachen. Hume schaut ständig zur Königsloge hinauf. Der König und seine Frau schauen so gut wie nie auf die Bühne, sondern starren fast nur zu Humes Gast hinab, der in seinem Rupfensack wie ein afghanischer Bettler aussieht, der sich mitten im Theater vor einem Schneesturm schützen zu müssen meint. Dass Jean-Jacques mit seiner Mütze den Zuschauern hinter ihm die Sicht versperrt, ist nicht schlimm, denn David Garrick kann sich die Seele aus dem Leib schreien und so viele Grimassen schneiden, wie er nur will, die Hauptrolle spielt an diesem Abend dieser Flüchtling aus Frankreich, den selbst in der Schweiz daheim keiner mehr haben will.

Kaum dass die Vorstellung zu Ende ist, will Jean-Jacques unverzüglich nach Hause, ohne sich noch bei David Garrick zu bedanken oder dem König die Hand zu schütteln. Hume versucht sein Entsetzen zu verbergen, beginnt jedoch um seinen guten Ruf zu bangen, wenn er es nicht schafft, seinen undankbaren Gast wenigstens noch ein halbes Stündchen hierzubehalten. Doch so stur wie Jean-Jacques, halb dem Heulen, halb dem Schreien nah, darauf beharrt, auf der Stelle verschwinden zu wollen, wagt Hume ihm aus reiner Angst, sonst noch weit schlimmeres Aufsehen zu erregen, nicht mehr zu widersprechen. Links und rechts entschuldigt er sich und lässt überall den untertänigsten Dank von Jean-Jacques ausrichten, froh darüber, dass sein Gast nicht versteht, was er den zahllosen Leuten, die sie beide umringen, zuflüstert. Von der Reise erschöpft und schwer krank, erklärt er tausendmal, müsse Monsieur Rousseau sich leider sofort nach Hause begeben, er habe diesen Abend über alles genossen und könne es kaum erwarten, bald wieder hier im Theater zu sein.

Auch am dritten Tag schickt Hume wieder einen Brief nach Paris. Sein Gast sei nach wie vor der liebenswerteste Mensch auf der Welt, heißt es darin. Wieder liest Madame de Boufflers ihn vor versammelter Runde im Hause Holbach vor. Und wieder bemerkt Holbach danach: Noch kennt er ihn nicht.

Vor fünfzehn Jahren, erzählt man sich dort rund um den Tisch, habe er hier auch noch ganz arglos gewirkt. Eine scheue Gestalt, fast unterwürfig, so erinnert man sich. Nahezu stumm, zumindest in der ersten Zeit, so lange jedenfalls, bis er wusste, wer welche Meinung vertritt. Ein Schweizer mit langsamem Singsang, der sich jeden Satz, den er sagte, genau zu überlegen schien und der sein Lächeln ungezwungen erscheinen lassen wollte, dabei aber immer mit einem kleinen Buckel herumschlich, den er hinter einem besonders aufrechten Gang zu verstecken versuchte. Jetzt, so heißt es, müsse der gute Hume das Gleiche mit ihm erleben und zuerst einmal allerlei Demutsanfälle und Liebesschwüre über sich ergehen lassen, bevor es dann bloß noch mit Heulkrämpfen und Hasstiraden weitergehe.

Holbach sagt immer nur: Wartet ab! Um das Thema abzuschließen, schüttelt er jedes Mal den Kopf darüber, dass man diesem Wahnsinnigen, der seine eigenen fünf Kinder ins Waisenhaus gesteckt hat, die Ehre angetan habe, seine lächerliche Erziehungsschrift verbieten zu lassen.

Damit Thérèse ihm endlich nachreisen kann, stellt DuPeyrou ihr in Neuchâtel seine Kutsche zur Verfügung. Bei eisigem Wind und wildem Schneetreiben geht es weit langsamer als üblich voran. Erst nach einem guten Dutzend Zwischenstationen erreicht man Paris, wo Thérèse sich wieder zu Hause fühlt, aber keinen einzigen Tag bleiben darf. Als sie dort auf die Kutsche nach Calais wartet, rennt plötzlich ein junger Mann auf sie zu und ruft: Sie haben sich überhaupt nicht verändert!

Es ist der rotschopfige Schotte James Boswell, der eines Tages in Môtiers aufgetaucht war und ihr aus Genf, wo er zum Leidwesen von Jean-Jacques meinte Voltaire besuchen zu müssen, ein sündhaft teures Granatcollier schickte, zusammen mit einem nicht sehr dezenten Brief, den Thérèse in tagelanger Arbeit entzifferte und von dem sie nicht wusste, ob er nur schmeichlerisch oder bereits schamlos war. Und jetzt kommt dieser junge Mann auf sie zugerannt und schreit: Madame, ich komme mit!

Der gute Hume hat das alles von langer Hand arrangiert. Boswells Bildungsreise durch halb Europa geht ihrem Ende entgegen, und der Höhepunkt sollte, wie er Thérèse beteuert, die Überfahrt mit ihr nach England sein. Längst weiß er, dass sie nicht nur die Haushälterin dieses Eigenbrötlers ist. Im Grunde könne sie jeder haben, hieß es in entsprechenden

Kreisen, meistens könne sie es gar nicht erwarten. Boswells Bildungsreise bestand fast nur aus solchen Geschichten. Zwar hat er sich auch ein paar Ruinen angeschaut, doch sein Hauptaugenmerk galt der Gegenwart. Und deshalb kommt er, kaum dass die Koffer auf dem Dachständer sind und die beiden in der Kutsche sitzen, sofort zur Sache.

Auch Thérèse scheint nur auf so etwas gewartet zu haben. Dass sie sich zieren würde, kann man jedenfalls nicht sagen. Nur tritt sie, kaum dass er ihre Brüste aus dem Kleid befreit hat, dem bereits halbnackten James auf einmal derart gnadenlos mit dem Knie zwischen die Beine, dass er vor Schmerz nicht einmal schreien kann und so gut wie keine Luft mehr bekommt. Thérèse lacht, während er sich vor ihr krümmt, und sagt: Wenn du brav bist, geht's heute Nacht weiter. Um Mitternacht erwarte sie ihn. Bis dahin dürfe er sie nicht mehr anfassen.

Nach dem Abendessen und einer Flasche Burgunder treibt Boswell Thérèse vor sich her die Treppen zu den Schlafkammern hinauf. Wieder scheint sie nichts dagegen zu haben. Auf dem Zimmer reißt er ihr die Kleider vom Leib, wirft sich auf sie, hechelt sofort wie ein Hund und krallt sich in ihr Fleisch, nur dass Thérèse wieder zu lachen anfängt und ihm befiehlt, auf der Stelle vor ihr niederzuknien. James hört nicht darauf, schließlich ist es bei ihm fast schon so weit, und es macht ihn nur umso wilder, dass dieser Leib, der da unter ihm liegt, kein bisschen nachgibt, was er noch nie erlebt hat, die ganzen zahllosen Male nicht, an die er sich in seinem kurzen Leben kaum noch im Einzelnen zu erinnern vermag. Niederknien jedenfalls musste er sich vor einer Frau noch nie, und wenn, nur im Spiel, was sich bei Thérèse aber nicht so anhört. Da er ihr nicht sofort gehorcht, krallt sie ihm ihre Finger ins Gesicht und drückt ihn zu Boden.

James zieht sich die Hose hoch und rennt wieder in die Wirtsstube hinab, wo er nochmals eine Flasche Burgunder kippt. Als er um Mitternacht die Treppe hoch schleicht, steht sie in seiner Tür, winkt ihn herein und verlangt, dass er endlich zu Ende bringt, was er vor zwei Stunden angefangen hat.

Doch es geht nichts mehr, so sehr er sich auch bemüht. Thérèse verhöhnt ihn nur. Er will schlafen, nichts als schlafen. Die Nacht wird für ihn zu einer einzigen Tortur. Kaum macht er die Augen zu, zerrt sie wieder an ihm herum. Er müsse ihr alles beichten, befiehlt sie ihm. Er weiß nicht, was alles ist. Was die Sache nicht besser macht. Es dauert bis in den Morgen, so lange, bis er sich übergibt. Als er zwei Stunden später geweckt wird, weil es mit der Kutsche weitergeht, ist er am ganzen Leib mit roten und blauen Flecken übersät.

Mit Voltaire hat er über die Wahrheit der christlichen Religion diskutiert, auf Korsika mit Freiheitskämpfern zu tun gehabt, in Siena mit der Gattin eines berühmten Volkstribunen namens Piccolomini eine Nacht verbracht, sich in Rom von einem Maler verewigen lassen, sich danach die Malaria geholt, in Paris vom Tod seiner Mutter erfahren, was jedoch im Vergleich mit dieser Fahrt von Paris nach London alles rein gar nichts war. Bei der Ankunft übergibt er die Gattin des berühmten Philosophen sofort an David Hume und eilt davon, mit besten Grüßen an Jean-Jacques.

Hume schrieb schon vor deren Reise ein wenig besorgt an Madame de Boufflers: Ich fürchte, dass etwas geschieht, was die Ehre unseres Freundes beschädigen könnte.

Holbach hat inzwischen auch einen Brief von David Garrick bekommen, in dem der berühmte Schauspieler seine Verwunderung darüber zum Ausdruck bringt, dass man diesem Mann zu Ehren eigens eine Gala veranstaltet, für die er sich dann dadurch bedankt, dass er in London mit niemandem mehr etwas zu tun haben will. Auch der König sei darüber erstaunt.

Holbach schreibt zurück: Mich wundert nichts.

Garrick schreibt ihm wiederum, er könne trotzdem nicht glauben, dass Jean-Jacques ein hundsgemeiner Lügner, ein undankbares Schwein, ein affektierter Affe und philosophischer Scharlatan sei, wie in Paris behauptet werde.

Holbach erklärt ihm in einem weiteren Brief, dass Grimm, über den Jean-Jacques nur das Schlimmste rede, seit Jahren seine Schwiegermutter unterstütze, da dieser Mensch nicht einmal in der Lage sei, für seinen eigenen Lebensunterhalt aufzukommen. Man sollte ihn, schließt Holbach seinen Brief, bei den Bären in den Bergen von Wales aussetzen, falls es dort noch Bären gibt.

Seit Thérèse da ist, will Jean-Jacques keinen Tag länger in London bleiben. Alles spricht dagegen. London ist genau wie Paris. Der gleiche Krach, der gleiche Dreck, das gleiche Gewimmel und Gewusel. Nichts als Lärm und Gestank. Jede Stadt, erklärt Jean-Jacques Hume, ist eine Kloake. Städte stinken in jeder Hinsicht.

Und deshalb will er aufs Land hinaus. Und zwar sofort. Was Hume nicht begreifen kann. Er hat keine Ahnung, was man in der Natur mit sich anfangen soll. Mit einem Leben ohne Geist und ohne tausend Tavernen. Bäume und Bäche erzählen ihm nichts, und reden kann man mit ihnen schon zweimal nicht. Von den Leuten, die auf dem Land wohnen, ganz zu schweigen, so nett sie auch sein mögen. In London dagegen hätte Jean-Jacques die beste Gesellschaft um sich herum. Könnte jederzeit ins Theater. Nichts würde ihm fehlen. So redet Hume auf Jean-Jacques immer wieder ein.

Doch was will man machen? Der Gast ist stur. Oft schweigt er nur. Wirkt wie aufgelöst. Und störrisch. Und wenn er etwas sagt, hat man das Gefühl, dass es ein Vorwurf ist. Ein Vorwurf und Hilferuf zugleich. Nur dass er sich nicht helfen lassen will. Zumindest nicht, wenn man ihm Vorschläge macht, die nicht seine eigenen sind. Man hätte es sich schon auf der Fahrt hierher denken können, spätestens auf dem Schiff, wo er zwölf Stunden lang den Elementen trotzte, als wollte er sehen, wer länger durchhält.

Doch Jean-Jacques weiß, warum er weg will. Aber er kann Hume nicht alles sagen. Allein dass in Humes Haus ein Sohn von Doktor Tronchin, dem Freund Voltaires, wohnt, kann kein Zufall sein, ganz im Gegenteil. Jean-Jacques ist überzeugt, dass er ein Spitzel ist.

Und warum hat Hume, der von Jean-Jacques bislang noch kein einziges Mal um einen einzigen Sou angebettelt worden ist, Thérèse unter dem Siegel der Verschwiegenheit gefragt, ob Geld vorhanden sei? Und warum bietet Hume ihm ständig an, seine Briefe zur Post zu bringen? Und warum steht in einer Londoner Zeitung, die ihn willkommen heißt, er sei der Sohn eines Musikalienhändlers? Warum diese Verleumdung? Und warum protestiert Hume nicht sofort dagegen und veröffentlicht eine Richtigstellung? Jean-Jacques selbst kann schließlich nichts unternehmen, ihm fehlt im wahrsten Sinne des Wortes die Sprache.

Nicht weniger lästig sind die ständigen Einladungen. Alle wissen, dass er hier ist. Jean-Jacques wäre es lieber, es wüsste keiner. Auch Madame Levasseur wird ausdrücklich aufgefordert, überallhin mitzukommen. Dabei versteht Thérèse hier noch weniger als er. Sie würde nur herumsitzen, nicken oder dumm umherstieren und ihn ständig drängen, endlich aufzubrechen. Hume, dessen Französisch nicht das beste ist, müsste Tag und Nacht den Dolmetscher spielen. In Paris hatten sich alle an Thérèse gewöhnt, auch solche, die sie nicht mochten.

Er bettelt Hume an, allen zu erzählen, sie beide seien schwer krank.

Erneut schreibt Hume einen Brief nach Paris. Es sei seltsam, dass er kein Geld annehme, obwohl er offenbar keines besitze. Mit aller diplomatischen Vorsicht fragt er Madame de Boufflers, ob sein Gast vielleicht nur den Mittellosen spiele und es im Hintergrund ein Vermögen gebe. Und was es mit diesem armenischen Kaftan auf sich habe. Und was mit dieser Unduldsamkeit. Er wolle sofort aufs Land und keine Stunde länger in London bleiben. Was er, Hume, beim besten Willen nicht begreifen könne. Aufs Land hinaus, wo man sich selbst als Einheimischer verloren vorkomme.

Immer öfter bekommt Jean-Jacques Wutanfälle. Aus heiterem Himmel. Man weiß nicht, warum. Mal schreit er die Köchin an, mal das Kammermädchen, mal den Gemüsehändler. Manchmal schreit er auch Hume an.

Um sich auszusprechen, sitzen die beiden sich eines Abends in mächtigen Sesseln vor einem Kamin gegenüber, in dem das vor sich hin glimmende Holz knistert. Sie sitzen da und schauen sich manchmal an, mal gleichzeitig, mal der eine den anderen. Wie nur anfangen?, scheint sich jeder von ihnen zu fragen. Nach einer Weile starren die beiden nur noch ins Feuer. Bis Hume dann wieder Jean-Jacques anschaut und Jean-Jacques auch ihn wieder anblickt. Wie man anfangen könnte, scheint immer noch keiner zu wissen. Nur hat Jean-Jacques zunehmend den Eindruck, dass Hume im Grunde gar nicht mit ihm reden, sondern ihn mit seinem Blick nur verunsichern will. Was bedeutet, dass er ihn genauso anstarren muss, wie Hume ihn anstarrt. Was ihm aber nicht gelingen will. Es ist, als fixierte Hume ihn so seelen- und gnadenlos, dass sein Blick überhaupt nichts Menschliches mehr an sich hat. Und das Erschreckendste ist, dass er dabei sogar kein einziges Mal blinzeln muss. Er starrt, als hätten seine Augen überhaupt keine Lider. Hume, den alle den guten David nennen, ist in Wirklichkeit ein Monster. Woher bloß, fragt Jean-Jacques sich, nimmt ein Mensch solche Augen? Woher diesen Blick, der in seiner mörderischen Ruhe etwas immer Höhnischeres bekommt? Der richtiggehend zu brennen anfängt und dem kein Mensch standhalten kann? Der gute Hume, dem niemand etwas Böses zutraut und der wie ein dummer Bauer aussieht, trägt in Wirklichkeit den Teufel in sich.

Nach einer Stunde kann Jean-Jacques nicht mehr. Er stürzt ins Zimmer nebenan und fängt an zu heulen. Hume, der sein fürchterliches Schluchzen hören kann, bleibt seelenruhig in seinem Sessel vor dem glimmenden Feuer sitzen. Selbst als das Schluchzen immer schlimmer wird, sieht Hume nicht nach ihm, weshalb Jean-Jacques mit aufgelöstem Gesicht auf einmal wieder zu ihm hereinrennt, ihn küsst und an sich drückt, so sehr, dass der arme David gar nicht weiß, was er machen soll, und ihm nur ein paar Mal hilflos auf die Schulter klopft, Jean-Jacques ihn aber deshalb noch lange nicht aus seiner Umklammerung befreit, sondern immer schwerer auf ihm liegt, auf diesem dicken Leib, der in seiner erschreckenden Fettheit fast etwas Mütterliches besitzt.

Verzeih mir, verzeih mir, es tut mir leid, dass ich dich so verdächtigt habe, fleht Jean-Jacques ihn an. Ich liebe dich, du bist mein einziger Freund!

Der gute David weiß immer weniger, was er machen soll, und klopft Jean-Jacques deshalb noch ein paar Mal auf die Schulter.

Jean-Jacques kann nicht zu weinen aufhören und krallt seine Finger in Humes schwartiges Fleisch.

Weil der so Bedrängte aber immer noch nichts sagt, lässt Jean-Jacques mit einem von Tränen aufgelösten Gesicht schließlich von ihm ab und verabschiedet sich. Er ist sich jetzt sicher, dass sein Argwohn gegenüber diesem Mann mehr als berechtigt ist.

Hat er ihm nicht erst gestern über die Schulter geschaut, während Jean-Jacques einen Brief schrieb? Und wollte er nicht diesen Brief eigenhändig zur Post bringen? Um das Siegel zu erbrechen und ihn lesen zu können! Hat er ihn nicht seit ihrer ersten Begegnung in Paris seltsam angeschaut, mit einem kaum merklichen und doch spürbaren Spott in den Augen? Mit jeder Stunde mehr häufen sich die Beweise. Hume, so steht fest, steckt mit der Holbach-Clique unter einer Decke.

Jean-Jacques verzeiht sich nicht, dass er immer so gutmütig ist.

Hume schreibt wieder einen Brief nach Paris. Man kann mit dieser Frau nirgends hingehen, heißt es da. Mit Jean-Jacques allein wäre alles viel einfacher. Allenfalls auffällig sei an ihm der Hang, den besten Freunden die schlimmsten Absichten zu unterstellen. Doch ansonsten wirke er durchaus ausgeglichen. Wäre nur diese Frau nicht, mit der er sich selbst und allen anderen das Leben schwermache. Ein Wesen, mit dem man kein Wort reden könne, außer wenn man den Dummen spiele.

Was mich angeht, schließt Hume den Brief, so verbringe ich mein Leben in seiner Gesellschaft, ohne dass auch nur das geringste Wölkchen zwischen uns am Himmel erscheint.

Weil Jean-Jacques nach wie vor kaum einen richtigen englischen Satz zustande bringt, auf fremde Hilfe aber trotzdem nicht mehr angewiesen sein will, bringt Hume ihn bei einem französischen Gärtner unter. Dort ist ihm jedoch das Zimmer zu eng. Im Übrigen hat Jean-Jacques etwas anderes verlangt, nämlich eine Bleibe auf dem Land. Ein Bauernhaus in Wales ist im Gespräch, eine Idee, die Jean-Jacques sofort gefällt, nur dass das Haus im Augenblick noch nicht frei ist. In einem anderen Fall scheitert es daran, dass dort die Bediensteten keinen Zutritt zur Tafel der Herrschaft haben, was bedeuten würde, dass Thérèse, die als Haushälterin gilt, mit den Knechten zu Tisch sitzen müsste. Auf die Isle of Wight wiederum will Jean-Jacques nicht, weil es ihm dort zu viele Menschen und zu wenige Bäume gibt.

Man schlägt ihm etwas vor, das nach Gallien klingt. Gälisch, heißt es, würden die Leute dort reden. Thérèse freut sich schon. Hume sagt: Dort versteht man kein Wort, nicht einmal als Engländer. Jean-Jacques will wissen, ob man auch eine Insel für sich allein haben kann.

Alle wollen es ihm recht machen, und alle machen alles falsch. Die einen wollen ihn dahin, die andern dorthin verschicken. Wenn ich selbst aber eine Entscheidung treffe, schreibt er an DuPeyrou, verschwören sie sich alle wieder gegen mich und wollen, dass ich genau das mache, was ich nicht will.

Schließlich zieht er bei einem Lebensmittelhändler ein, direkt an der Themse.

Weil Hume sich nach wie vor fragt, wovon Jean-Jacques eigentlich lebt, versucht er ihm beim König eine Leibrente zu verschaffen. Als Jean-Jacques davon erfährt, empört sich in ihm alles, wie damals, als Holbach meinte, ihm fünfzig Flaschen Bordeaux spendieren zu müssen. Kaum ist er durchs Meer vor den alten Verfolgern geschützt, geht es schon wieder los mit solchen Almosen, hinter denen sich ganz andere Dinge als nur wohltätige Absichten verbergen.

Warum denn will Hume ihn mit aller Gewalt davon abhalten, sich in der Ödnis zu verkriechen, wie er es nennt? Doch nur, um umstandslos sein böses Werk fortsetzen zu können. Immer mehr bricht hinter seinem schwammigen Gesicht die teuflische Fratze hervor. Bei anderen lässt sie sich viel leichter erkennen. Mit Hume dagegen möchte man so lange, bis man es besser weiß, schon deshalb Mitleid haben, weil er wie ein groteskes Schwein aussieht, das sich als Mensch kostümiert.

Jean-Jacques will endlich an einen Ort, wo ihn keiner mehr kennt, wo er mit keinem mehr reden muss und wo es meilenweit kein Theater gibt. Am besten an einen Ort, wo man auf den Klippen nach Frankreich hinüberblickt, damit einem die Sehnsucht bleibt und auch die Abscheu. Täglich den Feind im Blick.

Nach vier langen Wochen, die nicht vergehen wollten, kann Hume den beiden verkünden: Es ist so weit. Im Abseits eines Städtchens namens Wootton auf halber Strecke nach Schottland besitzt ein gewisser Mister Davenport ein Anwesen, in dem genügend Platz für sie ist.

Am Abend vor dem Aufbruch kommt man nochmals mit Hume zusammen, der den beiden als Erstes mitteilt, dass es sich bei der morgigen Postkutsche zufällig um eine Leerfahrt handelt und deshalb keinerlei Reisekosten anfallen.

Jean-Jacques verstummt. Hume dachte, er würde sich freuen. Doch er wird bleich und schweigt. Vom Wein, der auf dem Tisch steht, nimmt er keinen Schluck, von den Würsten keinen Bissen. Hume versucht es noch mit einer unverfänglichen Frage nach dem Wohlbefinden, was er aber nicht einmal mehr zu hören scheint. Das Einzige, was die nun lang anhaltende Stille nicht völlig totenstill macht, ist Humes gelegentliches Kauen, Schlucken und leises Schmatzen. So beklemmend die Situation ist, so wenig will er es sich entgehen lassen, von dem Vesper zu kosten. Thérèse schaut sich immer wieder um, als wartete sie auf etwas.

Lügen Sie mich nicht immer an!, schreit Jean-Jacques Hume auf einmal an. Dass eine leere Postkutsche ausgerechnet morgen von London aus in den hintersten Winkel des Landes fahren soll, dorthin, wo so gut wie nie ein Mensch hin will, glauben Sie doch selbst nicht! Ich weiß längst, wer Sie sind. Glauben Sie bloß nicht, ich hätte in dieser Nacht nicht gehört, was Sie gesagt haben.

Wieder stürzt er ins Zimmer nebenan und schließt sich ein.

Hume weiß nicht, was er sagen soll. Thérèse schaut zu Boden.

Nach einer Weile öffnet sich die Tür, Jean-Jacques kommt zurück, wirft sich Hume um den Hals, fängt an zu heulen und wimmert: Verzeihen Sie mir, verzeihen Sie! Ich liebe Sie so sehr.

Hume gibt zu, dass der Kutscher von seinem neuen Gastgeber, Mister Davenport, bezahlt wurde, um Jean-Jacques ohne alles Aufsehen einen Gefallen zu tun.

Jean-Jacques scheint mit sich zu ringen, ob er wieder schreien oder einfach ruhig bleiben soll. Er nimmt Thérèse bei der Hand und sagt im Hinausgehen vor sich hin: Nicht mit mir.

Von Hume geht erneut ein Brief nach Paris. Er klingt anders als alle bisherigen. Madame de Boufflers liest ihn wieder im Hause Holbach vor.

Holbach sagt diesmal: Jetzt weiß er es auch.

An Hume schreibt er zurück: Jeder Mensch sucht, was ihm guttut, nur Jean-Jacques sucht, was ihm nicht guttut. Er giert nach allem, was einen nicht glücklich macht: Streit, Ungeselligkeit, Mittellosigkeit. Und die Welt soll dann dafür büßen.

Wootton ist ein Städtchen mit Backsteinhäusern, einem Fluss und rundum saftigen Wiesen. An DuPeyrou schreibt Jean-Jacques: Das neue Heim steht an einem Hügel, ein allein stehendes Haus mit Terrasse, von der aus man auf stattliche Gehöfte und prächtige Häuser blickt.

Er verschweigt, dass es sich um ein Schloss mit mächtigen Türmen und einem Dutzend Kaminen handelt.

Wieder könnte es ein Paradies sein. Wenn nur die Leute nicht wären. Und wenn es nicht so kalt wäre. Mitten im Frühjahr. Und wenn die Landschaft nicht so eintönig wäre. Trotz der vielen Wiesen. Oder gerade ihretwegen. Und wenn das Gemüse nach ein bisschen mehr schmecken würde. So wie in Frankreich und daheim in der Schweiz. Genauso wie die Hasen und Rehe. Ganz abgesehen davon, dass die Geschichte mit der Postkutsche weiterhin suspekt bleibt. Weshalb Jean-Jacques Hume nochmals einen Brief schreibt. Die Sache werde ein Nachspiel haben. Es könne auch kein Zufall sein, dass der Kutscher betrunken gewesen sei.

Zu all seinem Überdruss trifft in Wootton auch noch ein Brief aus Neuchâtel ein, in dem DuPeyrou beiläufig bemerkt, er werde jetzt etwas von Voltaire veröffentlichen. Jean-Jacques schreibt ihm zurück: Entweder er oder ich.

Es erreicht ihn noch ein weiterer Brief, und zwar von Friedrich dem Großen. Er lautet:

Mein lieber Jean-Jacques,
Sie wandten sich von Ihrer Heimat Genf ab; Sie ließen sich aus der Schweiz hinausjagen, aus einem Land, das Sie in Ihren Schriften so gepriesen haben. In Frankreich werden Sie gesucht. Kommen Sie also zu mir. Ich bewundere Ihre Talente und vergnüge mich an Ihren Träumereien, denen Sie sich, ganz nebenbei gesagt, schon viel zu lange und viel zu sehr hingeben. Irgendwann muss man doch weise und glücklich werden. Sie haben mit Ihren Sonderbarkeiten viel von sich reden gemacht, was einem wahrhaft großen Mann nicht ansteht. Beweisen Sie Ihren Feinden, dass Sie manchmal auch Verstand annehmen können. Das wird sie ärgern, und Ihnen schadet es nicht. Mein Land bietet Ihnen einen friedlichen Rückzugsort. Ich wünsche mir für Sie das Beste und möchte Ihnen helfen, vorausgesetzt, Sie sind damit einverstanden. Lehnen Sie jedoch meine Hilfe beharrlich ab, so seien Sie versichert, dass ich keinem etwas davon erzähle. Sollten Sie darauf bestehen, immer neues Unheil zu suchen, so haben Sie freie Wahl. Ich bin König und kann Ihnen so viel Unglück antun, wie Sie nur wünschen. Doch ich werde aufhören, Sie zu verfolgen, wenn Sie damit aufhören, Ihren Ruhm im Verfolgtwerden zu erblicken.

Ihr guter Freund Friedrich.

In London und Paris machte das Machwerk bereits die Runde. Jean-Jacques ist einer der Letzten, der es zu Gesicht bekommt. Inzwischen kann man es sogar schon in den Zeitungen lesen. Auf Französisch und Englisch. Wer dahintersteckt, muss man sich nicht fragen. Voltaire. Holbach. Hume selbst. Ein Netz, das sich über ganz Europa spannt.

Dass Hume ihm auf schnellstem Weg in einem Brief meint beteuern zu müssen, nicht das Geringste damit zu tun zu haben, sagt alles. Dass er als dessen Verfasser auch noch einen Namen nennt, von dem Jean-Jacques noch nie etwas gehört hat, zeigt nur, dass er dümmer ist, als man glauben möchte. Als ließe sich das alles auf eine literarische Klatschtante und Gesellschaftshyäne namens Horace Walpole, den missratenen Sohn des ersten englischen Premierministers, abwälzen, der vermutlich eine reine Erfindung ist. Jean-Jacques kann nur staunen, zu welch absurden Lügen man inzwischen greift.

Er setzt ein Schreiben an all jene Zeitungen auf, die den Brief abgedruckt haben: Sie lassen sich für die finstersten Pläne einspannen!

Was Spötter nur umso mehr reizt, weitere fingierte Briefe zu veröffentlichen. Fast jeden Tag erscheint ein neuer.

In Wootton treffen neuerdings aber auch immer wieder allerfreundlichste Briefe von James Boswell an den verehrten Herrn Philosophen ein. Thérèses Andeutungen genügen Jean-Jacques, um keinen einzigen zu beantworten. Als Boswell schließlich über die ausbleibende Post klagt, lässt Jean-Jacques ihm noch ein einziges Mal ein paar Zeilen zukommen.

Ihre Briefe, mein Herr, kann ich nur schwer verstehen, schreibt er. Doch ich danke Ihnen für das Interesse, das Sie an meiner und Mademoiselle Levasseurs Gesundheit bezeugen. Erlauben Sie mir, dass ich Ihnen empfehle, sich auch um Ihre Gesundheit zu sorgen und von Zeit zu Zeit einen Aderlass machen zu lassen; ich glaube, es kann Ihnen nicht schaden.

Weitere Briefe von Boswell treffen nicht mehr ein. Jean-Jacques sieht ihn vor sich, wie er panisch geworden ist und seinen Unterleib nach Geschwüren absucht.

Von Tag zu Tag wird Jean-Jacques seine Bleibe unheimlicher. Dass hier niemand seine Sprache spricht, gehört auch zum Komplott. Manche könnten es sicherlich, dürfen es aber nicht. Und er ist sich sicher, dass sie allmählich vergiftet werden. Selbst Thérèse hat dieses Gefühl.

Dreimal täglich mischt ihnen Davenports über neunzigjährige Amme Asche ins Essen. Ständig schleicht sie in der Küche herum. Lässt Thérèse beim Kochen keinen Augenblick aus den Augen. Kehrt man ihr für einen Moment den Rücken zu, schüttet sie sofort etwas in die Töpfe. Inzwischen strengt sie sich nicht einmal mehr an, die Asche in der Bratensoße gut zu verrühren.

Noch nie im Leben war Thérèse krank. Hier fühlt sie sich auf einmal sterbensmüde. Sie müssen fliehen, so schnell wie möglich. Der letzte Beweis ist ein Brief von DuPeyrou, der geöffnet wurde. Jean-Jacques schreibt ihm zurück, man könne nicht einmal mehr Davenport trauen. Ihm vermutlich am allerwenigsten. Er sei viel zu zuvorkommend, viel zu eilfertig, viel zu korrekt. Dahinter stecke eine geheimnisvolle englische Kälte. Außerdem sei er ein Freund von Hume. Und er treibe seine Amme dazu an, ihnen im wahrsten Sinne des Wortes das Leben zu vergiften.

Eines frühen Morgens sitzen Thérèse und Jean-Jacques wieder in einer Kutsche. Sie haben keinem etwas davon gesagt. Von unterwegs lässt Jean-Jacques Davenport einen Brief zukommen. Mich schmerzt der Gedanke, klagt er ihm, dass ich einen so liebenswürdigen Gastgeber nicht zu meinem Freund machen konnte. Ich ziehe jede andere Gefangenschaft jener abscheulichen vor, in der ich leben musste und die, was immer auch kommen mag, nicht andauern konnte.

Seinen armenischen Kaftan lässt er im Koffer, um auf der

Flucht nicht erkannt zu werden. Er trägt jetzt ein Gewand, wie man es überall sieht.

Als er mit Thérèse auf seiner Irrfahrt in der kleinen östlichen Hafenstadt Boston anlangt und erfährt, dass von hier aus kein Schiff nach Frankreich geht, ist für ihn klar, dass in ganz England der Verkehr über den Kanal lahmgelegt worden ist, um ihn doch noch zu erwischen.

In Boston erklärt man ihm, er müsse nach Dover in den Süden, dort gingen jeden Tag ein paar Schiffe.

Doch er will sich nicht zum Narren halten lassen. Es ist eine Falle. Wenn die ganze Welt hinter ihm her ist, kann nicht ausgerechnet Dover ihm ein Schlupfloch bieten. Ganze Kohorten werden ihn dort erwarten.

Also bleibt nur die Weiterfahrt landeinwärts, wo ihn keiner erwartet. Da die gesamte englische Küste bis Schottland hinauf und von dort auf der anderen Seite wieder in den Süden hinab überwacht wird, kann er nur hoffen, dass ihn abseits aller Hauptstraßen mitten auf dem Land noch niemand sucht und in den winzigen Dörfern dort noch niemand kennt.

An DuPeyrou, der ihm in seinem letzten Brief versprochen hat, es sich noch einmal zu überlegen, ob er etwas von Voltaire veröffentlicht, schreibt Jean-Jacques in diesen Tagen: Meine Zeit wird kommen. Noch lässt Gott alle Qualen zu, die ein Mensch leiden kann. Ich muss mich in seinen Willen ergeben. Die Vorsehung ist unerforschlich, doch die Verschwörung gegen mich ist Teil von ihr. Auch Jesus musste sterben, weil er sein nichtswürdiges Volk erleuchten und zur Tugend führen wollte.

Als die beiden nach zwei Wochen auf allerlei Umwegen Dover erreichen, steht dort in der Zeitung, der Philosoph Rousseau habe England wieder verlassen. Jean-Jacques ist überzeugt davon, dass nur Davenport diese Nachricht in die Welt gesetzt haben kann. Sofort lässt er ihm einen Brief zukommen, in dem es heißt: Eine Freundschaft bringt Verpflichtungen mit sich, auch wenn sie nie zustande gekommen ist.

Doch er muss entdecken, dass andere Zeitungen noch weit Schlimmeres behaupten. Er habe die Gastfreundschaft seines Beschützers David Hume aufs undankbarste missbraucht und alle, die ihm Gutes taten und Gutes tun wollten, mit übler Nachrede beleidigt.

Jean-Jacques geht zur Polizei und erklärt, man wolle ihn ermorden. Allerdings sei er zu berühmt, als dass man sein Verschwinden vertuschen könne. Lasse man ihn laufen, so verspricht er der Polizei, werde er seine Memoiren nicht veröffentlichen.

Die Polizisten begreifen nicht, wovon der Mann spricht. Als sie ihn sprachlos anstarren, weiß er, dass auch sie zur Verschwörung gehören.

In Dover kann das Schiff wegen eines Sturms nicht auslaufen. Jean-Jacques will in einer Kajüte warten. Er glaubt, sich dort am besten verstecken zu können. Doch es wird ihm verboten. Er geht in den nächstbesten Gasthof, bekommt einen Petersiliensalat vorgesetzt, hält ihn für Gift, stürzt wieder hinaus, rennt einen Hügel hinauf, breitet im peitschenden Regen die Arme aus und predigt übers Meer hinweg. Man sieht ihn fuchteln und brüllen, ohne ein Wort zu verstehen.

Hume bekommt die Nachricht, Jean-Jacques sei wahnsinnig geworden.

Er schreibt nach Paris: Wahnsinnig ist Jean-Jacques gewiss nicht. Er konnte nur nicht ertragen, dass man ihn in England weder verfolgt noch ihm zu Füßen liegt. Deshalb hat er das Land wieder verlassen. Er musste sich diesen Unfug ausdenken, weil er keinen anderen Vorwand hatte. Er ist schrullig, überspannt, arglistig, eitel und rastlos. Ein kleiner Irrsinn mag mitspielen, gekoppelt mit Redegewandtheit, Erfindungsgabe, Verlogenheit und Undankbarkeit. Im Übrigen ist er erstaunlich unbelesen. Er kennt fast nichts. Sein Wissen ist erbärmlich. Kein Wunder, dass er auf dem Land leben und mit keinem etwas zu tun haben will. Er behauptet dies, behauptet jenes, hat eine blühende Fantasie, fragt sich aber nie, mit welchem Recht man dies und jenes einfach behaupten kann. Sein Gefühl genügt ihm.

XI

Auf der Überfahrt von Dover nach Calais bastelt Jean-Jacques wieder an einem neuen Namen herum. Er beschließt, dass Thérèse ab jetzt seine Schwester ist und sie beide Renou heißen.

Als Unbekannte werden sie von nun an in der Picardie auf Schloss Trie wohnen, das Prinz Conti gehört, der ihm rät, keine einzige Zeile mehr zu schreiben, sich nirgends mehr zu zeigen, sich so wie alle Leute zu kleiden und den Kaftan samt Kopfbedeckung für immer verschwinden zu lassen. Nun könne er sich endlich, so wie er es immer schon gewollt habe, ganz und gar der Natur widmen, lässt der Prinz grüßen. Da Jean-Jacques nach Paris und in die Schweiz nicht mehr zurückkann, ist er auf seine Hilfe angewiesen und will deshalb vergessen, dass Madame de Boufflers und Prinz Conti vor noch nicht allzu langer Zeit in seinen Schränken gewühlt haben.

Eigentlich wäre Jean-Jacques lieber nach Zypern oder Griechenland oder selbst nach Amerika gegangen, wohin Europa seine Huren und Verbrecher verbannt. Doch Madame de Boufflers hat, bevor er überhaupt einen Gedanken fassen konnte, alles arrangiert und dafür gesorgt, dass außer der Welt der Salons so gut wie niemand erfährt, wo Jean-Jacques jetzt mit seiner Mätresse hingeht. Gegenüber den Mägden und Knechten, die für die beiden nun sorgen sollen, wurde nichts über ihre wahre Identität angedeutet oder, richtiger gesagt, gerade so viel, dass sie erst auf den Gedanken kommen mussten, es könnte mit diesen zweien etwas nicht stimmen.

Durch schnurgerade Alleen geht es an endlosen Kornfeldern und Wiesen mit Mühlen und Schafherden vorbei, durch ein Land, das keine Berge und nicht einmal richtige Hügel kennt. Bei allem Glück der Einsamkeit, fürchtet Jean-Jacques, könnte man sich hier vielleicht doch ein bisschen zu verloren fühlen. So traulich die Namen der Winkel und Weiler auch klingen, und so beflissen der Kutscher immer wieder erklärt, dass man gerade durch den Rosentann oder das Tal der Heringe fährt, so wenig will Jean-Jacques sich vorstellen müssen, hier einmal zu sterben. Thérèse fragt schon gar nicht mehr, wohin es geht. Sie will nur endlich wieder einmal in einer Kammer schlafen, die sie nicht gleich am nächsten Morgen verlassen muss.

Auf Schloss Trie geht es jedoch weit weniger ruhig zu, als Jean-Jacques auf der Fahrt hierher vermutet hat. An jeder Ecke lungert eine Köchin oder Spülmagd, ein Kammermädchen, Stallknecht oder Laufbursche herum, und von ihnen allen fühlt er sich von Anfang an beobachtet. Um vor ihren Blicken zu fliehen, streift er schon in der Früh in die Wiesen und Wälder hinaus. Abends sitzt er im Dorfwirtshaus, wo nach ein paar Tagen ein Gendarm auftaucht und von ihm wissen will, wer er ist. Er behauptet, ein Onkel von Prinz Conti zu sein und auf dem Schloss nach dem Rechten zu schauen. Kurz darauf kommt für ihn ein Brief aus Paris mit der Bitte, sich weniger auffällig zu verhalten und den Kaftan endlich zu Hause zu lassen.

Ins Wirtshaus geht er von da an nicht mehr, sondern nur noch angeln. Am Abend kommt er meistens mit ein paar

Fischen zurück und muss sich von Thérèse die immer gleichen Klagen anhören. Sie weiß genauso wenig wie in England, was sie hier den ganzen Tag mit sich anfangen soll. Die Mägde und Knechte gafften ihr ständig hinterher, behauptet sie, und auch Jean-Jacques ist überzeugt, dass Prinz Conti sie durch diese Leute überwachen lässt. Wenn er von seinen Wanderungen mit Gräsern und Blumen heimkehrt, fängt sofort das Gemauschel an. Eines dieser Weiber wollte ihm sogar eines Tages das Fischen verbieten. Die Teiche hier in der Gegend gehörten nicht ihm, wies sie ihn zurecht, als er mit zwei, drei Forellen heimkam. Auch kann es kein Zufall sein, dass der Prinz einen neuen Verwalter bestellt hat. Einen Mann, der ständig wissen will, was man für ihn tun kann, morgens, mittags, abends und sogar nachts, wenn Jean-Jacques beim Kerzenschein an seinen Notizen sitzt und er ihm unter dem Vorwand, noch einen Schluck Wein bringen zu wollen, hinterherspioniert. Seit er im Haus ist, flüstern Jean-Jacques und Thérèse nur noch miteinander, selbst im Bett. Wenn Thérèse sich immer wieder fragt, warum Prinz Conti eigentlich so genau wissen will, was sie beide hier draußen auf verlorener Flur treiben, obwohl ihm bestens bekannt ist, dass sie weder Geschwister sind noch Renou heißen, muss ihr Jean-Jacques stets von neuem erklären, dass es überhaupt nicht darum geht, etwas über sie beide herauszufinden, sondern darum, ihn in den Wahnsinn zu treiben.

Und deshalb schickt er DuPeyrou einen Brief, in dem er ihn wissen lässt, dass hier alle hinter ihm her sind. DuPeyrou schreibt zurück: Ertragen Sie die Schmach und verhalten Sie sich unauffällig, damit die Leute nicht auch noch überall herumschreien, man könne es mit Ihnen nicht aushalten.

Ein paar Tage lang versuchen Thérèse und Jean-Jacques

zum Gesinde besonders nett zu sein. Jean-Jacques fängt an, sich bei allen nach ihrer Verwandtschaft zu erkundigen, und will wissen, ob sie mit ihrer Arbeit zufrieden sind. Was die Sache überhaupt nicht besser macht. Man schüttelt über ihn jetzt ganz offen den Kopf.

Eines Abends schreit Jean-Jacques über den Hof, er wisse ganz genau, was hier los sei.

Mit der Begründung, so könne es nicht weitergehen, bringt der neue Verwalter die beiden in einem Gebäude außerhalb des Schlosses unter und legt ihnen nahe, sich nur noch auf engstem Raum um das Haus herum zu bewegen.

Jean-Jacques schreibt dem Prinzen: Man hält mich wie einen Gefangenen. Auch verweigert mir der neue Verwalter Obst und Gemüse. Ich bin hier draußen der einzige Ehrenmann unter lauter Lumpen.

Der Prinz schreibt zurück: Sie täuschen sich, wenn Sie hinter den Dummheiten der Bauern und Knechte etwas anderes als nur Dummheiten vermuten.

Daraufhin schreibt Jean-Jacques nochmals an seinen Freund DuPeyrou nach Neuchâtel: Alle halten mich für blind, dabei bin ich der Einzige, dem nichts entgeht. Ich werde ihnen allen ihre Masken herunterreißen. Allen voran dem Prinzen.

DuPeyrou macht sich sofort auf den Weg in die Picardie.

Wenige Tage nach seiner Ankunft krümmt DuPeyrou sich vor Schmerzen und kann kaum noch gehen. Im Gesicht hat er rote Flecken, die Füße sind geschwollen und wollen kaum noch in die Schuhe passen, der Bauch fühlt sich an, als könnte er jederzeit platzen, die Hitze in seinem Leib scheint ihm die Luft abzuschnüren. Jean-Jacques diagnostiziert Gicht und verordnet ihm Kräutertees und selbstgemachte Tinkturen. Doch DuPeyrou geht es jeden Tag schlechter. Nach einer Woche holt man den Doktor, der den Verdacht äußert, dass Gift im Spiel ist. Jean-Jacques lässt seine Tinkturen und Kräutermischungen sofort verschwinden. DuPeyrou rührt von dem, was er ihm ans Bett bringt, nichts mehr an. Keinen Tee, keinen Apfel, kein gar nichts. Jean-Jacques verfasst ein Schreiben an Prinz Conti, in dem er ihm den Verlauf der Krankheit schildert, aber seine selbstgebrauten Mittelchen verschweigt. Nach einer langwierigen Rekonvaleszenz reist DuPeyrou wieder ab.

Bald darauf stirbt der neue Verwalter. Und wieder geht das Gerücht um, Monsieur Renou habe ihn vergiftet. Erneut verfasst Jean-Jacques ein Memorandum für Prinz Conti, in dem es heißt: Seit seinem ersten Tag auf Schloss Trie hatte Ihr Verwalter nichts anderes zu tun, als zu klagen. Er redete von nichts anderem als davon, sich aus dem Fenster werfen oder aufhängen zu wollen. Ich ließ ihm zwei verschlossene und mit Stroh umflochtene Flaschen Burgunder zukommen, zusammen mit einem Glas selbstgemachter Berberitzenmarmelade, von der ich zwei besaß und eines für mich behielt. Obwohl ich ihm riet, von diesem Wein nur gelegentlich einen winzigen Schluck zur Stärkung zu trinken, goss er ihn in sich hinein wie andere Leute Wasser. Ich selbst habe ebenfalls davon getrunken und auch von meiner Berberitzenmarmelade gekostet und lebe immer noch.

Noch am selben Tag packt Jean-Jacques seine Sachen, übergibt Thérèse der Obhut des dortigen Abts und besteigt eine Kutsche. Hat er eine neue Bleibe gefunden, wird er Thérèse wieder zu sich holen. Weil man ihn aus den größeren Städten sofort verscheuchen könnte, zieht er Richtung Savoyen.

Noch eine knappe Tagesreise von Mama entfernt, mietet er sich zwischen Lyon und Grenoble in einer Herberge eines kleinen Dorfes ein. Dass Monsieur Renou noch einen anderen Namen besitzt, weiß man dort sofort. Der Gemeinderat ist stolz, einen so berühmten Mann bei sich begrüßen zu dürfen, und lädt ihn an Mariä Himmelfahrt als Ehrengast zum alljährlichen Gemeinderatsfestessen ein.

Während Jean-Jacques inmitten der fröhlichen Runde sitzt, redet er so gut wie nichts, isst auch fast nichts und lacht bei keinem einzigen Witz. Als schließlich sein Tischnachbar zu ihm sagt: Ich habe all Ihre Werke gelesen, steht Jean-Jacques auf und weist ihn im Gehen zurecht: Kümmern Sie sich um Ihren Acker!

Tags darauf klopft es an seiner Tür. Er kennt das Gesicht vom gestrigen Fest und schreit: Ich lasse mich nicht missbrauchen und habe Ihnen nichts zu sagen!

An Thérèse schreibt er: Die Leute rotten sich hier gegen mich zusammen, weil ich nicht zur Messe gehe. Ständig wollen sie mich mit ihren Gefälligkeiten hereinlegen. Selbst die Anständigsten erweisen sich als Schurken. Nach Genf können wir aber nicht, weil dort Voltaire sitzt. Doch ich raube ihm den Schlaf, weil er spürt, dass ich in der Nähe bin. Du musst jetzt kommen. Gib Dich aber nicht mehr als meine Schwester aus, sondern als ferne Verwandte.

Nachdem der Brief abgeschickt ist, schließt Jean-Jacques sich in seinem Zimmer ein und ritzt die Sätze in die Tür:

Die Schweizer hassen mich für alles,
was sie mir Böses getan haben.
Der Magistrat von Genf fühlt sein Unrecht und weiß,
dass ich ihm verzeihe,
wenn er wagt, es wiedergutzumachen.

Die Philosophen, denen ich die Maske heruntergerissen habe,
wollen mich um jeden Preis vernichten.
Weil sie meine Überlegenheit spüren,
rächen sich die gewitzten Köpfe mit ihren Beleidigungen an mir.
Das Volk, mein einstiges Idol, erblickt in mir nur noch eine
schlechtgekämmte Perücke und einen klapprigen Alten.
Die Frauen, die auf Grimm und d'Alembert hereingefallen sind,
verraten den Mann, der sie am meisten verdient hätte.
Die Lenker der Völker, die auf meinen Schultern stehen,
möchten mich zum Verschwinden bringen,
weil ich nicht lebe wie sie.
Die Schriftsteller schreiben von mir ab und beschimpfen mich;
die Gauner verfluchen mich, die Kanaille buht mich nieder.
Die anständigen Leute, so es noch welche gibt,
beklagen zutiefst mein Schicksal;
ich dagegen, ich preise es,
wenn es eines Tages die Sterblichen aufklärt.
Voltaire, dem ich den Schlaf raube,
wird über diese Zeilen seine Witze reißen.
Seine groben Beleidigungen sind mir eine Ehre,
die er mir zwanghaft und wider Willen erweist.

Als Thérèse eintrifft, begrüßt er sie dann doch als seine Schwester und stellt sie allen als Mademoiselle Renou vor. Ein paar Tage später lädt er den Bürgermeister und dessen Vetter, einen Artillerieoffizier, zum Essen in sein Gemach ein.

Nach der Suppe bittet er sie in feierlichem Ton, nun Zeugen des bedeutendsten Ereignisses seines Lebens zu sein. Er nimmt Thérèses Hand, preist die fünfundzwanzig Jahre ihres Zusammenseins selig und gibt bekannt, sie hier und jetzt, in diesem Augenblick, heiraten zu wollen. Die Gäste sind erstaunt. Inzest ist nicht erlaubt. Jean-Jacques rückt das Missverständnis zurecht und erklärt, sie sei nur sehr weitläufig mit ihm verwandt. Im Stehen geben sie sich das Ja-Wort. Jean-Jacques beendet die Zeremonie mit den Worten: In dieser heiligen Stunde ist meine Schwester meine Frau geworden. Nichts wird sich dadurch zwischen uns ändern. Wir sind unzertrennlich. Unsere Liebe wird so rein und geschwisterlich bleiben wie seit dreizehn Jahren.

Thérèse setzt sich wieder. Jean-Jacques hebt zu einer Rede an. Es geht um Freuden und Pflichten, Natur und Tugend, Frau und Mann, Gott und das Gewissen, das Reine und Wahre, aber auch um Milch und Speise und Seele und Ehre, querbeet durcheinander, in unendlichen Zusammenhängen, so sehr, dass der Bürgermeister und der Artillerieoffizier bald gar nichts mehr verstehen, jedoch Tränen über ihre Wangen kullern und sie sogar schluchzen. Etwas verwirrt schauen sie erst wieder drein, als Jean-Jacques auf einmal sagt: Fräulein Renou ist jetzt meine Schwester Sara geworden, und ich bin ihr Bruder Abraham. Würden alle Hochzeiten wie die unsere mit einer fünfundzwanzigjährigen Vorbereitung stattfinden, wären die Paare sehr viel vereinter miteinander. Mit einer Schwester schläft man nicht. Sich mit der Mutter zu vereinigen ist etwas ganz anderes. Die Mutter steht über dem Gesetz.

Jean-Jacques trinkt sehr viel an diesem Abend und gibt am Ende noch zwei Lieder zum Besten, die er eigens für diesen Anlass komponiert hat.

Drei Tage nach der Hochzeit erwischt Jean-Jacques während eines Spaziergangs Thérèse mit einem Mönch am Bach. Den Mönch spuckt er an, Thérèse nimmt er an die Hand und geht mit ihr in die Herberge zurück. Eine Stunde später verlassen sie den Ort, an dem sie Hochzeit gefeiert haben. Von nun an heißt Jean-Jacques wieder Rousseau und seine entfernte Verwandte wieder Levasseur. In Lyon steigen sie in einem Hotel ab. Beim abendlichen Gang durch die Stadt wird ihm ein Blatt in die Hand gedrückt, mit dem für eine Voltaire-Statue gesammelt wird. Am nächsten Morgen fahren sie weiter Richtung Paris.

In der Rue Platrière, wo die beiden schon einmal wohnten, richten sie sich in einer winzigen Wohnung ein. Jean-Jacques' Anwesenheit scheint hier inzwischen keinen mehr zu stören. In der Comédie Italienne hat er ab sofort freien Eintritt. Er spaziert durch den Bois de Boulogne, durch den Jardin du Luxembourg, über die Champs-Élysées. Die Leute schauen, laufen ihm immer noch nach und drängen sich in die Cafés, in denen er sitzt. Jeder erkennt ihn sofort an seinem Kaftan und der Pelzmütze. Als nach ein paar Wochen die Volksaufläufe bei seinem Erscheinen überhandnehmen, muss er sich auf Anordnung des Polizeipräfekten verpflichten, sich in der Öffentlichkeit nicht mehr in seiner armenischen Kostümierung zu zeigen.

Weder Diderot noch d'Alembert, noch Holbach und auch nicht Prinz Conti oder Madame d'Epinay fragen mehr nach ihm. Die Geschichte mit David Hume hat sich überall herumgesprochen, ebenso wie die Seltsamkeiten, die sich auf Schloss Trie ereignet haben. Jean-Jacques ist froh, mit all diesen Leuten nichts mehr zu tun haben zu müssen. Was er von ihnen hält und über sie denkt, werden sie früh genug aus den Memoiren erfahren, an denen er seit einiger Zeit schreibt. Und er sorgt dafür, dass auch alle erfahren, dass sie bald erscheinen.

Ansonsten kopiert er jetzt wieder Noten. Jeden Tag fünf, sechs Stunden. Und er hat einen neuen Freund gefunden.

Einen jungen Mann mit Namen Jean, der einfach bei ihm anzuklopfen wagte und der Dichter werden will. Jean hat alles von ihm gelesen. Er kann ihn sogar verbessern, wenn Jean-Jacques aus seinen eigenen Werken einzelne Sätze nicht richtig zitiert. Die beiden gehen jeden Tag miteinander spazieren, bei jedem Wind und Wetter. Und wenn sie heimkommen, hat Thérèse eine Suppe, selbstgemachte Pasteten oder sogar einen Braten auf dem Tisch stehen. Jean bringt immer eine Flasche Wein mit, einen ganz schlichten. Alles andere würde Jean-Jacques sich verbitten. Auch Thérèse scheint es zu genießen, mit Jean-Jacques nicht mehr ständig allein sein zu müssen.

Wenn Jean-Jacques abends aus seinen Memoiren vorliest, kann Jean es gar nicht fassen, wie hinterhältig diese ganze Pariser Gesellschaft ist, allen voran die Philosophen und adligen Damen, die unter dem Vorwand, sich den Künsten hinzugeben, jeden, der ihnen nicht passt, sofort vernichten. Für Jean, der noch viel vorhat, tun sich Abgründe auf. Doch er ist dankbar dafür, dass Jean-Jacques ihm die Augen öffnet. So ist er dagegen gewappnet, eigene Fehler zu begehen. Fehler, die Jean-Jacques begangen hat, obwohl es alles andere als Fehler waren. Fehler, die keine Fehler, sondern Tugenden sind. Man muss sich entscheiden, sagt Jean sich. Er hat das Gefühl, dass Entscheidungen glücklich machen.

Mit jedem Tag ist Jean stolzer darauf, Jean-Jacques' noch einziger Freund zu sein. Die Dinge, so sagt er sich, werden sich umso gnadenloser ins Gegenteil verkehren, je schneller die Welt erfährt, wie alles sich wirklich verhält. Er schlägt Jean-Jacques vor, die Welt lieber heute als morgen wissen zu lassen, wie sie ihn behandelt.

Jean-Jacques versucht ihm zu erklären, dass er mit der Welt abgeschlossen hat. Andererseits gibt er ihm recht. Man kann nicht nur auf die Nachwelt vertrauen. Im Grunde eilt es. Und zwar sehr. Weshalb Jean-Jacques seinen jungen Freund auf einmal sogar drängt, dafür zu sorgen, dass die Marquise von Créqui eine erlesene Zuhörerschaft zu sich einlädt, der er seine Lebensgeschichte vorträgt.

Mit der guten alten Marquise von Créqui gab es nie die geringste Missstimmung, obwohl Jean-Jacques sie seit seinen ersten Tagen in Paris kennt. Als er bei der Herzogin von Luxemburg auf dem Land lebte, schrieb er ihr: In der Stadt war ich ein Wilder, hier draußen in den Wäldern habe ich mich zivilisiert. Und als er ihr gleich nach seinem Erscheinen den *Emile* zukommen ließ, hatte die Marquise das Gefühl, als Mutter alles falsch gemacht zu haben. Allein die Tatsache, dass sie ihre Kinder gewickelt hat, schien sich im Nachhinein als Katastrophe zu entpuppen. Denn es steht im *Emile* geschrieben: In Ländern, wo Kinder gewickelt werden, hinken die Leute und bekommen Buckel, ganz zu schweigen von allen anderen Arten rachitischer Missbildungen. Zwar war davon bei ihren Töchtern und Söhnen wenig zu sehen, doch die Marquise musste von nun an fürchten, dass diese Verkrüppelungen noch in hohem Alter zutage treten. Trotz all dieser Schrecknisse macht sie aber immer den Eindruck, dass nichts sie erschüttern kann.

Jean-Jacques lässt ihr durch Jean einen Brief überbringen, in dem es heißt: Bei Ihnen soll die Welt zum ersten Mal die ganze Wahrheit über mich erfahren.

Eine Woche später sitzt Jean-Jacques an einem Tischchen mit vergoldeten Füßchen und blickt stumm wie eine Sphinx über die versammelte kleine Schar hinweg in endlose Fernen. Er hat einen gewaltigen Stapel mit Manuskripten vor sich liegen und trägt, wie schon seit Jahren nicht mehr, eine gepuderte

Perücke. In sieben Tagen will er alles hinter sich haben, vorausgesetzt, man macht zwischen den Lesungen keine längeren Pausen. Als die Glocken neun schlagen und auf den Straßen das tägliche Treiben einsetzt, lauten seine ersten Sätze: Ich allein kenne die Menschen. Ich bin nicht wie einer von denen geschaffen, die ich je gesehen habe. Ich kam fast sterbend zur Welt. Meine Geburt war mein erstes Unglück.

Die Lesung dauert, mit zwei kurzen Unterbrechungen, achtzehn Stunden. Als man um drei Uhr nachts auseinandergeht, verabredet man sich gleich wieder für den Morgen, um mit den Geschichten rund ums Onanieren und um andere Obsessionen zügig voranzukommen. Auch von der Hure Zulietta ist die Rede und ihrer nicht vorhandenen Warze, ebenso von Sophie, ohne die er nicht mehr leben zu können glaubte, und vor allem von den vielen Gräfinnen und Baronessen, in deren Schlössern und Gartenhäuschen er hauste und deren Arglist und Heimtücke ihn zutiefst zu zerrütten drohte. Und er verschweigt auch nicht jene fünf Kinder, die er ins Findelhaus stecken musste, weil Thérèse sie sonst zu Vatermördern erzogen hätte.

Einige Plätze bleiben bei der zweiten Lesung frei, weil nicht alle Damen die Vorstellung ertragen können, dass derselbe Mann, der vor ihnen mit einer gepuderten Perücke sitzt, Dinge getan hat, bei denen einem schlecht werden könnte. Manche haben die achtzehn Stunden nur dadurch ausgehalten, dass sie ständig an etwas Schöneres zu denken versuchten, andere waren nicht unglücklich darüber, immer wieder eingeschlafen zu sein, wieder anderen war es unmöglich, diesem Mann noch in die Augen zu schauen. Einzig die Gastgeberin, Marquise de Créqui, saß die ganze Zeit in ihrer ausladenden adligen Altdamenpracht so reglos in der ersten Reihe, als wäre sie mit ihrem Sessel verwachsen. Mit ihrem unermüdlich geradeaus gerichteten Blick und einem Gesicht, das wie einbalsamiert schien, wusste man nicht, ob sie vollkommend abwesend war oder wie kein anderer auf jedes Wort lauschte.

Am dritten Morgen, als die Runde nochmals kleiner geworden ist, führen gleich zu Beginn zwei Gendarmen Jean-Jacques ab und bringen ihn zu Thérèse nach Hause zurück. Madame d'Epinay hat bei der Polizeipräfektur erreicht, dass er seine Verleumdungen gegen sie und ganz Paris nicht auch noch öffentlich verbreiten darf. Sie schäme sich dafür, lässt sie verlautbaren, mit einem so widerlichen Tier jemals Umgang gehabt zu haben.

Mit seinem neuen Freund Jean verbringt Jean-Jacques die Tage wieder in den Tuilerien oder spaziert mit ihm die Champs-Élysées auf und ab, wo sie immer gleich eine ganze Prozession hinter sich herziehen. Jean ist der einzige Mensch, mit dem Jean-Jacques noch reden kann. Selten hat man zwischen zwei Menschen so viel Einverständnis erlebt.

Eines Tages bringt Jean eine erste Probe seines schriftstellerischen Könnens mit, die er Jean-Jacques vorlesen will. Ihr Titel: Porträt eines Schurken.

Jean-Jacques fragt erstaunt: Gibt es denn keine anderen Gegenstände auf der Welt?

Das Theater ist voll davon, rechtfertigt sich Jean und ist froh, dass ihm das sofort eingefallen ist.

Über solche verkommenen Gestalten zu plaudern, wie sie bei Molière zuhauf auftauchen, hat Jean-Jacques längst keine Lust mehr und verweist den jungen Freund auf seinen berühmten *Brief an d'Alembert*, in dem alles gesagt ist.

Verzagt beginnt Jean vorzulesen. Von Harmlosigkeit ist die Rede und von Unberechenbarkeit und davon, dass man bei einem Schurken nie weiß, woran man ist, und er sogar der beste Freund sein kann, so lange jedenfalls, bis man eines Tages wie aus einem bösen Traum erwacht, sich die Augen reibt und wundert, warum man nicht schon früher klarer gesehen hat.

Mehr will Jean-Jacques nicht hören. Es sei eine Frechheit, ihm so etwas ins Gesicht zu sagen.

Jean stammelt etwas von Fantasie und Dichtung. Thérèse, die am Herd steht und in einem Topf rührt, weiß nicht, was hier vor sich geht, sieht aber, dass Jean-Jacques nach Luft ringt.

Jean bittet um Verzeihung, ohne zu wissen, wofür eigentlich, worauf Jean-Jacques die Tür aufreißt, ihn hinauswirft und stöhnt: Endlich allein!

Noch am selben Tag setzt er ein Billett an die Marquise de Créqui auf, mit dem er ihr die Nachricht zukommen lässt, sie nächste Woche besuchen zu wollen. Über einen Boten lässt die Marquise ihm die Bitte ausrichten, den Besuch noch ein wenig zu verschieben, da sie in der kommenden Woche überaus beschäftigt sei. Worauf Jean-Jacques ihr ein weiteres Billett zukommen lässt, in dem es heißt: Wenn ich bereit bin, jemandem einen Besuch abzustatten, so, um ihm eine Ehre zu erweisen und um dafür geehrt zu werden. Ich erweise ihm meine Hochachtung, wenn ich mich zu ihm begebe, und er erweist mir Hochachtung, indem er mich empfängt. Meint er mich bedauerlicherweise zurückweisen zu müssen, wozu er das Recht hat, öffnet er mir die Augen und erlöst mich von ihm. Ich begreife, Madame, dass die Mächte der Finsternis jetzt auch Sie erfasst haben, obwohl ich mehr für Sie als jeder andere getan habe. Die Barbaren haben mir schon Böses genug zugefügt, doch noch nie von jemandem so Empfindsamem wie Ihnen. Mit den besten Wünschen, Jean-Jacques Rousseau.

Auf einem seiner Spazierwege durch Paris wird Jean-Jacques von einer dänischen Dogge niedergerissen, die neben einer Kutsche herrennt und nicht mehr bremsen, aber auch nicht mehr ausweichen kann. Um nicht von ihr umgerannt zu werden, hüpft er in die Höhe, in der Hoffnung, sie würde unter ihm hindurchrennen. Es macht seinen Sturz nur umso schlimmer. Er fällt mit dem Gesicht voraus, zerschlägt sich das Kinn, liegt am Boden und verliert das Bewusstsein. Erst als es schon Nacht ist, kommt er wieder zu sich und blickt zum gestirnten Himmel hinauf.

Ein paar Tage später liest er in der Zeitung, dass Rousseau tot ist. Selbst der König und die Königin sind schon darüber in Kenntnis gesetzt. Im Nachruf wird ihm vorgeworfen, mit seinen Talenten zeitlebens Missbrauch getrieben zu haben. Voltaire lässt verkünden, Rousseau habe gut daran getan zu sterben. Allerdings sei er nicht, wie zuerst berichtet, an den Wunden gestorben, die von seinem Genossen, dem Hund, stammten, sondern an den Folgen eines Gelages. Dennoch habe er sich wie ein Hund davongemacht.

Man begräbt mich, sagt er zu Thérèse, jetzt schon bei lebendigem Leib und spuckt mir auf den Sarg noch Frechheiten nach. Und als genügte es nicht, ihn für tot zu erklären, kommen ihm auch noch Gerüchte zu Ohren, wonach bereits eine Subskription auf seine noch nicht veröffentlichten Manuskripte ausgeschrieben worden ist, was nicht nur heißt, dass bald schon Schriften von ihm kursieren werden, die gar nicht von ihm sind, sondern was vor allem bedeutet, dass er jetzt nicht einmal mehr seinen Verlegern trauen kann. Endgültig hat sich die ganze Welt gegen ihn verschworen.

Freunde hat er keine mehr. Jetzt kann er sich nur noch an Gott wenden.

So schnell es geht, schnürt Jean-Jacques seine Manuskripte zusammen, packt sie unter die Arme und hastet mit ihnen zu Notre-Dame hinüber. Er will sie dort auf dem Hochaltar niederlegen. Ein Priester wird sie finden und dem König übergeben. Nur noch diese beiden, Gott und der König, können seine Schriften vor Unheil bewahren.

Beim Betreten der Kathedrale muss er jedoch entdecken, dass ein Lettner den Altar vor der Gemeinde absperrt. Noch nie hat Jean-Jacques diesen Lettner gesehen, was bedeutet, dass er allein seinetwegen errichtet worden ist und auch Gott sich jetzt gegen ihn verschworen hat. Selbst vom Himmel verlassen und wie noch nie mutterseelenallein, stürzt Jean-Jacques zur Kirche hinaus.

Nach drei schlaflosen Tagen und Nächten setzt er sich zum ersten Mal wieder an den Küchentisch und schreibt Hunderte von Blättern mit den immer gleichen Sätzen voll. Ein letztes Mal muss er die Welt wissen lassen, dass er von der Welt nichts mehr wissen will. Wieder eilt er nach Notre-Dame hinüber, diesmal mit Flugschriften in der Hand, die er dort verteilt und in denen er an jene Franzosen appelliert, die noch ein Gefühl für Gerechtigkeit und Wahrheit besitzen, nicht auf die Stimmen seiner Verfolger zu hören, so mächtig sie auch sein mögen. Gott will, dass ich leide, er hat mich zum Märtyrer auserkoren, heißt es darin. Wenige Menschen haben in ihrem Leben so viel geseufzt wie ich, wenige auch so viel geweint. Ich war stets romantisch. Alles hatte seine Bedeutung. Überall war die Vorsehung am Werk.

Die Rue Platrière verlässt er nun kaum noch, und er ist froh, auf der Straße nicht selbst miterleben zu müssen, wie der greise Voltaire fürstlicher als jeder Kaiser in Paris empfangen wird. Vor einem halben Jahrhundert hat er Frankreich verlassen, und jetzt, bei seiner Rückkehr, jubelt das ganze Volk ihm zu. Wenn er in roter Robe und mit einer Perücke, wie der Sonnenkönig sie einst trug, im Triumphzug durch die Straßen gefahren wird, sollen selbst Adlige sich als Kellner verkleiden, um inmitten der Menschenmassen einen kurzen Blick auf ihn zu erhaschen, weiß Thérèse zu berichten.

Jean-Jacques muss, so schnell es geht, die Stadt verlassen. Für immer.

XII

Der Marquis von Girardin lässt Jean-Jacques in sein Schloss holen, das drei Stunden mit der Kutsche von Paris entfernt inmitten eines gewaltigen Parks liegt, den der Marquis mit aller Akribie nach den Ideallandschaften in Jean-Jacques' Büchern entwerfen ließ. Aus Schottland hatte er dazu einen Gartenarchitekten kommen lassen, der über zweihundert Arbeiter befehligte, die weit ums Schloss herum alle Wiesen und Wälder, Äcker und Felder in ursprüngliche Natur verwandeln mussten. Jeder Baum und jeder Strauch, jeder Tümpel und Teich wurde nach präzisen Plänen in eine schöne Wildnis verwandelt, mit Grotten, Hainen, Sümpfen und Fontänen, Wasserfällen, Seen, Eremitagen und antiken Ruinen. Weder ein reißender Fluss durfte fehlen noch ein Gebirgsbach, der zwischen kluftigen Felsen ins Tal hinabstürzt, und auch nicht ein Philosophentempel, dessen Säulen die größten Denker darstellen: Descartes, Montaigne und als einzig noch Lebenden Jean-Jacques. Voltaire, der hier auch verewigt ist, ist gerade in Paris gestorben. Die Leute sollen auf der Straße geweint haben, als sie von seinem Tod hörten.

Schon vor einigen Tagen hat der Marquis Jean-Jacques, gleichsam zur Vorbereitung auf sein zukünftiges Refugium, ein selbstverfasstes Werk mit dem Titel *Über die Komposition von Landschaften* zukommen lassen, in dem er erklärt, dass die Natur erst dann zu ihrer wahren Majestät finden kann, wenn sie den Gesetzen großer Gemälde gehorcht. Denn einzig Dichter und Maler, steht da geschrieben, könnten wissen, durch welche Myriaden von Details die Natur erst ihre wirkliche Schönheit entfalte und unsere Seele erhebe, wozu gehöre, dass Licht und Form und Farbe ein immerwährendes Clair-obscur ergeben, um jeden Tag von neuem und zu allen Jahreszeiten die ursprüngliche Harmonie der Schöpfung wiederzugebären. Dazu müsse sich alles organisch miteinander verbinden, der Gesang der Vögel, das Plätschern der Brunnen, das Summen der Bienen, das Schweigen der Zypressen, das Wispern der Blätter, das Murmeln der Bäche, das Tosen der Katarakte. Und um ein solches Landschaftsgemälde vollkommen zu machen, gehörten dazu auch Gräber großer Männer.

Bei seiner Ankunft steigt Jean-Jacques vor der rosenumflorten Toreinfahrt aus der Kutsche, geht zu Fuß drei Meilen weit zum Schloss hinauf und vergießt Tränen, als ihn der Marquis mit Gattin, Sohn und Tochter auf der obersten Treppenstufe des Schlosses erwartet. Thérèse ist mit der Kutsche längst angekommen und steht ein bisschen hilflos im Abseits. Sie wollte sich weigern, nochmals alle Sachen zu packen und die Stadt zu verlassen. Die Pracht dieser Natur scheint sie noch nicht zu beeindrucken, und von Dankbarkeit dafür, nun in einem solchen Paradies sein zu dürfen, ist ihr in diesem Augenblick wenig anzumerken.

Der Marquis drückt seinen Gast an sich und will ihn gar nicht mehr loslassen. Den Spaten in der einen, Ihren *Emile* in der anderen Hand, erklärt er ihm, habe ich diesen Garten angelegt. Dann sagt er noch etwas von Frieden, Melancholie und Unsterblichkeit, presst Jean-Jacques noch einmal an sich und weist ihm den Weg zu seinem neuen Domizil hinüber.

Zwei Livrierte holen das Gepäck aus der Kutsche und geben Thérèse zu verstehen, dass sie ihnen folgen soll.

Ein paar Schritte vom Schloss entfernt steht ein Pavillon, der dem Gast so lange als Provisorium dient, bis das eigens für ihn entworfene Landhaus im Schweizer Stil fertiggestellt ist. Der Tempel, so kündigt Girardin an, sei fortan nur noch ihm gewidmet, alle anderen Dichter und Denker werde er in Bälde versetzen lassen.

Seine Tage lässt Jean-Jacques jetzt immer im Freien mit einem Sonnengebet beginnen. Wenn er danach mit Thérèse in der Laube sitzt und Kaffee trinkt, schauen die beiden auf einen Wasserfall und können zur Marquise hinüberwinken, die ebenfalls beim Frühstück sitzt und zu ihnen herüberwinkt. Ihr Mann hat sich hier draußen mit Anfang zwanzig zur Ruhe gesetzt, nachdem König Stanislas gestorben war, bei dem er in militärischen Diensten stand. Seither ist er damit beschäftigt, sein Paradies immer mehr zu verbessern. Dass der Autor des *Emile* nun dessen bedeutendster Teil ist, hat ihn seinem Ziel einen gewaltigen Schritt näher gebracht. Und so lässt der Marquis, wo immer sich eine Gelegenheit findet, die Welt auch wissen, dass sein Arkadien durch Jean-Jacques die allerhöchste Weihe erhält.

Manchmal redet der Marquis in der Stille des Parks stundenlang auf Jean-Jacques ein. Schauen Sie, schwärmt er ihm vor, wie wunderbar, mit seinem Spiegelbild vereint, der Schwan sich über den See gleiten lässt und wie wehmütig die Weiden sich zum Wasser neigen. Dort drüben im Eichenhain, empfiehlt er ihm, können Sie sich Ihren dunklen Gedanken hingeben, am moosigen Teich Ihre Einsamkeit genießen, im versteckten Hain Ihrer verflossenen Amouren gedenken und sich drüben bei den Pinien wie in Italien fühlen.

Während der Marquis sich mit Jean-Jacques über nichts lieber als das Einfache und Reine, Unverfälschte und Wahre unterhält, vertreibt sich Thérèse, deren Anwesenheit dem Marquis etwas weniger gefällt, ihre Langeweile mit der Flasche und dem Stallknecht.

Und dann, von heute auf morgen, ist Jean-Jacques tot.

Fünf Wochen nach Voltaires Tod stirbt auch er. Nur knappe sechs Wochen durfte er noch in Girardins Paradies zubringen.

Zwei Doktoren eilen herbei, der eine aus dem Dorf nebenan, der andere aus Paris. Man müsse eine Obduktion vornehmen, fordern sie. Der Marquis ist dagegen. Der Tote hätte das niemals gewollt, behauptet er.

Woher er das wisse, fragt Thérèse etwas kleinlaut, worauf er meint, Jean-Jacques habe ihm das ausdrücklich gesagt.

Jetzt erst sieht man, dass Thérèses Schürze blutig ist. Er sei gestürzt, sagt sie. Plötzlich gestürzt. Sie habe seinen Kopf auf ihren Schoß gelegt, er habe sie noch ein letztes Mal angeschaut und sie dann zur Alleinerbin eingesetzt.

Girardin kann nur schwer verbergen, wie stolz er darauf ist, dass Jean-Jacques bei ihm gestorben ist. Sein letzter Wille sei es gewesen, hier auf der Pappelinsel seinen ewigen Frieden zu finden. Über nichts anderes habe er am Vorabend seines Dahinscheidens mit ihm geredet. Hier sei das Paradies, habe er immer wieder zu ihm gesagt, hier wolle er begraben werden.

Sogleich will der Marquis eine Totenmaske von ihm machen und ihn dann einbalsamieren lassen. Ein Sarg wurde schon in Auftrag gegeben. Morgen soll die Beerdigung sein.

Thérèse geht alles viel zu schnell. Täglich hat sie zu Jean-Jacques gesagt: Nimm dich vor diesem Marquis in Acht.

Für die Totenmaske hat es noch gereicht, fürs Einbalsamieren nicht mehr. Tags darauf gleitet in sternklarer Vollmondnacht der Sarg auf einer Barke zur Pappelinsel hinüber, begleitet vom Marquis und vier Männern.

Drüben an der Böschung, von wo die Barke abgelegt hat, steht als einzige Frau Thérèse unter lauter Bauern und Knechten, die in der einen Hand ihre Hüte, in der anderen Fackeln halten, deren Flammen ein wenig schaurig das waldige Ufer erhellen und sich im Wasser spiegeln. Vergeblich hat Thérèse darum gebeten, den letzten Weg mitgehen zu dürfen.

Als der Sarg versenkt ist, bleibt der Marquis allein auf der Insel zurück. Er steht dort, reglos wie eine Statue, bis in den Morgen.

Zurück im Schloss, lässt er einen Boten zum Pavillon hinüberschicken und Thérèse ausrichten, sie könne hier nicht länger bleiben.

Als der Marquis Thérèse und ihren Stallknecht abends dabei erwischt, wie sie ganze Stapel von Papieren aus dem Haus schleppen, lässt er die Gendarmerie holen. Thérèse behauptet, das alles sei ihr Eigentum. Der Marquis nennt sie eine Diebin und Hure. Den Pavillon will er so lange bewachen lassen, bis sie verschwunden ist.

Stimmen kommen auf, die von Selbstmord reden. Oder sogar von Mord. Man hat den Stallknecht im Visier und mit ihm Thérèse. Andere denken eher an den Marquis. Gründe, heißt es, gäbe es zur Genüge. Allein die vielen noch nicht veröffentlichten Manuskripte. Der Tote hätte steinreich sein können, erzählt man sich, hätte er sie nicht in seinen Schubladen versteckt. Er hätte sich wie Voltaire ein Schloss kaufen können, sagt man, wäre er nicht so sonderbar gewesen.

XIII

Dreizehn Jahre nach Jean-Jacques' Tod, 1791, im Jahre Drei der neuen Zeitzählung, beschließt die Nationalversammlung, den Witwen solcher großen Männer, die sich ums Vaterland verdient gemacht haben, Unterstützung zukommen zu lassen. Der kirchliche Heiligenkalender ist inzwischen durch einen neuen ersetzt, mit dem der Wohltäter des Menschengeschlechts gedacht werden soll. Für Jean-Jacques ist der zweite April reserviert, an dem man fortan den Festtag der empfindsamen Seelen zu feiern gedenkt.

Thérèse setzt einen Brief an die Nationalversammlung auf. Sein ganzes Leben lang habe sie an der Seite dieses großen Mannes gestanden, und jetzt müsse sie unter Verhältnissen leben, die eines Menschen nicht würdig seien.

Wenn alles gutgeht, ist Thérèse bald die berühmteste Witwe ganz Frankreichs. Marat wird ihr vielleicht einen Lorbeerkranz aufsetzen und Robespierre eine Hymne auf sie anstimmen. Nichts wird mehr umsonst gewesen sein.

Nur antwortet die Nationalversammlung nicht. Was vielleicht auch daran liegt, dass ihr Brief kaum zu entziffern ist. Weshalb sie noch einen zweiten schreibt.

Nach einem halben Jahr kommt die Nachricht, man werde ihr Anliegen prüfen. Am Ende des Schreibens ist etwas von Hochachtung die Rede.

Allerdings fragen sich manche, ob ein solches Weib überhaupt Jean-Jacques' Witwe sein kann. Vielleicht, heißt es, ist sie auch nur geldgierig. Ein Heiratsdokument besitzt sie jedenfalls nicht. Dass Rousseau ihr irgendwo hinter den sieben Bergen das Jawort gegeben haben soll, ist eine abenteuerliche Geschichte. Der Name des Bürgermeisters, der sie getraut haben soll, fällt ihr auch nicht mehr ein.

Durch den Marquis de Girardin weiß inzwischen die ganze Welt, dass sie es mit seinem Stallburschen getrieben hat, während Jean-Jacques im Sterben lag. Genau genommen hätten ihn diese beiden in den Selbstmord getrieben.

Eskortiert von ein paar Leuten aus dem Dorf, die den Marquis genauso wenig mögen wie sie, tritt Thérèse eines Tages vor die Nationalversammlung und überreicht ihr ein Manuskript. Der Anführer der kleinen Schar erklärt, es handle sich um Jean-Jacques' Lebensgeschichte, und verlangt die Überführung der sterblichen Überreste dieses wichtigsten Wegbereiters der Revolution ins Pantheon.

Jean-Jacques, ruft daraufhin Robespierre der Nationalversammlung zu, war der Erzieher des Menschengeschlechts. Marat jedoch ist dagegen, dass Jean-Jacques bei den Unsterblichen aufgenommen wird. Es sei zu früh, schließlich sei die Revolution noch nicht zu Ende. Erst wenn tatsächlich Gleichheit herrsche, dürfe Jean-Jacques ins Pantheon einziehen, keinen Tag früher. Sonst könnte sich so mancher in dem fatalen Glauben wiegen, es sei bereits alles erreicht.

So geht es hin und her, ganze drei Jahre lang. Dann ist es so weit. Voltaire erwartet ihn dort schon.

Girardin tobt. Jean-Jacques gehört ihm und sonst niemandem. Keinen einzigen Knochensplitter will er hergeben, egal welche Unsummen ihm Reliquienjäger dafür auch gäben. Bei ihm sei Jean-Jacques zum ersten Mal im Leben glücklich gewesen. Nur bei ihm habe er erfahren, was Frieden bedeutet. Sein letzter Wille, beteuert der Marquis seit Jean-Jacques' Tod unentwegt, sei es gewesen, für immer in seinem Park, an der Brust der Natur, auf seiner geliebten Pappelinsel zu ruhen. Schlimm genug, dass dieses Weib sich mit dem Stallknecht im Dorf nebenan eingenistet habe und seine Totenruhe störe. Sie müsse verschwinden, so schnell wie möglich, um nicht noch weiterhin das Andenken dieses großen Mannes besudeln zu können. Und was das Pantheon angehe, so habe der Tote von Paris nichts mehr wissen wollen. Hätte man ihm vorausgesagt, was die Revolution mit ihm vorhat, wäre er ans Ende der Welt geflohen. Über all das habe Jean-Jacques, sagt der Marquis, mit ihm am Vorabend seines Dahinscheidens bis weit in die Morgenstunden hinein geredet. Im Übrigen sei es eine Infamie, wenn diese Hure behaupte, er habe es auf Jean-Jacques' noch nicht veröffentlichte Manuskripte abgesehen. Bereichern wolle sich damit nur eine, nämlich sie selbst.

In Paris heißt es, so unverhofft, wie Jean-Jacques gestorben sei, habe er gewiss keine langen Reden mehr führen und schon zweimal nicht wissen können, dass in zehn Jahren eine Revolution ausbricht. Auch muss der Marquis sich vorhalten lassen, allein seiner Eile wegen, mit der er den Toten unter die Erde gebracht habe, wisse man bis heute nicht, ob es Mord, Selbstmord oder nur ein unglücklicher Sturz gewesen sei.

All dieser Anfeindungen zum Trotz wollen Girardins Erinnerungen sich täglich mit neuen letzten Worten füllen, die Jean-Jacques gesprochen haben will. Aus zwei, drei Sätzen werden ganze Abhandlungen, aus ein paar spärlichen, zwischen Leben und Tod hingehauchten Worten endlose Bekenntnisse. Es ist, als hätte Jean-Jacques sich kurz vor seinem

Ende noch einmal geradezu entleeren müssen. Alles, was er ihm damals anvertraut habe, behauptet Girardin, sei unauslöschlich in sein Herz eingeschrieben. Von dieser Hexe jedenfalls sei in dieser Nacht mit keinem einzigen Wort die Rede gewesen. Wenn Monsieur Girardin ein paar Gläser getrunken hat, brüllt er: Ich bringe sie noch um, dieses Natterngezücht, das man festnehmen, foltern und zerquetschen müsste.

Testamente gibt es von Jean-Jacques eine ganze Menge. Am liebsten ließ er immer dann den Notar rufen, wenn er nichts zu vermachen hatte. Zum ersten Mal bei Mama, als er erblindet im Bett lag, weil die Flasche mit der Geheimtinte explodiert war. Später schickte er seinem Verleger ein Testament, in dem er sich bei seinen Freunden dafür entschuldigt, dass nichts für sie übrig bleibt. In Môtiers ließ er den Notar aus Neuchâtel kommen, um ihm aufzutragen, im Falle seines Ablebens möge man den Burgherrn bitten, sich um Thérèse zu kümmern. Das Testament wurde Jahre später in England, im Schloss von Mister Davenport, gefunden, wo Jean-Jacques es bei seinem fluchtartigen Aufbruch offenbar liegengelassen hatte. Nur Thérèse selbst hielt nie ein Testament von ihm in Händen, genauso wenig wie eine Heiratsurkunde.

Was hätte aus Jean-Jacques ohne sie noch alles werden können, heißt es inzwischen. Er müsse blind gewesen sein. Blind und fürchterlich bedürftig. Hätte er sie nur als eine Art Nutte benutzt, kein einziger vernünftiger Mensch hätte darüber den Kopf schütteln müssen und eine solche Schwäche unter seinen inzwischen allseits bekannten Sonderlichkeiten verbucht. Dass der große Rousseau gern geschlagen werden wollte und in den Turiner Alleen Frauen mit seinem Gemächte erschreckte, dass er sich mit seinem ständigen Onanieren-Müssen die Gesundheit ruinierte und er vor jeder Adligen niederknien und sie anbeten musste, weiß die Welt inzwischen aus seinen *Bekenntnissen*. All das könnte man verstehen, nur die Geschichte mit Thérèse lässt sich kaum nachvollziehen. Vor allem die Helden der Revolution hätten sich alles andere an seiner Seite gewünscht als ein solches Putzweib, dem man bereits von weitem die Liebe zum Schnaps ansieht.

Sosehr der Marquis auch schäumt, so wenig kann er gegen den in Paris beschlossenen Willen des Volkes ausrichten, Jean-Jacques im Pantheon unsterblich zu machen. Sechzehn Jahre lang durfte er der krönende Teil seines Paradieses sein, jetzt aber soll er der Menschheit zugänglich gemacht werden.

Aus Paris treffen eines Tages Totengräber und Revolutionäre auf seinem Schloss ein. Nachts im Mondschein machen sie sich, umflackert von Fackeln, daran, Jean-Jacques' noch übrig gebliebene Gebeine auszugraben. Wieder stehen die Leute vom Dorf am anderen Ufer und schauen zu.

In den Morgenstunden ist aus einer kleinen Schar, die mit seinen Überresten die Pappelinsel um Mitternacht verließ, bereits eine ganze Prozession geworden. Von überallher strömen Jung und Alt zusammen, die Nationalgarde führt inzwischen den Zug an, und eine Blaskapelle spielt Jean-Jacques' Lieblingsmelodien. Die Straßen sind mit Blumen gepflastert. Die Gendarmerie sorgt für Ordnung. Thérèse winkt aus einer Kutsche dem Volk zu und versucht, huldvoll zu lächeln. Girardin hat sich in seinem Schloss verbarrikadiert und wünscht Frankreich den Untergang.

Gegen Mittag erreicht der immer weiter anschwellende Zug Paris, wo Abertausende ihn bereits seit dem ersten Morgengrauen an allen Ecken und Enden ungeduldig erwarten. Die Leute klatschen, tanzen, singen. Durch die ganze Stadt ziehen Blumenmädchen, Mütter mit Kindern und Fahnen schwenkende Männer. Musikanten blasen bis weit in die Nacht hinein Freuden- und Trauerlieder durcheinander, als fielen Karfreitag und Auferstehung zusammen. Nur wenige können in diesem Gewühl etwas von der schwarzdrapierten Kutsche mit dem riesigen Sarkophag sehen. Ständig drängen sich Leute durch die Menge, um den Sarg zu küssen, oder sich gar auf ihn zu werfen und ein paar Augenblicke mit der Leiche mitzufahren. Immer wieder muss die Gendarmerie eingreifen.

Auf dem Platz der Revolution ist seit Stunden kein Durchkommen mehr, an den Ufern der Seine ziehen weitere Prozessionen dahin, ganze Heere voll roter Jakobinerzipfelmützen. Überall, wo das Gerücht umgeht, Jean-Jacques sei nur wenige Schritte entfernt, setzt Jubel ein. Jeder fuchtelt mit einem Wimpel oder einem Zweig in der Luft herum, den er von einem jener frischgepflanzten Freiheitsbäume abgerissen hat, die inzwischen so zerstört aussehen, dass sie dieses Jahr wohl kaum überleben.

Die Nacht verbringt Jean-Jacques in den Tuilerien, wo zu keiner Stunde eine heilige Stille aufkommen will, sosehr die Redner und Revolutionsführer auch immer wieder darum bitten. Schon seit Tagen stehen hier überall Buden mit Würstchen und Waffeln. Bier und Wein fließen in Strömen. An allen Ecken warten Wahrsagerinnen, Tierbändiger und Gaukler. Diebe machen wie noch nie ihre besten Geschäfte.

Am Pantheon ist ein Kupferstich mit der Inschrift angebracht: Die Auferstehung des Jean-Jacques. Wie Christus entsteigt er mit seiner Armeniermütze dem Grab. In der Comédie Française wird eine Bearbeitung von Molières *Menschenfeind* aufgeführt, die Jean-Jacques' Änderungsvorschlägen entspricht. Nicht mehr der Misanthrop ist jetzt dem Spott ausgesetzt, sondern seine Peiniger. Der Menschenfeind ist von nun an der Lehrer der Menschheit, ihr Leitbild und Kraftquell.

XIV

Thérèse wird, als die Revolution vorbei ist, vergessen. Ihre Bittstellerei ging den Leuten sowieso auf die Nerven.

Mit jedem Jahr mehr lebt sie erbärmlicher dahin. Eines Tages verlangt der Stallknecht Geld von ihr, damit er bei ihr bleibt.

Manchmal kommen noch Fremde vorbei und wollen etwas über den berühmten Rousseau wissen. Meistens ist sie, wenn einer klopft, betrunken und die Küche voll leerer Schnapsflaschen. Viel erfährt man dann nicht von ihr.

Als sie dreiundzwanzig Jahre nach Jean-Jacques stirbt, begräbt man sie in dem Dorf, wo sie mit dem Stallknecht zusammengelebt hat. Einem Besucher hat sie einmal erklärt, Jean-Jacques liege in einem Teich irgendwo hier herum, weil er eine andere Religion gehabt habe. Ständig sei sie mit ihm auf der Flucht gewesen. Immer woandershin.

XV

Warum nur musste ich Schriftsteller werden? Ich hätte mir alles ersparen können, Paris, Diderot und diesen ganzen Ruhm, der nichts als Elend über mich gebracht hat. So lauten Jean-Jacques' letzte Sätze, die er zu Papier gebracht hat. Wäre ich nur bei Mama geblieben, abseits der Welt, im schönen Savoyen, alles wäre anders gekommen. In ihrer Reichweite, ihrem Schatten, ihrer Obhut. Welch friedliche, köstliche Tage hätten wir gemeinsam verbracht. Die Stelle, an der sie mich zum ersten Mal angeschaut hat, müsste ein Wallfahrtsort werden, dem die Leute sich bloß noch auf Knien nähern dürfen. Ich hätte niemals nach Paris gehen dürfen. Wäre Wintzenried nicht gewesen, hätte ich niemals zur Feder greifen müssen. Süßes Dunkel der Unbekanntheit, dreißig Jahre lang warst du mein Glück, hätte ich dich doch nie verlassen. Ohne Wintzenried wäre alles gut gewesen.